CB124042

CLARABOIA

Obras do autor publicadas pela Companhia das Letras

Alabardas, alabardas, espingardas, espingardas (com ilustrações de Günter Grass)
O ano da morte de Ricardo Reis
O ano de 1993
A bagagem do viajante
O caderno
Cadernos de Lanzarote
Cadernos de Lanzarote II
Caim
A caverna
Claraboia
Com o mar por meio: Uma amizade em cartas (com Jorge Amado)
O conto da ilha desconhecida
Don Giovanni ou O dissoluto absolvido
Ensaio sobre a cegueira
Ensaio sobre a lucidez
O Evangelho segundo Jesus Cristo
História do cerco de Lisboa
O homem duplicado
In Nomine Dei
As intermitências da morte
A jangada de pedra
O lagarto (com xilogravuras de J. Borges)
Levantado do chão
A maior flor do mundo
Manual de pintura e caligrafia
Memorial do convento
Objecto quase
As palavras de Saramago (org. Fernando Gómez Aguilera)
As pequenas memórias
Que farei com este livro?
O silêncio da água
Todos os nomes
Último caderno de Lanzarote — O diário do ano do Nobel
Viagem a Portugal
A viagem do elefante

JOSÉ SARAMAGO

CLARABOIA
Romance

2ª edição
2ª reimpressão

PRÊMIO NOBEL
COMPANHIA DAS LETRAS

Copyright © 2011 by Fundação José Saramago

A editora manteve a grafia vigente em Portugal, observando as regras do Acordo Ortográfico da Língua Portuguesa de 1990.

Claraboia, cuja redação José Saramago terminou a 5 de janeiro de 1953, consiste num datiloscrito de 319 páginas, assinado com o pseudónimo de "Honorato". A presente edição reproduz fielmente o original.

Capa:
Adaptada de *Silvadesigners*,
autorizada por *Porto Editora S.A.* e
Fundação José Saramago

Caligrafia da capa:
Fernanda Torres

Revisão:
Carmen S. da Costa
Thaís Totino Richter

Dados Internacionais de Catalogação na Publicação (CIP)
(Câmara Brasileira do Livro, SP, Brasil)

Saramago, José, 1922-2010
Claraboia / José Saramago. — 2ª ed. — São Paulo :
Companhia das Letras, 2017.

ISBN 978-85-359-3038-2

1. Romance português I. Título.

11-11472 CDD-869.3

Índice para catálogo sistemático:
1. Romances : Literatura portuguesa 869.3

2020

Todos os direitos desta edição reservados à
EDITORA SCHWARCZ S.A.
Rua Bandeira Paulista, 702, cj. 32
04532-002 — São Paulo — SP
Telefone: (11) 3707-3500
www.companhiadasletras.com.br
www.blogdacompanhia.com.br
facebook.com/companhiadasletras
instagram.com/companhiadasletras
twitter.com/cialetras

À memória de
Jerónimo Hilário,
meu Avô

Em todas as almas, como em todas as casas,
além da fachada, há um interior escondido.

Raul Brandão

I

Por entre os véus oscilantes que lhe povoavam o sono, Silvestre começou a ouvir rumores de loiça mexida e quase juraria que transluziam claridades pelas malhas largas dos véus. Ia aborrecer-se, mas percebeu, de repente, que estava acordando. Piscou os olhos repetidas vezes, bocejou e ficou imóvel, enquanto sentia o sono afastar-se devagar. Com um movimento rápido, sentou-se na cama. Espreguiçou-se, fazendo estalar rijamente as articulações dos braços. Por baixo da camisola, os músculos do dorso rolaram e estremeceram. Tinha o tronco forte, os braços grossos e duros, as omoplatas revestidas de músculos encordoados. Precisava desses músculos para o seu ofício de sapateiro. As mãos, tinha-as como petrificadas, a pele das palmas tão espessa que podia passar-se nela, sem sangrar, uma agulha enfiada.

Num movimento mais lento de rotação, deitou as pernas para fora da cama. As coxas magras e as rótulas tornadas brancas pela fricção das calças que lhe desbastavam os pelos entristeciam e desolavam profundamente Silvestre. Orgulhava-se do seu tronco, sem dúvida, mas tinha raiva das pernas, tão enfezadas que nem pareciam pertencer-lhe.

Contemplando com desalento os pés descalços assentes no tapete, Silvestre coçou a cabeça grisalha. Depois passou a mão pelo rosto, apalpou os ossos e a barba. De má vontade, levantou-se e deu alguns passos no quarto. Tinha uma figura algo quixotesca, empoleirado nas altas pernas como andas, em cuecas e camisola, a trunfa de cabelos manchados de sal-e-pimenta, o nariz grande e adunco, e aquele tronco poderoso que as pernas mal suportavam.

Procurou as calças e não deu com elas. Estendendo o pescoço para o lado da porta, gritou:

– Mariana! Eh, Mariana! Onde estão as minhas calças?

(Voz de dentro:)

– Já lá vai!

Pelo modo de andar, adivinhava-se que Mariana era gorda e que não poderia vir depressa. Silvestre teve que esperar um bom pedaço e esperou com paciência. A mulher apareceu à porta:

– Estão aqui.

Trazia as calças dobradas no braço direito, um braço mais gordo que as pernas de Silvestre. E acrescentou:

– Não sei que fazes aos botões das calças, que todas as semanas desaparecem. Estou a ver que tenho que passar a pregá-los com arame...

A voz de Mariana era tão gorda como a sua dona. E era tão franca e bondosa como os olhos dela. Estava longe de pensar que dissera um gracejo, mas o marido sorriu com todas as rugas da cara e os poucos dentes que lhe restavam. Recebeu as calças, vestiu-as sob o olhar complacente da mulher e ficou satisfeito, agora que o vestuário lhe tornava o corpo mais proporcionado e regular. Silvestre era tão vaidoso do seu corpo como Mariana desprendida do que a Natureza lhe dera. Nenhum deles se iludia a respeito do outro e bem sabiam que o fogo da juventude se apagara para nunca mais, mas amavam-se ternamente, hoje como há trinta anos, quando do casamento. Talvez agora o seu amor fosse maior, porque já não se alimentava de perfeições reais ou imaginadas.

Silvestre foi atrás da mulher até à cozinha. Enfiou na casa de banho e voltou daí a dez minutos, já lavado. Não vinha penteado porque era impossível domar a grenha que lhe dominava (dominava é o termo) a cabeça – o "lambaz do barco", como lhe chamava Mariana.

As duas tigelas de café fumegavam sobre a mesa, e havia na cozinha um cheiro bom e fresco de limpeza. As faces redondas de Mariana resplandeciam, e todo o seu corpo obeso estremecia e se agitava movendo-se na cozinha.

– Cada vez estás mais gorda, mulher!...

E Silvestre riu. Mariana riu com ele. Duas crianças, sem tirar nem pôr. Sentaram-se à mesa. Beberam o café quente em longos sorvos assobiados, por brincadeira. Cada um queria vencer o outro no assobio.

– Então, que resolvemos?

Agora, Silvestre já não ria. Mariana também estava sisuda. Até as faces pareciam menos coradas.

– Eu não sei. Tu é que resolves.

– Já ontem te disse. A sola está cada vez mais cara. A freguesia queixa-se de que levo caro. É a sola... Não posso é fazer milagres. Sempre queria que me dissessem quem é que trabalha mais barato que eu. E ainda se queixam...

Mariana deteve-o no desabafo. Por este caminho não resolviam nada. O que era preciso era ver essa questão do hóspede.

– Pois é, fazia jeito. Ajudava-nos a pagar a renda e, se fosse um homem sozinho e tu quisesses encarregar-te da roupa, a gente equilibrava-se.

Mariana escorripichou o café adocicado do fundo da tigela e respondeu:

– Cá por mim, não me importo. Sempre é uma ajuda...

– Pois é. Mas estarmos outra vez a meter hóspedes, depois de nos vermos livres dessa cavalheira que se foi embora...

– Que remédio! Seja ele boa pessoa... Eu dou-me bem com toda a gente, se se derem bem comigo.

– Experimenta-se uma vez mais... Um homem só, que só venha dormir, é o que convém. Logo, à tarde, vou pôr o anúncio. – Mastigando ainda o último bocado de pão, Silvestre levantou-se e declarou: – Bom, vou trabalhar.

Regressou ao quarto e caminhou para a janela. Afastou a cortina que formava um pequeno biombo que o isolava do quarto. Havia um estrado alto e sobre ele a banca de trabalho. Sovelas, formas, bocados de fio, latas de prego miúdo, retalhos de sela e pele. A um canto, a onça de tabaco francês e os fósforos.

Silvestre abriu a janela e deitou uma vista de olhos para fora. Nada de novo. Pouca gente passava na rua. Não muito longe, uma mulher apregoava fava-rica. Silvestre não chegava a perceber como vivia aquela mulher. Nenhum dos seus conhecidos comia fava-rica, ele próprio não a comia há mais de vinte anos. Outros tempos, outros costumes, outras comidas. Resumida a questão nestas palavras, sentou-se. Abriu a onça, pescou as mortalhas na barafunda de objetos que pejavam a banca, e fez um cigarro. Acendeu-o, saboreou uma fumaça e deitou mãos ao trabalho. Tinha umas gáspeas a pôr, e aí estava uma obra em que sempre aplicava todo o seu saber.

De vez em quando, relanceava os olhos para a rua. A manhã ia aclarando pouco a pouco, embora o céu estivesse coberto e houvesse na atmosfera um ligeiro véu de névoa que esbatia os contornos das coisas e das pessoas.

Na multidão de ruídos que já enchia o prédio, Silvestre começou a distinguir um bater de saltos nos degraus da escada. Identificou-os imediatamente. Ouviu abrir a porta que dava para a rua e debruçou-se:

– Bom dia, menina Adriana!

– Bom dia, senhor Silvestre.

A rapariga parou debaixo da janela. Era baixinha e usava óculos de lentes grossas que lhe transformavam os olhos em duas bolinhas minúsculas e inquietas. Estava a meio do caminho dos trinta aos quarenta anos, e já um que outro cabelo branco lhe riscava o penteado simples.

– Então, ao seu trabalho, heim?

– É verdade. Até logo, senhor Silvestre.

Era assim todas as manhãs. Quando Adriana saía de casa já o sapateiro estava à janela do rés do chão. Impossível escapar sem ver aquela gaforina desgrenhada e sem ouvir e retribuir os inevitáveis cumprimentos. Silvestre seguiu-a com os olhos. Assim, de longe, parecia, na comparação pitoresca do sapateiro, "um saco mal atado". Chegada à esquina da rua, Adriana voltou-se e acenou um adeus para o segundo andar. Depois, desapareceu.

Silvestre largou o sapato e torceu a cabeça para fora da janela. Não era bisbilhoteiro, mas gostava das vizinhas do segundo, boas freguesas e boas pessoas. Com a voz alterada pela torção do pescoço, saudou:

– Viva, menina Isaura! Que tal o dia, hoje?

Do segundo andar, atenuada pela distância, veio a resposta:

– Não está mau, não. O nevoeiro...

Não se chegou a saber se o nevoeiro prejudicava, ou não, a beleza da manhã. Isaura deixou morrer o diálogo e fechou a janela devagar. Não desgostava do sapateiro, do seu ar a um tempo refletido e risonho, mas nessa manhã não sentia ânimo para conversar. Tinha um monte de camisas para acabar até ao fim da semana. Sábado tinha que entregá-las, desse lá por onde desse. Por sua vontade, acabaria de ler o romance. Só lhe faltavam umas cinquenta páginas e estava na passagem mais interessante. Aqueles amores clandestinos, sustentados através de mil peripécias e contrariedades, prendiam-na. Além disso, o romance estava bem escrito. Isaura tinha experiência bastante de leitora para assim julgar. Hesitou. Mas bem via que nem sequer tinha o direito de hesitar. As camisas esperavam-na. Ouvia lá dentro um ruído de vozes: a mãe e a tia falavam. Muito falavam aquelas mulheres. Que tinham elas a dizer todo o santo dia, que não estivesse já dito mil vezes?

Atravessou o quarto onde dormia com a irmã. O romance estava à cabeceira. Lançou-lhe os olhos vorazes, mas seguiu. Parou diante do espelho do guarda-vestidos que a refletia da cabeça aos pés. Trazia uma bata caseira que lhe modelava o corpo esguio e magro, mas flexível e elegante. Com as pontas dos dedos percorreu as faces pálidas onde as primeiras rugas abriam sulcos finos, mais adivinhados que visíveis. Suspirou para a imagem que o espelho lhe mostrava e fugiu dela.

Na cozinha, as duas velhas continuavam a falar. Muito parecidas, os cabelos todos brancos, os olhos castanhos, os mesmos vestidos negros de corte simples, falavam com vozinhas agudas e rápidas, sem pausas e sem modulação:

– Já te disse. O carvão é só terra. É preciso ir reclamar à carvoaria – dizia uma.

– Está bem – respondia a outra.

– Que estão a dizer? – perguntou Isaura, entrando.

Uma das velhas, a de olhar mais vivo e de cabeça mais ereta, respondeu:

– É o carvão que é uma lástima. Tem que se reclamar.

– Está bem, tia.

Tia Amélia era, por assim dizer, a ecónoma da casa. Era ela quem cozinhava, fazia contas e dividia as rações pelos pratos. Cândida, a mãe de Isaura e Adriana, tratava dos arranjos domésticos, das roupas, dos pequenos bordados que ornamentavam profusamente os móveis e dos solitários com flores de papel que só eram substituídas por autênticas flores nos dias festivos. Cândida era a mais velha, e, tal como Amélia, viúva. Viúvas a que a velhice já tranquilizara.

Isaura sentou-se à máquina de costura. Antes de começar o trabalho, olhou o rio que se estendia muito largo, com a outra margem oculta pelo nevoeiro. Parecia o oceano. Os telhados e as chaminés estragavam a ilusão mas, mesmo assim, fazendo força para os não ver, o oceano surgia nos poucos quilómetros de água. Uma alta chaminé de fábrica, à esquerda, esborratava o céu branco com golfadas de fumo.

Isaura sempre gostava daqueles momentos em que, antes de curvar a cabeça sobre a máquina, deixava correr os olhos e o pensamento. A paisagem era sempre igual, mas só a achava monótona nos dias de verão teimosamente azuis e luminosos em que tudo é evidente e definitivo. Uma manhã de nevoeiro como esta, de nevoeiro delgado que não impedia de todo a visão, cobria a cidade de imprecisões e de sonho. Isaura saboreava tudo isto. Prolongava o prazer. No rio ia passando uma fragata, tão maciamente como se flutuasse numa nuvem. A vela vermelha tornava-se rosada através das gazes do nevoeiro. Súbito, mergulhou numa nuvem mais espessa que lambia a água e, quando ia surdir de novo nos olhos de Isaura, desapareceu atrás da empena de um prédio.

Isaura suspirou. Era o segundo suspiro nessa manhã. Sacudiu a cabeça como quem sai de um mergulho prolongado, e a máquina matraqueou com fúria. O tecido corria debaixo da patilha e os dedos guiavam-no mecanicamente como se fizessem parte da engrenagem. Aturdida pelo barulho, pareceu a Isaura que alguém lhe falava. Deteve a roda bruscamente e o silêncio refluiu. Voltou-se para trás:

– O quê?

A mãe repetiu:

– Não achas que é um bocadinho cedo?

– Cedo? Porquê?

– Bem sabes... O vizinho...

– Mas, minha mãe, que hei de fazer? Que culpa tenho eu de que o vizinho de baixo trabalhe de noite e durma de dia?

– Ao menos, podias esperar até mais logo. Não gosto nada de questões com a vizinhança...

Isaura encolheu os ombros. Pedalou outra vez e disse, elevando a voz acima do ruído da máquina:

– E a mãe quer que eu vá à loja pedir que esperem, não é?

Cândida abanou devagar a cabeça. Era uma criatura sempre perplexa e indecisa, que sofria o domínio da irmã, mais nova que ela três anos, e com a consciência aguda de que vivia à custa das filhas. Desejava, acima de tudo, não incomodar ninguém, passar despercebida, apagada como uma sombra na escuridão. Ia responder mas, ao ouvir os passos de Amélia, calou-se e voltou à cozinha.

Entretanto, Isaura, lançada no trabalho, enchia a casa de barulho. O chão vibrava. As faces empalidecidas coloriam-se-lhe pouco a pouco e uma gota de suor começava a brotar-lhe da testa. Sentiu mais uma vez que alguém se aproximava e abrandou.

– É escusado trabalhares tão depressa. Cansas-te.

Tia Amélia nunca dizia palavras supérfluas. Apenas as necessárias e não mais que as indispensáveis. Mas dizia-as de uma maneira que aqueles que a ouviam ficavam a apreciar o valor da concisão. As palavras pareciam nascer-lhe na boca no momento em que eram ditas: vinham ainda repletas de significação, pesadas de sentido, virgens. Por isso dominavam e convenciam. Isaura abrandou a velocidade.

Daí a poucos minutos, a campainha da porta tocou. Cândida foi abrir, demorou-se alguns instantes e regressou desorientada e aflita, murmurando:

– Eu não dizia?... Eu não dizia?...

Amélia levantou a cabeça:

– Que é?

– É a vizinha de baixo que vem reclamar. Este barulho... Vai lá tu, vai lá tu...

A irmã deixou a louça que estava lavando, limpou as mãos a um pano e dirigiu-se à porta. No patamar estava a vizinha de baixo.

– Bom dia, dona Justina. Que deseja?

Amélia, em qualquer momento e em qualquer circunstância, era a polidez em pessoa. Mas bastava-lhe carregar na polidez para tornar-se terrivelmente fria. As pupilas pequeníssimas cravavam-se no rosto que fitavam e provocavam uma impressão de mal-estar e de constrangimento impossíveis de reprimir.

A vizinha entendera-se bem com a irmã de Amélia e estivera quase a concluir o que trazia para dizer. Aparecia-lhe agora um rosto menos tímido e um olhar mais direto. Articulou:

– Bom dia, dona Amélia. É o meu marido... Trabalha toda a noite no jornal, como sabe, e só de manhã é que pode descansar... Fica sempre aborrecido quando o acordam e eu é que tenho que o ouvir. Se pudessem fazer menos barulho com a máquina eu agradecia...

– Bem sei. Mas a minha sobrinha precisa de trabalhar.

– Compreendo. Por mim, não me importaria, mas sabe como são os homens...

– Sei, sei. E também sei que o seu marido não se preocupa muito com o descanso dos vizinhos quando entra de madrugada.

– Que hei de eu fazer? Já desisti de o convencer a subir a escada como gente.

A figura longa e macilenta de Justina animava-se. Nos seus olhos começava a brilhar uma pequena luz maligna. Amélia terminou a conversa:

– Esperaremos mais um bocado. Vá descansada.

– Muito obrigada, dona Amélia.

Amélia murmurou um "com licença!" seco e breve e fechou a porta. Justina desceu a escada. Vestia luto carregado e, assim, muito alta e fúnebre, com os cabelos pretos divididos ao meio por uma risca larga, parecia um boneco mal articulado, demasiado grande para mulher e sem o menor sinal de graça feminina. Só os olhos negros, profundos nas olheiras maceradas de diabética, eram paradoxalmente belos, mas tão graves e sérios que a graça não morava neles.

Ao chegar ao patamar, parou junto da porta que ficava defronte da sua e aproximou o ouvido. De dentro não vinha qualquer rumor. Fez um trejeito de desprezo e afastou-se. Quando ia entrar, ouviu abrir-se uma porta no andar de cima e, logo a seguir, um ruído de vozes. Ajeitou o capacho para se dar um pretexto para não sair dali.

De cima vinha um diálogo animado:

– Ela o que não quer é ir trabalhar! – dizia uma voz feminina com asperezas de irritação.

– Seja lá o que for. É preciso cuidado com a pequena. Está na idade perigosa – respondeu uma voz de homem. – Nunca se sabe o que estas coisas dão.

– Qual idade perigosa, qual quê? Hás de ser sempre o mesmo. Com dezanove anos, idade perigosa? Isso só teu!...

Justina achou conveniente sacudir o capacho com força, para anunciar a sua presença. A conversa, em cima, interrompeu-se. O homem começou a descer a escada, ao mesmo tempo que dizia:

– Não a obrigues a ir. Se houver alguma novidade telefona-me para o escritório. Até logo.

– Até logo, Anselmo.

Justina cumprimentou o vizinho com um sorriso sem amabilidade. Anselmo passou, fez um solene gesto na direção da aba do chapéu e articulou com belo timbre uma saudação cerimoniosa. A porta da escada, em baixo, teve um bater cheio de personalidade, quando ele saiu. Justina cumprimentou para cima:

– Bom dia, dona Rosália.

– Bom dia, dona Justina.

– Que tem a Claudinha? Está doente?

– Como soube?

– Estava aqui a sacudir o capacho e ouvi o seu marido. Pareceu-me perceber...

– Aquilo é manha. O meu Anselmo é que não pode ouvir a filha queixar-se. É o ai-jesus... Diz ela que lhe dói a cabeça. Mândria é que ela tem. Tão grande é a dor de cabeça que já está outra vez a dormir!

– Nunca se sabe, dona Rosália. Foi assim que eu fiquei sem a minha filha, que Deus haja. Não era nada, não era nada, diziam, e lá se foi com a meningite... – Tirou um lenço e assoou-se com força. Depois, continuou: – Coitadinha... Com oito anos... Não me esquece... Está agora a fazer dois anos, lembra-se, dona Rosália?

Rosália lembrava-se e enxugou uma lágrima de circunstância. Justina ia insistir, lembrar pormenores já sabidos, apoiada à compaixão aparente da vizinha, quando uma voz rouca lhe cortou as palavras:

– Justina!

O rosto pálido de Justina tornou-se de pedra. Continuou a conversar com Rosália até que a voz se ouviu mais alta e violenta:

– Justina!!!

– Que é? – perguntou.

– Faz favor de vir para dentro. Não quero conversas na escada. Se estivesse tão farta de trabalhar como eu, não tinha disposição para dar à língua!

Justina encolheu os ombros com indiferença e prosseguiu a conversa. Mas a outra, incomodada pela cena, despediu-se. Justina entrou em casa. Rosália desceu alguns degraus e apurou o ouvido. Através da porta passaram exclamações ásperas. Depois, subitamente, o silêncio.

Era sempre assim. Ouvia-se o homem ralhar, depois a mulher pronunciava algumas poucas e inaudíveis palavras e ele calava-se. Rosália achava isto muito esquisito. O marido de Justina tinha fama de brutamontes, com o seu corpanzil inchado e os seus modos grosseiros. Ainda não chegara aos quarenta anos e parecia mais velho, por causa do rosto flácido, de olhos papudos e beiço reluzente sempre caído. Ninguém percebia como e por que dois seres tão diferentes se tinham casado. Verdade que também ninguém se lembrava de os ter visto juntos na rua. E, ainda, ninguém compreendia como de duas pessoas nada bonitas (os olhos de Justina eram belos e não bonitos) pudera nascer uma filha de tal maneira graciosa como fora a pequena Matilde. Dir-se-ia que a Natureza se enganara e que, depois, descobrindo o engano, se emendara fazendo desaparecer a criança.

O certo é que o violento e áspero Caetano Cunha, linotipista no *Notícias do Dia*, sempre a estalar de gordura, novidades e má criação, após três exclamações agressivas calava-se a um murmúrio da mulher, a diabética e débil Justina que um sopro bastaria para derrubar.

Era um mistério que não conseguia descobrir. Esperou ainda, mas o silêncio era total. Recolheu a casa, cerrando a porta com cuidado para não acordar a filha que dormia.

Que dormia ou fingia dormir. Rosália espreitou pela frincha da porta. Pareceu-lhe ver estremecerem as pálpebras da filha. Abriu a porta completamente e avançou para a cama. Maria Cláudia cerrava os olhos com força demasiada e escusada. Rugas pequeninas, vincadas pelo esforço, assinalavam o lugar onde mais tarde viriam a aparecer os pés-de-galinha. A boca carnuda conservava ainda restos de *bâton* do dia anterior. Os cabelos castanhos, cortados curtos, davam-lhe um ar de garoto rufião que lhe tornava a beleza picante e provocadora, quase equívoca.

Rosália mirava a filha, um tanto desconfiada daquele sono profundo que tinha todo o ar de impostura. Deu um pequeno suspiro. Depois, num gesto de carinho maternal, aconchegou a roupa em volta do pescoço da filha. A reação foi imediata. Maria Cláudia abriu os olhos. Riu muito, quis disfarçar, mas já era tarde:

– Fez-me cócegas, mãezinha!

Furiosa porque fora lograda e, sobretudo, porque a filha a surpreendera em flagrante delito de amor maternal, Rosália respondeu de mau humor:

– Era assim que dormias, não era?! Já não te dói a cabeça, pois não? O que tu não queres é trabalhar, preguiçosa!

Como a dar razão à mãe, a rapariga espreguiçava-se devagar, saboreando o distender dos músculos. A camisinha enfeitada de rendas abria-se no movimento em que o peito alargava – e deixava ver dois seios pequenos e redondos. Embora incapaz de dizer por que entendia que aquele movimento descuidado a ofendia, Rosália não pôde reprimir o seu desagrado e resmungou:

– Vê lá se te tapas! Vocês, hoje, são de tal maneira que nem se envergonham na presença da vossa mãe!

Maria Cláudia esbugalhou os olhos. Tinha-os azuis, de um azul brilhante, mas frios, tal como as estrelas que estão longe e de que, por isso, só percebemos a luminosidade.

– Mas, que mal faz? Pronto! Já estou tapada.

– No tempo em que eu tinha a tua idade, se aparecesse assim diante da minha mãe levava uma bofetada.

– Olhe que era bater por bem pouco...

– Achas? Pois era o que tu precisavas.

Maria Cláudia ergueu os braços num espreguiçamento disfarçado. Depois, bocejou:

– Os tempos são outros, mãe.

Rosália respondeu, enquanto abria a janela:

– São outros, são. São piores. – Depois voltou à cama: – Vamos a saber: vais trabalhar ou não?

– Que horas são?

– Quase dez.

– Agora já é tarde.

– Mas há bocado não era.

– Doía-me a cabeça.

As frases curtas e rápidas denunciavam irritação de parte a parte. Rosália fervia de cólera reprimida, Maria Cláudia estava aborrecida com as observações moralizadoras da mãe.

– Doía-te a cabeça, doía-te a cabeça! Fingida, é que tu és!...

– Já disse que me doía a cabeça. Que quer que lhe eu faça?

Rosália explodiu:

– É assim que se responde, menina? Olha que sou tua mãe, ouviste?

A rapariga não se atemorizou. Encolheu os ombros, querendo significar com o gesto que aquele ponto não merecia discussão, e, de um salto, levantou-se. Ficou de pé, descalça, com a camisa de seda descendo-lhe pelo corpo macio e bem formado. Na fervura da irritação de Rosália caiu a frescura da beleza da filha e a irritação desapareceu como água em areia seca. Rosália sentiu-se orgulhosa de Maria Cláudia, do lindo corpo que ela tinha. As palavras que disse a seguir eram uma rendição:

– Tem que se avisar para o escritório.

Maria Cláudia não mostrou ter apreciado a mudança de tom. Respondeu, indiferente:

– Vou lá abaixo à dona Lídia, telefonar.

Rosália irritou-se de novo, talvez porque a filha enfiara uma bata caseira e era, agora, discretamente vestida como estava, incapaz de encantá-la.

– Sabes bem que não gosto que entres em casa da dona Lídia.

Os olhos de Maria Cláudia eram mais inocentes que nunca:

– Ora essa! Por quê? Não percebo.

Se a conversa continuasse, Rosália teria de dizer coisas que preferia calar. Sabia que a filha as não ignorava, mas entendia que há assuntos em que é prejudicial tocar diante de uma menina solteira. Da educação que recebera ficara com uma noção do respeito que deve existir entre pais e filhos – e aplicava-a. Simulou não ter percebido a pergunta e saiu do quarto.

Maria Cláudia, sozinha, sorriu. Diante do espelho desabotoou a bata, abriu a camisa e contemplou os seios. Estremeceu. Uma leve vermelhidão lhe tingiu o rosto. Sorriu de novo, um pouco nervosa, mas contente. O que fizera provocara-lhe uma sensação agradável, com um sabor a pecado. Depois, abotoou a bata, olhou uma vez mais o espelho e deixou o quarto.

Na cozinha, aproximou-se da mãe, que torrava fatias de pão, e beijou-a. Rosália não pôde negar que gostara do beijo. Não o retribuiu, mas o coração ficou-lhe batendo de contentamento:

– Vai-te lavar, filha, que as torradas estão quase prontas.

Maria Cláudia encerrou-se na casa de banho. Voltou fresquíssima, a pele brilhante e limpa, os lábios sem pintura ligeiramente entumecidos pela água fria. Os olhos da mãe cintilaram ao vê-la. Sentou-se à mesa e começou a comer com apetite.

– Sabe bem ficar em casa uma vez por outra, não é? – perguntou Rosália.

A rapariga riu com gosto:

– Ora, vê? Tenho, ou não tenho, razão?

Rosália sentiu que se dera demasiadamente. Quis emendar, compor a frase:

– Está bem, mas sempre é bom não abusar.

– No escritório não ralham comigo.

– Podem ralhar, filha. E é preciso conservar o emprego. O ordenado do teu pai não é grande, bem sabes.

– Esteja descansada. Eu sei fazer as coisas.

Rosália gostaria de saber como, mas não quis perguntar. Acabaram de comer em silêncio. Maria Cláudia levantou-se e disse:

– Vou pedir à dona Lídia que me deixe telefonar.

A mãe ainda abriu a boca para uma objeção, mas calou-se: a filha já ia no corredor.

– Escusas de fechar a porta, visto que não te demoras.

Na cozinha, Rosália ouviu a porta fechar-se. Não quis acreditar que a filha o tivesse feito de propósito para a contrariar. Encheu o alguidar e começou a lavar a louça suja da refeição da manhã.

Maria Cláudia não comparticipava dos escrúpulos da mãe quanto à inconveniência das relações com a vizinha de baixo, e, pelo contrário, achava d. Lídia muito simpática. Antes de tocar, ajeitou a gola da bata e passou as mãos pelo cabelo. Lamentou não ter dado um poucochinho de cor aos lábios.

A campainha deu um som estrídulo que ficou a ressoar no silêncio da escada. Por um pequeno ruído que ouviu, Maria Cláudia teve a certeza de que Justina a espreitava pelo ralo. Ia voltar-se, com um gesto de provocação, mas nesse momento a porta abriu-se e d. Lídia apareceu.

– Bom dia, senhora dona Lídia.

– Bom dia, Claudinha. Que a traz por cá? Não quer entrar?

– Se me dá licença...

No corredor penumbroso, a rapariga sentiu envolvê-la a tepidez perfumada do ambiente.

– Então, que há?

– Venho maçá-la, mais uma vez, dona Lídia.

– Ora, ora, não maça nada. Bem sabe que gosto muito que venha a minha casa.

– Obrigada. Queria pedir-lhe se me deixava telefonar para o escritório a dizer que não vou hoje.

– À vontade, Claudinha.

Empurrou-a docemente na direção do quarto. Maria Cláudia nunca ali entrava sem se perturbar. O quarto de Lídia tinha uma atmosfera que a entontecia. Os móveis eram bonitos, como nunca vira, havia espelhos, cortinas, um sofá vermelho, um tapete felpudo no chão, frascos de perfume no toucador, um cheiro de tabaco caro, mas nada disto, isoladamente, era responsável pela sua perturbação. Talvez o conjunto, talvez a presença de Lídia, qualquer coisa imponderável e vaga, como um gás que passa através de todos os filtros e que corrói e queima. Na atmosfera daquele quarto, perdia sempre o domínio de si mesma. Ficava tonta como se tivesse bebido champanhe, com uma irresistível vontade de fazer tolices.

– Ali tem o telefone – disse Lídia. – Esteja à vontade.

Fez um movimento para retirar-se, mas Maria Cláudia disse, rapidamente:

– Ai, por minha causa, não, dona Lídia. Isto não tem importância nenhuma...

Disse a última frase com uma intonação e um sorriso que pareciam dizer que outras coisas teriam importância e que d. Lídia bem sabia quais. Estava de pé, e Lídia exclamou:

– Sente-se, Claudinha! Aí mesmo, na beira da cama.

Com as pernas a tremer, sentou-se. Pousou a mão livre sobre o *édredon* forrado de cetim azul e, sem que desse por isso, pôs-se a afagar o tecido acolchoado, quase com volúpia. Lídia parecia desinteressada. Abrira uma caixa de cigarros e acendera um *Camel*. Não fumava por vício ou por necessidade, mas o cigarro fazia parte de uma complicada rede de atitudes, palavras e gestos, todos com o mesmo objetivo: impressionar. Isso, em si, já se transformara numa segunda natureza: desde que estivesse acompanhada, e fosse qual fosse a companhia, trataria de impressionar. O cigarro, o riscar lento do fósforo, a primeira baforada de fumo, longa e sonhadora, tudo eram cartas do jogo.

Maria Cláudia explicava ao telefone, com muitos gestos e exclamações, a sua "terrível" dor de cabeça. Fazia boquinhas de mimo, boquinhas dolorosas de quem está muito doente. Às furtadelas, Lídia observava-lhe a mímica. Por fim, a rapariga desligou e levantou-se:

– Pronto, dona Lídia. E muito obrigada.

– Ora essa! Já sabe que está sempre às suas ordens.

– Dá-me licença? Aqui tem os cinco tostões da chamada.

– Patetinha. Guarde o dinheiro. Quando é que perde o hábito de me querer pagar os telefonemas?

Sorriram ambas, olhando-se. Subitamente, Maria Cláudia teve medo. Não havia de que ter medo, ao menos daquele medo físico e imediato, mas, de um momento para o outro, sentiu uma presença assustadora no quarto. Talvez a atmosfera, que há pouco apenas entontecia, se tivesse tornado, de repente, sufocante.

– Bem. Vou-me embora. E, mais uma vez, obrigada.

– Não quer ficar mais um bocadinho?

– Tenho que fazer. A minha mãe está à minha espera.

– Não a prendo, então.

Lídia trazia um roupão de tafetá duro, vermelho, com os reflexos esverdeados dos élitros de certos besouros, e deixava atrás de si um rasto de perfume intenso. Ouvindo o ruge-ruge do tecido e, sobretudo, aspirando o aroma quente e capitoso que se desprendia de Lídia, aroma que não era só o do perfume, que era, também, o do próprio corpo de Lídia, Maria Cláudia sentia que estava a ponto de perder completamente a serenidade.

Quando Claudinha, depois de repetir os agradecimentos, saiu, Lídia voltou ao quarto. O cigarro queimava-se lentamente no cinzeiro. Esmagou-lhe a ponta para o apagar. Depois, estendeu-se na cama. Uniu as mãos atrás da nuca e acomodou-se melhor sobre o *édredon* macio que Maria Cláudia acariciara. O telefone tocou. Com um gesto cheio de preguiça, levantou o auscultador:

– Sim... Sou... Ah! sim. (...) Quero. Qual é a ementa, hoje? (...) Está bem. Serve. (...) Não, isso não. (...) Uhm! Está bem. (...) E a fruta? (...) Não gosto. (...) É escusado. Não gosto. (...) Pode ser. (...) Bom. Não mande tarde. (...) E não se esqueça de mandar a conta do mês. (...) Bom dia.

Pousou o auscultador e deixou-se cair outra vez na cama. Deu um amplo bocejo, com o à-vontade de quem não teme observadores indiscretos, um bocejo que evidenciava a ausência de um dos últimos molares.

Lídia não era bonita. Feição por feição, a análise concluiria por aquele tipo de fisionomia que está tão longe da beleza como da vulgaridade. Neste momento, prejudicava-a o não estar pintada. Tinha o rosto luzidio do creme da noite, e as sobrancelhas, nas extremidades, exigiam depilação. Lídia não era, de facto, bonita, sem contar com a circunstância importante de que o calendário já marcara o dia em que completara trinta e dois anos e que os trinta e três não vinham longe. Mas de toda ela se desprendia uma sedução absorvente. Os olhos eram castanho-escuros, os cabelos pretos. O rosto tinha, em momentos de cansaço, uma dureza masculina, especialmente ao redor da boca e nas asas do nariz, mas Lídia sabia, com uma ligeira transformação, torná-lo acariciante, sedutor. Não pertencia ao tipo de mulheres que atraem pelas formas do corpo, mas, da cabeça aos pés, irradiava sensualidade. Era bastante hábil para provocar em si própria um frémito que deixava o amante sem raciocínio, impossibilitado de defender-se daquilo que supunha ser natural, daquela onda simulada em que se afogava julgando-a verdadeira. Lídia sabia. Tudo eram cartas do seu jogo – e o seu corpo, delgado como um junco e vibrante como uma vara de aço, o seu maior trunfo.

Hesitou entre o adormecer e o levantar-se. Pensava em Maria Cláudia, na sua beleza fresca de adolescente, e, num instante, apesar de sentir indignas de si quaisquer comparações com uma criança, teve um brusco apertar de coração, um movimento de inveja que lhe enrugou a testa. Quis arranjar-se, pintar-se, pôr entre a juventude de Maria Cláudia e a sua sedução de mulher experiente a maior distância possível. Levantou-se rapidamente. Ligara já o esquentador: a água para o banho estava pronta. Num só movimento, despojou-se do roupão. Depois ergueu a camisa de dormir pela fímbria e despiu-a pela cabeça. Ficou completamente nua. Experimentou a temperatura da água e deixou-se escorregar para a banheira. Lavou-se devagar. Lídia conhecia o valor do asseio na sua situação.

Limpa e refrescada, embrulhou-se no roupão de banho e saiu para a cozinha. Antes de voltar ao quarto acendeu o fogão de gás e pôs uma cafeteira ao lume para o chá.

No quarto, vestiu um vestido simples mas gracioso, que lhe vincava as formas e a tornava mais nova, arranjou sumariamente o rosto, contente de si mesma e do creme que vinha usando. Regressou à cozinha. A água já fervia. Retirou a cafeteira. Quando abriu a caixa do chá verificou que estava vazia. Fez uma careta de aborrecimento. Deixou a lata e voltou ao quarto. Ia fazer uma ligação para a mercearia, chegou a levantar o auscultador, mas ao ouvir alguém falar na rua abriu a janela.

O nevoeiro levantara-se e o céu estava azul, de um azul aguado de começo de primavera. O sol vinha mesmo de muito longe, tão de longe que a atmosfera estimulava de frescura.

Na janela do rés do chão esquerdo do prédio uma mulher dava, e tornava a dar, um recado a um garoto loiro que a olhava de baixo, com o narizito franzido pelo esforço de atenção que estava fazendo. Falava com acento espanhol e abundantemente. O garoto já percebera que a mãe queria dez tostões de pimenta, e estava pronto a partir, mas ela repetia a encomenda só pelo gosto de falar com o filho e de ouvir-se a si mesma. Parecia nada haver mais a recomendar. Lídia chamou:

– Dona Carmen, ó dona Carmen!

– *Quien me llama*? Ah, *buenos días*, dona Lídia!

– Bom dia. Dava licença que o Henriquinho me fizesse um recado da mercearia? Precisava de chá...

Deu o recado e lançou uma nota de vinte escudos para o garoto. Henriquinho deitou a correr rua fora, como se o perseguissem cães. Lídia agradeceu a d. Carmen que respondia na sua língua de trapos, alternando palavras espanholas com frases portuguesas e deixando estas a escorrer sangue na pronúncia. Lídia, que não gostava de exibir-se à janela, despediu-se. Daí a pouco chegou Henriquinho, muito vermelho da carreira, com o pacote do chá e o troco. Gratificou-o com dez tostões e um beijo – e o garoto foi-se embora.

A chávena cheia, um prato de bolos secos ao lado, Lídia instalou-se de novo na cama. Enquanto comia ia lendo um livro que tirara de um pequeno armário da casa de jantar. Preenchia o vazio dos seus dias desocupados com a leitura de romances e tinha alguns, de bons e maus autores. Neste momento estava interessadíssima no mundo fútil e inconsequente de *Os Maias*. Ia bebendo o chá em pequenos goles, trincava um palito *de la reine* e lia um período, exatamente aquele em que Maria Eduarda lisonjeia Carlos com a declaração de que "além de ter o coração adormecido, o seu corpo permaneceu sempre frio, frio como um mármore...". Lídia gostou da frase. Procurou um lápis para marcá-la, mas não encontrou. Então, levantou-se com o livro na mão e foi ao toucador. Com o *bâton* fez um sinal na margem da página, um risco vermelho que ficava sublinhando um drama ou uma farsa.

Da escada veio um rumor de vassoura. Logo, a voz aguda de d. Carmen entoou uma cantilena melancólica. E, ao fundo, atrás desses ruídos de primeiro plano, o zumbido perfurante de uma máquina de costura e as pancadas secas de um martelo sobre a sola.

Com um bolo delicadamente apertado entre os dentes, Lídia recomeçou a leitura.

II

O velho relógio da sala, que Justina herdara por morte dos pais, bateu nove pancadas fanhosas, depois um arquejo de maquinismo cansado. A casa, de tão silenciosa, parecia desabitada. Justina usava sapatos de rasto de feltro e passava de um quarto para outro com a subtileza de um fantasma. Estavam tão certas uma para a outra – ela e a casa – que, vendo-as, se compreendia imediatamente por que uma e outra eram assim e não de outro modo. Justina só podia existir naquela casa, e a casa, assim tão nua e silenciosa, não poderia ser o que era sem a presença de Justina. Dos móveis, do chão, subiam emanações de mofo. Havia no ar um cheiro a bafio. As janelas sempre fechadas produziam aquela atmosfera de túmulo – e Justina era tão lenta e tardia que a limpeza da casa nunca se fazia completamente.

O som do relógio, que expulsara o silêncio, morria em vibrações cada vez mais ténues e distantes. Depois de apagar todas as luzes, Justina foi sentar-se numa cadeira, perto da janela que dava para a rua. Gostava de ali estar, imóvel, desocupada, as mãos abandonadas no regaço, os olhos abertos para a escuridão, à espera nem ela sabia de quê. A seus pés veio enroscar-se o gato, seu único companheiro de serões. Era um animal tranquilo, de olhos interrogadores e andar sinuoso, que parecia ter perdido a faculdade de miar. Aprendera com a dona o silêncio e, como ela, a ele se abandonava.

O tempo fluía lentamente. O tiquetaque do relógio empurrava o silêncio, insistia em querer afastá-lo, mas o silêncio opunha-lhe a sua massa espessa e pesada, onde todos os sons se afogavam. Sem desfalecimento, um e outro lutavam, o som com a obstinação do desespero e a certeza da morte, o silêncio com o desdém da eternidade.

Depois, outro ruído maior se interpôs: pessoas descendo a escada. Se fosse dia, Justina não deixaria de espreitar, mais por não querer ou não ter outra coisa para fazer do que por curiosidade, mas a noite deixava-a sempre sem forças, muito cansada, com uma estúpida vontade de chorar e de morrer. No entanto, apostaria sem hesitação que eram Rosália, o marido e a filha que iam ao cinema. Conhecia isso pelo modo de rir de Maria Cláudia, que era louca por cinema.

Cinema... Há quanto tempo não ia Justina ao cinema? Sim, a morte da filha... Mas, já antes disso, há quanto tempo não ia ao cinema? Matilde ia com o pai, mas ela ficava sempre em casa. Por quê? Sabia lá!... Não ia. Não gostava de andar na rua com o marido. Era muito alta e muito magra, e ele gordo e atarracado. No dia do casamento, os garotos da rua riram-se ao vê-la sair da igreja. Nunca esquecera esse riso, como não podia esquecer aquela fotografia, com os padrinhos e os convidados dispostos nos degraus da igreja como espectadores de peão em campo de futebol. Ela, hirta, com o ramo de flores pendurado, os olhos negros embaciados de perplexidade; e ele, já gordo, comprimido na sobrecasaca e com o chapéu alto emprestado. Enterrara essa fotografia ridícula no fundo duma gaveta e nunca mais a quisera ver.

O diálogo do relógio e do silêncio foi interrompido outra vez. Da rua veio o rolar surdo de rodas de borracha sobre o pavimento irregular. O automóvel parou. Houve uma confusão de ruídos na noite: a mola do travão de mão, o som característico da porta ao abrir-se, a pancada seca ao fechar, um tilintar de chaves. Justina não precisou de levantar-se para saber quem chegava. Dona Lídia recebia uma visita, a sua visita, o homem que a vinha ver três vezes por semana. Lá pelas duas da madrugada, o visitante sairia. Nunca passava a noite ali. Era metódico, pontual, correto. Justina não gostava da vizinha do lado. Tinha-lhe raiva porque ela era bonita e, sobretudo, porque era uma dessas mulheres que estão por conta, e ainda porque tinha uma casa bem-posta, dinheiro para pagar à mulher a dias e para mandar vir as refeições de um restaurante, sair à rua carregada de joias e rescendente de perfumes. Mas estava-lhe grata porque lhe proporcionara o pretexto de romper com o marido para sempre. Graças a Lídia, juntara às suas mil razões a razão maior.

Num esforço lento e penoso, como se o corpo se recusasse ao movimento, levantou-se e acendeu a luz. A sala de jantar, onde se encontrava, era grande, e a lâmpada que a iluminava tão fraca que, da escuridão afastada, ficaram penumbras nos cantos. As paredes nuas, as cadeiras de espaldar vertical, duras e repelentes, a mesa sem brilho e sem flores, os móveis baços e quase desguarnecidos – e Justina sozinha, no meio deste frio, muito alta e magra, o vestido preto, e os olhos negros, profundos e calados.

O relógio desandou duas rodas e deu uma pancada tímida. Nove e um quarto. Justina bocejou com lentidão. Depois apagou a luz e passou ao quarto de dormir. Sobre a cómoda, o retrato da filha abria um sorriso alegre, a única claridade viva daquele quarto sombrio e bafiento. Com um suspiro resignado, Justina deitou-se.

Dormia sempre mal. Levava a noite baralhando sonhos, confusos sonhos de que acordava exausta e perplexa. Apesar do esforço de memória que fazia, era-lhe impossível reconstituí-los. Só não podia esquecer – e, mesmo assim, mais como um pressentimento, ou talvez a lembrança de um pressentimento, do que como uma certeza – a obsidiante presença de alguém atrás de uma porta que nem todas as forças do mundo podiam abrir. Antes de adormecer martelava no cérebro a recordação do rosto de Matilde, das inflexões da sua voz, dos gestos, das gargalhadas, e, até, da sua face morta, como se tudo isto pudesse, no sonho, despedaçar aquela porta sempre fechada. Inútil. Cerradas as pálpebras, Matilde escondia-se, tão escondidamente que Justina só vinha a encontrá-la, sem mistério, ao acordar no dia seguinte. Mas encontrá-la sem mistério era perdê-la; vê-la como em vida era ignorá-la.

As pálpebras desceram devagar sob o peso das sombras e do silêncio. Lentamente, o silêncio e as sombras passavam para o cérebro de Justina. Ia começar a lenta sarabanda dos sonhos, repetir-se a angustiosa presença estranha – e a porta fechada que guardava o mistério. De repente, muito ao longe, ressoaram gemidos surdos e desesperados. A noite ficou arrepiada de sobrenatural. Os olhos já nublados de Justina abriram-se para a escuridão. Rolando por montanhas e planícies, despertando ecos nas grutas sombrias e nas cavidades das árvores antigas, lançando na noite mil ressonâncias trágicas, os gemidos aproximavam-se e o seu gemer já era chorar e cada lamento uma lágrima caindo como um punho cerrado, com a força de um punho cerrado.

Os olhos perdidos de Justina lutaram contra a angústia dos sons que lhe enchiam os ouvidos. Sentia que era arrastada para um abismo negro e fundo, e lutava para não se afundar. Na queda, apareceu o sorriso claro de Matilde. Agarrou-se-lhe com desespero e mergulhou no sonho.

Atravessando as paredes e subindo até às estrelas, ficou a música, o andamento lento da *Heroica*, clamando a dor, clamando a injustiça da morte do homem.

III

Os últimos compassos da *Marcha fúnebre* tombavam como violetas no túmulo do herói. Depois, uma pausa. Uma lágrima que desliza e morre. E, imediatamente, a vitalidade dionisíaca do *Scherzo*, ainda pesado da sombra do Hades, mas fruindo já a alegria da vida e da vitória.

Um estremecimento correu sobre as cabeças curvadas. O círculo encantado da luz que descia do teto unia as quatro mulheres na mesma fascinação. Os rostos graves tinham a expressão tensa dos que assistem à celebração de ritos misteriosos e impenetráveis. A música, com o seu poder hipnótico, levantava alçapões no espírito das mulheres. Não se fitavam. Tinham os olhos atentos ao trabalho, mas só as mãos estavam presentes.

A música corria livremente no silêncio e o silêncio recebia-a nos seus lábios mudos. O tempo passou.

A sinfonia, como um rio que desce da montanha, alaga a planície e se afunda no mar, acabou na profundidade do silêncio.

Adriana estendeu o braço e desligou a telefonia. Um estalido seco como o correr de uma fechadura. Terminara o mistério.

Tia Amélia ergueu os olhos. As suas pupilas, habitualmente duras, tinham um brilho húmido. Cândida murmurou:

– É tão bonito!

Não era eloquente a tímida e irresoluta Cândida, mas os seus lábios descorados tremiam, como tremem os das raparigas quando recebem o primeiro beijo de amor. Tia Amélia não ficou satisfeita com a classificação:

– Bonito? Bonito é uma cantiguinha qualquer. Isto é... é...

Hesitava. A palavra que queria pronunciar estava-lhe nos lábios, mas parecia-lhe que a profanaria dizendo-a. Há palavras que se retraem, que se recusam – porque significam de mais para os nossos ouvidos cansados de palavras. Amélia perdera um pouco da sua firmeza de articulação. Foi Adriana quem, numa voz que tremia, numa voz de segredo que se trai, murmurou:

– É belo, tia.

– Sim, Adriana. É assim mesmo.

Adriana baixou os olhos para a meia que estava passajando. Uma tarefa prosaica, como a de Isaura que caseava uma camisa, como a da mãe que estava pormenorizando as malhas de um *crochet*, como a de tia Amélia que somava as despesas do dia. Tarefas de mulheres feias e apagadas, tarefas de uma vida miudinha, de uma vida de janelas sem horizonte. Mas a música passara, a música companheira dos seus serões, visita diária da casa, consoladora e estimuladora – e agora podiam falar de beleza.

– Por que será que a palavra "belo" custa tanto a dizer? – perguntou Isaura, sorrindo.

– Não sei – respondeu a irmã. – O certo é que custa. E, vendo bem, devia ser como qualquer outra. É fácil de dizer, são só quatro letras... Também não percebo.

Tia Amélia, ainda chocada pela sua incapacidade de há pouco, quis esclarecer:

– Percebo eu. É como a palavra Deus para os que creem. É uma palavra sagrada.

Sim. Tia Amélia dizia sempre a palavra necessária. Mas impedia a discussão. Ficava tudo dito. O silêncio, um silêncio sem música, carregou a atmosfera. Cândida perguntou:

– Não há mais nada?

– Não. O resto do programa não interessa – respondeu Isaura.

Adriana sonhava, a meia esquecida sobre o regaço. Lembrava-se da máscara de Beethoven que vira na montra de uma loja de músicas, havia muitos anos. Tinha ainda nos olhos aquela face larga e poderosa, que até na inexpressividade do gesso mostrava a marca do génio. Chorara um dia inteiro porque não tinha dinheiro para a comprar. Fora isso pouco tempo antes de perder o pai. A morte deste, a diminuição dos recursos económicos, a necessidade de deixar a antiga residência – e a máscara de Beethoven era hoje, mais do que então, um sonho impossível.

– Em que pensas tu, Adriana? – perguntou a irmã.

Adriana sorriu e encolheu os ombros:

– Tolices.

– Correu-te mal o dia?

– Não. É sempre a mesma coisa: faturas a receber, faturas a pagar, débitos e créditos de dinheiro que não é nosso...

Riram ambas. Tia Amélia acabava as contas e pôs uma pergunta:

– Não se fala por lá em aumentos?

Adriana encolheu os ombros outra vez. Não gostava que lhe fizessem esta pergunta. Parecia-lhe que os outros achavam pouco o que ela ganhava e isso ofendia-a. Respondeu, com secura:

– Dizem que não se faz negócio...

– É sempre a mesma história. Para uns, muito; para outros, pouco; e para outros, nada! Quando é que essa gente aprende a pagar aquilo de que precisamos para viver?

Adriana suspirou. Tia Amélia era intratável em assuntos de dinheiro, de patrões e empregados. Não que fosse invejosa, mas indignava-a o desperdício que vai por esse mundo, quando milhões de pessoas sofrem fome e miséria. Ali, em casa, não havia miséria, e a mesa tinha comida a todas as refeições, mas havia a rigidez do orçamento apertado, donde fora excluído todo o supérfluo, até aquele supérfluo necessário sem o qual a vida do homem se processa quase ao nível da dos animais. Tia Amélia insistiu:

– É preciso falar, Adriana. Há dois anos que estás na casa e o ordenado mal chega para os elétricos.

– Oh, tia, mas que hei de eu fazer?

– Que hás de fazer? Põe-te a olhar para mim, assim, com esses olhos espantados!

A frase doeu a Adriana como uma pancada. Isaura olhou a tia com severidade:

– Tia!

Amélia virou-se para ela. Olhou depois Adriana e disse:

– Desculpem.

Levantou-se e deixou a sala. Adriana levantou-se também. A mãe fê-la sentar-se:

– Não faças caso, filha. Tu sabes que é ela que faz as compras. Mata a cabeça para o dinheiro chegar e o dinheiro não chega. Vocês ganham, trabalham, mas ela, coitada, é que se rala. Só eu é que sei.

Tia Amélia apareceu à porta. Parecia comovida, mas nem por isso a voz foi menos brusca, ou talvez por isso mesmo não o pudesse deixar de ser:

– Querem uma chávena de café?

(Como nos antigos tempos... Uma chávena de café! Venha, pois, a chávena de café, tia Amélia! Sente-se aqui, ao pé de nós, assim, com esse rosto de pedra e esse coração de cera. Beba uma chávena de café e amanhã refaça as suas contas, invente receitas, suprima despesas, suprima mesmo esta chávena de café, esta inútil chávena de café!)

O serão recomeçou, agora mais arrastado e silencioso. Duas mulheres velhas e duas que já voltavam costas à mocidade. O passado para recordar, o presente para viver, o futuro para recear.

Perto da meia-noite o sono introduziu-se na sala. Alguns bocejos. Cândida alvitrou (era sempre dela que vinha este alvitre):

– E se nos fôssemos deitar?

Levantaram-se, com um rumor de cadeiras arrastadas. Como de costume, só Adriana se deixou ficar para dar tempo a que as outras se deitassem. Depois, arrumou a costura e entrou no quarto. A irmã lia o romance. Tirou da mala um molho de chaves e abriu uma gaveta da cómoda. Com outra chave mais pequena abriu uma caixa e retirou de dentro um caderno grosso. Isaura olhou por cima do livro e sorriu:

– Lá vai o diário! Um dia hei de ver o que escreves nesse caderno.

– Não tens esse direito! – respondeu a irmã, de mau modo.

– Pronto! Não te assanhes...

– Às vezes, dá-me vontade de to mostrar, só para não estares sempre a falar na mesma coisa!

– Aborreço-te?

– Não, mas podias calar-te. Acho que é muito feio estares sempre com esses ditos. Ou não terei o direito de guardar o que me pertence?

Os olhos de Adriana, por detrás das lentes espessas, rebrilhavam irritados. Com o caderno apertado contra o peito, enfrentava o sorriso irónico da irmã.

– Pois sim – disse Isaura. – Vai lá escrevendo. Há de chegar o dia em que tu própria hás de mostrar o caderno para eu ler.

– Vai esperando – respondeu Adriana.

E saiu do quarto. Isaura acomodou-se melhor debaixo da roupa, colocou o livro em ângulo propício para a leitura e esqueceu a irmã. Esta, depois de passar pelo quarto, já às escuras, onde dormiam a mãe e a tia, fechou-se na casa de banho. Só ali, protegida pelo local contra a curiosidade da família, se sentia bastante segura para escrever no caderno as suas impressões do dia. Começara a escrever o seu diário pouco tempo depois de se empregar. Escrevera já dezenas de páginas. Sacudiu a caneta e começou:

"Quarta-feira, 19/3/52, à meia-noite menos cinco. Tia Amélia está hoje mais rabugenta. Detesto que me falem no pouco que ganho. Ofendem-me. Estive quase para responder-lhe que ganho mais que ela. Arrependi-me antes de ter falado e ainda bem. Tia Amélia, coitada... Diz a mãe que se mata a fazer contas. Acredito. É o que se passa comigo. Esta noite ouvimos a 3ª Sinfonia de Beethoven. A mãe disse que era bonito, eu disse que era belo e tia Amélia concordou comigo. Gosto da tia. Gosto da mãe. Gosto da Isaura. Mas o que elas não sabem é que eu não estava a pensar na sinfonia ou no Beethoven, quer dizer, não estava a pensar nisto só...

Também pensava... Até me lembrei da máscara de Beethoven e no meu desejo de a ter... Mas também pensava 'nele'. Estou contente, hoje. Falou-me muito bem. Quando me deu as faturas para eu conferir, tocou com a mão direita no meu ombro. Gostei tanto! Fiquei toda a tremer por dentro e senti-me corar até às orelhas. Tive que baixar a cabeça para ninguém ver. O pior foi depois. Julgou que eu não ouvia e começou a falar com o Sarmento a respeito de uma rapariga loira. Não chorei porque parecia mal e porque não quero comprometer-me. 'Ele' brincou com a rapariga durante uns meses e depois deixou-a. Meu Deus, será o mesmo comigo? Ainda bem que 'ele' não sabe que gosto dele. Era capaz de fazer pouco de mim. Se assim fosse, matava-me!"

Aqui interrompeu-se, mordiscando a ponta da caneta. Tinha escrito que estava contente e agora já falava em matar-se. Achou que não estava bem. Pensou um pouco e fechou com esta frase:

"Gostei tanto que ele me tivesse tocado no ombro!"

Agora sim. Fechava como devia, com uma esperança, com uma pequena alegria. Fazia questão de não ser completamente sincera no seu diário, quando os acontecimentos do dia a levassem ao desânimo e à tristeza. Releu o que escrevera e fechou o caderno.

Trouxera do quarto a camisa de dormir, uma camisa branca, afogada, sem decote, com as mangas compridas, porque as noites ainda estavam frescas. Despiu-se rapidamente. O seu corpo deselegante, liberto do constrangimento do vestuário, soltou-se e ficou mais pesado e irregular. O *soutien-gorge* vincava-lhe as costas. Quando o tirou, um vergão vermelho ficou a rodear-lhe o corpo como a marca de uma chicotada. Enfiou a camisa e, depois de completar o arranjo noturno, foi para o quarto.

Isaura não largava o livro. Tinha o braço livre curvado sobre a cabeça, e a posição deixava-lhe visível a axila enegrecida e o começo dos seios. Absorta na leitura, nem se mexeu quando a irmã se deitou.

– Já é tarde, Isaura. Deixa isso – murmurou Adriana.

– Já vai! – respondeu, impaciente. – Não tenho culpa de que não gostes de ler.

Adriana encolheu os ombros, num movimento que lhe era peculiar. Voltou as costas à irmã, puxou a roupa para cima de modo a evitar que a luz lhe batesse nos olhos e daí a pouco adormecia.

Isaura continuou a ler. Tinha que acabar o livro nessa noite porque o prazo do aluguer acabava no dia seguinte. Era perto da uma hora quando chegou ao fim. Ardiam-lhe os olhos e tinha o cérebro excitado. Pôs o livro na mesa de cabeceira e apagou a luz. A irmã dormia. Ouvia-lhe a respiração ritmada e regular, e teve um movimento de mau humor. No seu entender, Adriana era de gelo – e aquele diário uma criancice para fazer acreditar que tinha mistérios na sua vida. No quarto havia uma ténue luminosidade proveniente de um candeeiro da rua.

Ouvia-se no escuro o roer de um inseto da madeira. Do quarto ao lado vieram vozes abafadas: tia Amélia sonhava alto.

Todo o prédio dormia. De olhos abertos para a noite, as mãos cruzadas atrás da cabeça, Isaura pensava.

IV

– Não façam barulho. Bem sabem que não gosto de perturbar o sono da vizinhança – murmurou Anselmo.

Subia a escada, levando atrás de si a mulher e a filha, e iluminava o caminho acendendo fósforos. Distraído com as recomendações, deixou-se queimar. Soltou uma interjeição involuntária e riscou novo fósforo. Maria Cláudia sufocava de riso. A mãe ralhou em voz baixa:

– Então, menina, que propósitos são esses?

Chegavam a casa. Entraram a furta-passo, como gatunos. Mal chegaram à cozinha, Rosália sentou-se num banco:

– Ai, que cansada!

Descalçou os sapatos e as meias e mostrou os pés inchados:

– Olhem para isto!...

– Tens albumina, é o que é – declarou o marido.

– Credo! – sorriu Maria Cláudia. – O pai não faz a coisa por menos.

– Se o teu pai diz que tenho albumina, é porque é verdade – replicou a mãe.

Anselmo acenou a cabeça com gravidade. Fixava atentamente os pés da mulher e da observação tirava novas razões para o diagnóstico:

– É o que eu digo...

O pequeno rosto de Maria Cláudia franziu-se de desgosto. Aquele espetáculo dos pés da mãe e a possível doença aborreciam-na. Tudo que fosse feio a aborrecia.

Mais para se furtar à conversa do que por amor do trabalho, tirou três chávenas do armário e encheu-as de chá. Deixavam sempre o termo cheio, para o regresso. Aqueles cinco minutos dedicados à pequena refeição davam-lhes uma sensação toda particular, como se de repente tivessem deixado a mediocridade da sua vida para subir uns furos na escala do bem-estar económico. A cozinha desaparecia para dar lugar a uma salinha íntima com móveis caros e quadros pelas paredes e um piano a um canto. Rosália deixava de ter albumina, Maria Cláudia trazia um vestido da última moda. Só Anselmo não mudava. Era sempre o mesmo homem. Distinto, alto, decorativo, um pouco curvado, calvo, e cofiando o pequeno bigode. O rosto parado e inexpressivo, produto de um esforço de anos orientado no sentido de represar as emoções para garantia da respeitabilidade.

Infelizmente, eram apenas cinco minutos. Os pés descalços de Rosália acabaram por dominar a cena, e Maria Cláudia foi a primeira a deitar-se.

Na cozinha, marido e mulher começaram o diálogo-monólogo de quem está casado há mais de vinte anos. Banalidades, palavras ditas só por dizer, um simples prelúdio ao sono tranquilo da idade madura.

Pouco a pouco, os ruídos foram diminuindo, até que ficou aquele silêncio de expectativa que antecede a chegada do sono. Depois o silêncio tornou-se mais denso. Apenas Maria Cláudia continuava acordada. Tinha sempre dificuldade em adormecer. Gostara da fita. No cinema, um rapaz olhara-a muito, durante os intervalos. À saída viera mesmo junto dela, a tal ponto que lhe sentira o hálito no pescoço. Só não percebia por que o rapaz não a seguira. Mais valia não ter olhado tanto para ela. Esqueceu-se do cinema para se lembrar da visita que fizera a casa de d. Lídia. Que bonita era d. Lídia! "Muito mais bonita que eu..." Teve pena de não ser como d. Lídia. Subitamente, lembrou-se de que vira o automóvel à porta. Ficou sobre brasas, já incapaz de adormecer. Ignorava que horas eram, mas calculou que não devia estar muito longe das duas. Sabia, como toda a gente no prédio, que o visitante noturno de d. Lídia saía por volta das duas da madrugada. Por efeito da fita, do rapaz ou da visita matinal, sentia-se cheia de curiosidade, embora achasse nessa curiosidade algo de censurável e impróprio. Esperou. Minutos depois, ouviu no andar de baixo o ruído de uma lingueta que corre e duma porta que se abre. Um som indistinto de vozes e uns passos descendo a escada.

Com cuidado, para não acordar os pais, a rapariga deixou-se escorregar da cama. Caminhando na ponta dos pés, chegou à janela e entreabriu a cortina. O automóvel ficava sempre encostado ao passeio fronteiro. Viu o vulto pesado do homem atravessar a rua e entrar no automóvel.

O carro começou a rolar e, rapidamente, desapareceu do campo de visão de Maria Cláudia.

V

Dona Carmen tinha um modo muito seu de saborear as manhãs. Não era pessoa que se deixasse ficar na cama até à hora do almoço e nem isso lhe era possível porque tinha de tratar da refeição do marido e de arranjar o Henriquinho, mas não lhe falassem em lavar-se e pentear-se antes do meio-dia. Adorava andar pela casa fora, durante a manhã, por arranjar, os cabelos soltos, toda ela descuidada e preguiçosa. O marido detestava semelhantes hábitos, que implicavam com as suas normas de regularidade. Vezes sem conto tentara convencer a mulher a emendar-se, mas o tempo encarregara-se de fazer-lhe ver que era tempo perdido. Apesar de a sua profissão de caixeiro de praça não lhe impor um horário rígido, escapava-se de manhã cedo só para não ficar indisposto todo o dia. Carmen, por seu lado, desesperava-se quando o marido se demorava em casa depois do café. Não que se sentisse obrigada por tal a faltar aos seus queridos hábitos, mas a presença do marido diminuía-lhe o prazer da manhã. O resultado é que, para ambos, dia em que isso acontecesse era dia estragado.

Nessa manhã, Emílio Fonseca, no preparar o mostruário para sair, verificou que alguém tinha baralhado preços e amostras. Os colares estavam fora dos lugares, misturados com as pulseiras e os alfinetes de peito, e tudo isto a trouxe-mouxe com os brincos e os óculos escuros. O responsável pelo desalinho só podia ser o filho. Ainda pensou em interrogá-lo, mas achou que não valia a pena. Se o filho negasse, desconfiaria de que estava mentindo, e isso era mau; se ele confessasse, teria de bater-lhe ou ralhar-lhe, o que seria pior. Sem contar que a mulher interviria logo, como uma fúria, e a cena acabaria em zaragata. Ora, farto de zaragatas estava ele. Colocou a mala sobre a mesa da casa de jantar e, sem uma palavra, procurou pôr ordem naquele desconcerto.

Emílio Fonseca era um homem pequeno e seco. Não era magro: era seco. Pouco mais de trinta anos. Louro, de um louro pálido e distante, o cabelo ralo e a testa alta. Sempre se envaidecera da altura da sua testa. Agora que ela estava maior por causa da calvície incipiente, preferiria tê-la mais baixa. Aprendera, no entanto, a conformar-se com o inevitável – e o inevitável não era apenas a falta de cabelo mas também a necessidade de arrumar a mala. Aprendera a ficar tranquilo em oito anos de casamento falhado. A boca era firme, com uns vincos de amargura. Quando sorria entortava-a ligeiramente, o que lhe dava à fisionomia um ar sarcástico que as palavras não desmentiam.

Henriquinho, com o ar embaraçado do criminoso que volta ao local do crime, veio mirar o que o pai fazia. Tinha uma cara de anjo, louro como o pai, mas de um louro mais quente. Emílio nem o olhou. Pai e filho não se amavam, nem pouco, nem muito: apenas se viam todos os dias.

No corredor ouvia-se o chinelar de Carmen, um chinelar agressivo, mais eloquente que todos os discursos. A arrumação estava quase completa. Carmen espreitou à porta da casa de jantar para calcular o tempo que o marido demoraria ainda. Já lhe parecia demasiada a demora. Neste momento, a campainha retiniu. Carmen franziu o sobrecenho. Não esperava ninguém àquela hora. O padeiro e o leiteiro já tinham vindo, e para o carteiro ainda era cedo. A campainha tocou outra vez. Com um "já lá vai!" impaciente dirigiu-se para a porta, levando o filho nos calcanhares. Apareceu-lhe uma mulherzinha de xaile, com um jornal na mão. Mirou-a, desconfiada, e perguntou:

– *¿Qué desea*? (Tinha momentos em que ainda que a matassem não falaria português.)

A mulher sorriu com humildade:

– Bom dia, minha senhora. É aqui que está um quarto para alugar, não é? Podia vê-lo?...

Carmen ficou assombrada:

– Quarto para alugar? *No hay aquí* quarto para alugar.

– Mas o jornal traz um anúncio...

– Um anúncio? Deixe ver, se faz favor.

A voz tremia-lhe de irritação mal reprimida. Respirou fundo para acalmar-se. A mulher indicou-lhe o anúncio com um dedo espetado que tinha uma cicatriz de panarício. Lá estava, na coluna dos quartos para alugar. Não havia dúvida. Batia tudo certo: o nome da rua, o número do prédio e a indicação claríssima de rés do chão esquerdo. Devolveu o jornal e declarou secamente:

– Aqui não há quartos para alugar!

– Mas, o jornal...

– Já lhe disse. E, *además*, o anúncio é para *caballero*!...

– Há tanta falta de quartos, que eu...

– Com licença!

Fechou a porta na cara da mulher e foi ter com o marido. Sem passar da porta, perguntou:

– Puseste *alguno* anúncio no jornal?

Emílio Fonseca olhou para ela, com um colar de pedras coloridas em cada mão, e, erguendo uma sobrancelha, respondeu em tom calmo e irónico:

– Anúncio? Só se fosse para arranjar clientes...

– Anúncio de um quarto para alugar...

– De um quarto? Não, minha filha. Casei contigo em regime de comunhão de bens e autoridade, e não me atreveria a dispor de um quarto sem te consultar.

– *No seas gracioso.*

– Não estou a dizer graças. Quem se atreveria a ser engraçado contigo?

Carmen não respondeu. O seu incompleto conhecimento do português colocava-a sempre em inferioridade neste tiroteio de picuinhas. Preferiu esclarecer com uma voz mansa que ocultava uma intenção reservada:

– Era *una mujer*. Trazia o jornal e vinha lá o anúncio. Era para aqui, *no había confusión*. E, como era *una mujer*, pensei que tivesses posto o anúncio...

Emílio Fonseca fechou a mala, de estalo. Apesar de a frase da mulher não ser bastante explícita, compreendeu-a. Levantou para ela os olhos claros e frios, e respondeu:

– Se fosse um homem teria de concluir que o anúncio tinha sido posto por ti?

Carmen corou, ofendida:

– Malcriado!

Henriquinho, que ouvia a conversa sem pestanejar, fitou o pai para ver como ele reagia. Mas Emílio encolheu lentamente os ombros e murmurou apenas:

– Tens razão. Desculpa.

– *No quiero* que me peças desculpa – redarguiu Carmen, já exaltada. – Quando me pedes desculpa estás a fazer pouco de *mí*. Antes quero que me batas!

– Nunca te bati.

– E *no* te atrevas!

– Descansa. És mais alta e mais forte que eu. Deixa-me conservar a ilusão de que pertenço ao sexo forte. É a última ilusão que me resta. Acabemos com a discussão!

– *Y si yo quisiera* discutir?

– Fazes mal. Eu tenho sempre a última palavra. Ponho o chapéu na cabeça e saio. E só volto à noite. Ou nem volto mesmo...

Carmen foi à cozinha buscar o porta-moedas. Deu dinheiro ao filho e mandou-o à mercearia comprar rebuçados. Henriquinho quis resistir, mas o atrativo dos rebuçados foi mais forte que a sua curiosidade e a sua coragem que lhe estava exigindo que tomasse o partido da mãe. Logo que a porta se fechou, Carmen voltou à casa de jantar. O marido sentara-se na ponta da mesa e acendia um cigarro. A mulher caiu a fundo na discussão:

– Não voltas, hem? Já cá sabia! Tens onde ficar, *no*? Já sabia, já desconfiava! O santinho de pau carunchoso, viram?... *Y aquí estoy yo*, *la* moira, *la esclava*, a *trabajar* todo *el* dia para quando sua excelência *quisier* vir a casa!...

Emílio sorriu. A mulher ficou enfurecida:

– *No* te rias!

– Rio-me, pois claro que me rio. Por que não havia de rir? Tudo isso são pataratas. Há muitas pensões por essa cidade. Quem me impede de ficar numa delas?

– *Yo*!

– Tu? Ora, deixa-te de parvoíces! Tenho que fazer. Deixemo-nos de parvoíces.

– Emílio!

Carmen barrava-lhe a passagem, vibrante. Um pouco mais alta que ele, a face esquadrada de queixo proeminente, duas rugas fundas das asas do nariz aos cantos da boca, havia ainda nela uns restos de beleza quase esmaecidos, uma recordação de tez luminosa e quente, de olhos de olhar líquido e aveludado, de mocidade. Por momentos, Emílio viu-a como ela fora oito anos atrás. Um lampejo – e a recordação apagou-se.

– Emílio! Tu enganas-me!...

– Tolice. Não te engano. Até posso jurar, se quiseres... Mas, se te enganasse, em que podia isso importar-te? Já é tarde para estas lamentações. Estamos casados há oito anos e, somados todos estes dias, que felicidade tivemos? A lua de mel, ou talvez nem isso! Enganámo-nos, Carmen. Brincámos com a vida e estamos a pagar a brincadeira. É mau brincar com a vida, não achas? Que dizes tu, Carmen?

A mulher sentara-se, a chorar. Entre lágrimas, exclamou:

– ¡*Soy una disgraciada*!

Emílio pegou na mala. Com a mão livre afagou a cabeça da mulher com uma ternura esquecida, e murmurou:

– Somos dois desgraçados. Cada um a seu modo, mas acredita que somos os dois. E talvez seja eu o maior. Tu, ao menos, tens o Henrique... – A voz afetuosa endureceu subitamente: – Acabou-se. Talvez não venha almoçar, mas virei jantar, com certeza. Até logo.

No corredor, voltou-se para trás, e acrescentou, com uma prega irónica na voz:

– E quanto a essa história do anúncio, deve ser engano. Talvez seja aqui do lado...

Abriu a porta e saiu, com a mala suspensa da mão direita, o ombro deste lado ligeiramente descaído por causa do peso. Num gesto inconsciente ajustou o chapéu, um chapéu cinzento, de aba larga, que lhe tornava mais pequena a face e o corpo e lhe lançava uma sombra sobre os olhos pálidos e distantes.

VI

Dona Carmen recambiou ainda dois pretendentes ao quarto, antes de se decidir a comprovar o valor da sugestão do marido. E quando o fez, aquecida pela contenda doméstica e pela disputa com os candidatos ao aluguer, não foi amável para Silvestre. Mas este, que via, por fim, explicada a até aí inexplicável ausência de pretendentes, respondeu-lhe no mesmo tom, e Carmen teve de retirar-se quando viu aparecer, atrás do sapateiro, o vulto redondo de Mariana que já se vinha chegando, de mangas arregaçadas e mãos nas ancas. Para evitar maiores perturbações, Silvestre propôs que se colocasse na porta um letreiro remetendo para sua casa os candidatos ao quarto. Carmen redarguiu que não estava disposta a ter papéis dependurados, ao que o sapateiro retrucou que o mal seria dela porque teria de atender quem aparecesse. De má vontade, acabou por consentir, e

Silvestre, em meia folha de papel de carta, redigiu um aviso. Carmen não consentiu que fosse ele a colocar o papel: ela própria o fixou à porta com uma lambuzadela de cola. O pior é que, ainda por uma vez, e porque o interessado não sabia ler, teve de enfrentar a pergunta já sabida e a visão do jornal comprovativo. O que ela pensou de Silvestre e da mulher estava muito além do que disse, mas, o que disse, já estava, por sua vez, muito para lá das conveniências e do que era justo. Fosse Silvestre pessoa conflituosa e ali teríamos um conflito internacional. Mariana bem espumava de fúria, mas o marido moderou-lhe os ímpetos e as revivescências da padeira de Aljubarrota.

O sapateiro voltou ao seu lugar à janela, a matutar como se teria dado o engano. Demais sabia que não tinha uma caligrafia primorosa mas, para sapateiro, achava-a muito boa, comparando-a com a de certos doutores. Não via outra explicação que não fosse a de um engano no jornal. Seu não era, tinha a certeza: parecia-lhe estar a ver o impresso que preenchera, e rés do chão é que lá pusera. Enquanto pensava, mantinha-se atento ao trabalho, sem se esquecer de deitar, de vez em quando, uma vista de olhos para a rua, com o fito de descobrir nos poucos transeuntes os que viessem à procura do quarto. A vantagem da observação estava em que quando chegasse à fala com o interessado já resolvera sobre a resposta a dar. Silvestre tinha-se na conta de bom fisionomista. Habituara-se, na mocidade, a olhar os outros a direito, para saber quem eram e o que pensavam, naquela época em que confiar ou não era quase uma questão de vida ou de morte. Estes pensamentos, puxando-o para trás, pelo caminho já percorrido da sua vida, distraíam-no da observação.

A manhã estava quase passada, o cheiro do almoço já invadia a casa e ninguém aparecera que conviesse. Silvestre arrependia-se de ter sido tão exigente. Gastara dinheiro no anúncio, andara à bulha com a vizinha do lado (que, por felicidade, não era freguesa) e estava sem hóspede.

Começava a pregar uns protetores numas botas quando viu aparecer no passeio fronteiro um homem que caminhava vagarosamente, com a cabeça levantada, mirando os prédios e as caras das pessoas que passavam. Não trazia jornal na mão, nem sequer, ao que parecia, na algibeira. Parou diante da janela de Silvestre a observar o prédio, andar por andar. Fingindo-se absorto no trabalho, o sapateiro olhava-o à sorrelfa. Era de estatura mediana, moreno, e não aparentava mais que trinta anos. Vestia daquela maneira inconfundível que mostra estar a pessoa a igual distância da pobreza e da mediania. O fato era pouco cuidado, embora de boa fazenda. As calças, de tão desvincadas, teriam provocado o desespero de Mariana. Vestia uma camisola de gola alta e vinha em cabelo. Parecia estar satisfeito com o resultado da inspeção, mas não dava um passo.

Silvestre começou a sentir-se inquieto. Não tinha nada a recear, nunca fora incomodado desde que...

desde que deixara aquelas coisas e agora já estava velho, mas a imobilidade e o à-vontade do homem perturbavam-no. A mulher cantarolava na cozinha com aquela voz desafinada que era a alegria de Silvestre e constante motivo de gracejos. Já incapaz de suportar a expectativa, o sapateiro ergueu a cabeça e fitou o estranho personagem. Por sua vez, este, que acabara de inspecionar o prédio, chegava nesse momento com os olhos à janela de Silvestre. Ambos se fitaram, o sapateiro com um ligeiro ar de desafio, o outro com uma iniludível expressão de curiosidade. Separados pela rua, os dois homens afrontavam os olhares. Silvestre desviou os olhos para não parecer provocador. O homem sorriu e atravessou a rua em passos vagarosos, mas firmes. Silvestre sentiu-se estremecer enquanto aguardava o som da campainha. Não foi tão depressa quanto esperava. O homem devia estar a ler o aviso. Por fim, a campainha tocou. A cantiga de Mariana interrompeu-se no meio de uma lamentável dissonância. O coração de Silvestre precipitou as pulsações, de tal modo que o sapateiro, brincando consigo mesmo, achou que era presunção da sua parte acreditar que o homem vinha por motivos que nada tinham a ver com o quarto e que se relacionavam com os acontecimentos remotos do tempo em que... O sobrado estremeceu sob o peso de Mariana que se aproximava. Silvestre entreabriu a cortina:

– Que é?

– Está ali um sujeito que vem por causa do quarto. Queres lá ir?

O que Silvestre sentiu não foi precisamente alívio. O seu pequeno suspiro foi de pena, como se uma ilusão, a última, acabasse de morrer. Não havia dúvida de que fora presunção da sua parte...

Foi com o pensamento de que estava velho e liquidado que chegou à porta. A mulher já informara do preço, mas, como o homem queria ver o quarto, Silvestre é que resolvia. Ao ver o sapateiro o rapaz sorriu, um sorriso tão ligeiro que mal passava dos olhos. Tinha-os pequenos e brilhantes, muito pretos, sob as sobrancelhas espessas mas bem desenhadas. O rosto era moreno, conforme Silvestre já notara, de traços nítidos, sem brandura mas também sem dureza excessiva. Um rosto másculo, apenas adoçado pela boca de curvas femininas. Silvestre gostou da cara que tinha diante de si:

– Então, deseja ver o quarto?

– Se não vir inconveniente. O preço agrada-me, falta saber se o quarto me agradará.

– Faça favor de entrar.

O rapaz (era assim que Silvestre o considerava) entrou sem acanhamento. Deu uma vista de olhos pelas paredes e pelo chão, sobressaltando a estimável Mariana, sempre temerosa de que lhe apontassem faltas de asseio. O quarto tinha uma janela para o quintal onde Silvestre, nas poucas horas vagas, plantava umas vagas couves e criava uma ninhada de pintos. O rapaz olhou em volta e virou-se para Silvestre:

– Gosto do quarto. Mas não posso ficar com ele!

O sapateiro perguntou, um pouco aborrecido:

– Por quê? Acha caro?

– Não. O preço agrada-me, já lho disse. O pior é que o quarto não está mobilado...

– Ah, queria-o mobilado?

Silvestre olhou para a mulher. Esta fez um sinal e o sapateiro acrescentou:

– Por isso não deixamos de fazer negócio. Tínhamos aqui uma cama e uma cómoda que tirámos, visto que não pensávamos em alugar o quarto com mobília... Compreende... Nunca se sabe o uso que os outros dão às nossas coisas... Mas se o senhor está interessado...

– E o preço é o mesmo?

Silvestre coçou a grenha.

– Não quero prejudicá-lo – acrescentou o rapaz.

Esta observação meteu Silvestre em brios. Quem o conhecesse bem, diria exatamente aquelas palavras para conseguir que o quarto mobilado ficasse pelo mesmo preço que ficaria sem mobília.

– Ora! Com mobília ou sem mobília é a mesma coisa – decidiu. – No fim de contas, até nos faz jeito. Escusamos de ter a casa atravancada. Não é, Mariana?

Se Mariana pudesse dizer o que pensava, diria justamente – "não é". Mas não disse nada. Limitou-se a conjugar um encolher de ombros indiferente com um franzir de nariz desaprovador. O rapaz notou esta mímica e acudiu:

– Não, isso não. Dou-lhe mais cinquenta escudos. Acha bem?

Mariana exultou e ficou a gostar do rapaz. Silvestre, por sua vez, dava pulinhos de alegria interiormente. Não pelo negócio, mas por ver que não se enganara. O hóspede era pessoa direita. O rapaz foi até à janela, passeou os olhos pelo quintal, sorriu à ninhada que esgaravatava na terra solta e disse:

– Os senhores não sabem quem eu sou. Chamo-me Abel... Abel Nogueira. Podem ter informações a meu respeito no local onde trabalho e na casa que vou deixar agora. Aqui estão os endereços.

Sobre o parapeito da janela escreveu num papel duas moradas e entregou-o a Silvestre. Este fez um movimento de recusa, tão certo estava de que não daria um passo para "tirar informações", mas acabou por receber o papel. No meio do quarto sem móveis, o rapaz olhava os dois velhos e os dois velhos olhavam o rapaz. Os três estavam contentes, tinham aquele sorriso de olhos que vale por todos os sorrisos de dentes e lábios.

– Então, ocuparei o quarto hoje. Trarei as minhas coisas esta tarde. E, a propósito, espero entender-me com a senhora a respeito da roupa...

Mariana respondeu:

– Também espero que sim. Escusa de mandar lavar fora.

– Claro. Querem que os ajude a mudar para aqui a mobília?

Silvestre apressou-se:

– Não, senhor, não vale a pena. Nós cá trataremos disso.

– Vejam lá...

– Não vale a pena. A mobília não é pesada.

– Bom. Então, até logo.

Acompanharam-no à porta, sorridentes. Já no patamar, o rapaz lembrou que precisaria de uma chave. Silvestre prometeu mandar fazê-la nessa mesma tarde e ele retirou-se. Os dois velhos regressaram ao quarto. Silvestre tinha na mão o papel em que o hóspede escrevera os endereços. Meteu-o na algibeira do colete e perguntou à mulher:

– Então? Que tal achas o homem?

– Cá por mim, acho bem. Mas olha que tu, para fazeres negócios, és um alho...

Silvestre sorriu:

– Ora! Não ficávamos mais pobres...

– Pois sim, mas sempre são mais cinquenta escudos! Não sei é quanto hei de levar pela lavagem da roupa...

O sapateiro não ouvia. Tomara uma expressão aborrecida que lhe alongava o nariz.

– Que tens tu? – perguntou a mulher.

– Que tenho eu? Tenho que andamos a dormir. O rapaz disse o nome e nós ficámos calados, veio à hora do almoço e nós não lho oferecemos... Aí está!

Mariana não encontrou razão para tanto aborrecimento. Os nomes, era sempre tempo de dizê-los, e, quanto ao almoço, Silvestre devia saber que, chegando para dois, talvez não bastasse para três. Ciente pela cara da mulher de que, para esta, o assunto não tinha a menor importância, Silvestre mudou de conversa:

– Vamos mudar os móveis?

– Vamos. O almoço ainda está demorado.

A mudança foi rápida. A cama, a mesa de cabeceira, a cómoda e uma cadeira. Mariana pôs lençóis lavados e deu uma arrumação final. Puseram-se, ela e o marido, de parte, a olhar. Não ficaram satisfeitos. O quarto parecia estar vazio. Não é que o espaço livre fosse grande. Pelo contrário, entre a cama e a cómoda, por exemplo, era preciso passar de lado. Mas notava-se a ausência de qualquer coisa que alegrasse o ambiente e o tornasse próprio para um ser vivo. Mariana saiu e voltou daí a pouco com um *napperon* e uma jarra. Silvestre aprovou com um aceno de cabeça. Os móveis, até aí estatelados de desânimo, alegraram-se. Depois, um tapete ao lado da cama diminuiu a nudez do sobrado. Com mais isto e mais aquilo, o quarto ganhou um ar de conforto modesto. Mariana e Silvestre olharam-se, sorridentes, como quem se congratula pelo êxito de uma empresa.

E foram almoçar.

VII

Todas as tardes, depois do almoço, Lídia deitava-se. Tinha uma certa tendência para emagrecer e defendia-se dela repousando diariamente durante duas horas. Deitada na cama larga e macia, com o roupão desapertado, as mãos caídas ao lado do corpo, fixava os olhos no teto, relaxava a tensão muscular e os nervos e abandonava-se ao tempo sem resistência. Criava-se no cérebro de Lídia e no quarto algo como o vácuo. O tempo deslizava, continuamente, com aquele rumor sedoso que tem a areia correndo na ampulheta.

Os olhos semicerrados de Lídia seguiam o pensamento vago e indeciso. O fio quebrava-se, havia sombras interpostas como nuvens. Depois, aparecia nítido e claro, para logo se sumir entre véus e surdir mais longe. Era como a ave ferida que rasteja, esvoaça, aparece e desaparece, até cair morta. Incapaz de sustentar o pensamento acima das nuvens que o toldavam, Lídia adormeceu.

Acordou ao toque violento da campainha da porta. Desorientada, os olhos ainda cobertos de sono, sentou-se na cama. A campainha retiniu outra vez. Lídia levantou-se, calçou as pantufas e dirigiu-se ao corredor. Com cuidado, espreitou pelo ralo. Teve uma expressão de enfado e abriu a porta:

– Entre, mãe.

– Boa tarde, Lídia. Posso entrar?

– Entre, já lhe disse.

A mãe entrou. Lídia conduziu-a para a cozinha.

– Parece que ficaste aborrecida.

– Eu? Que ideia! Sente-se.

A mãe sentou-se num banco. Era uma mulher de pouco mais de sessenta anos, de cabelo grisalho coberto por uma mantilha preta, como preto era o vestido que trazia. Tinha a face mole, com poucas rugas, de um tom de marfim sujo. Os olhos pouco móveis e mortiços, mal defendidos pelas pálpebras quase sem pestanas. As sobrancelhas eram ralas e pequenas, desenhadas como um acento circunflexo. Todo o rosto tinha uma expressão pasmada e ausente.

– Não a esperava hoje – disse Lídia.

– Não é o meu dia, nem costumo vir a esta hora, bem sei – respondeu a mãe. – Tu estás boa?

– Como de costume. E a mãe?

– Cá vou indo. Se não fosse o reumatismo...

Lídia procurou interessar-se pelo reumatismo da

mãe, mas com tão pouca convicção que acabou por mudar de assunto:

– Estava a dormir, quando tocou. Acordei estremunhada.

– Estás com mau parecer – notou a mãe.

– Acha? É de ter dormido, com certeza.

– Talvez. Dormir de mais faz mal.

Nenhuma delas se iludia com as banalidades que ouviam e diziam. Lídia conhecia bem a mãe para saber que ela não teria vindo só para notar-lhe o bom ou o mau aspeto; a mãe, por seu lado, se começara a conversa daquela maneira fora apenas para não entrar de chofre no assunto que a trouxera. Mas Lídia lembrou-se, neste momento, de que eram quase quatro horas e de que tinha que sair.

– Então, que a trouxe cá hoje?

A mãe pôs-se a alisar uma prega da saia. Aplicava nesse trabalho a maior atenção e parecia não ter ouvido a pergunta.

– Precisava de dinheiro – murmurou, por fim.

Lídia não ficou surpreendida. Esperava isto mesmo. No entanto, não pôde reprimir o desagrado:

– De mês para mês, vai-me dizendo isso mais cedo...

– Tu sabes que a vida está difícil...

– Está bem, mas acho que a mãe devia poupar um bocadinho.

– Eu poupo, mas ele gasta-se.

A voz da mãe era serena, como de quem está segura de alcançar aquilo que deseja. Lídia olhou-a.

A mãe conservava os olhos baixos, fitos na prega da saia, acompanhando o movimento da mão. Lídia saiu da cozinha. Imediatamente a mãe deixou a saia e levantou a cabeça. Tinha uma expressão de contentamento, a expressão de quem procurou e achou. Ao ouvir que a filha se aproximava, retomou a sua posição modesta.

– Aqui tem – disse Lídia, estendendo duas notas de cem escudos. – Não lhe posso dar mais agora.

A mãe recebeu o dinheiro e guardou-o no porta-moedas que sepultou no fundo da mala de mão:

– Obrigada. Vais, então, sair?

– Vou até à Baixa. Estou farta de estar em casa. Vou lanchar e dar uma volta pelas montras.

Os olhos pequenos da mãe, fixos e obstinados como os de um animal empalhado, não a deixavam:

– Na minha fraca opinião – disse – não devias sair muito.

– Não saio muito. Saio quando me apetece.

– Pois é. Mas o senhor Morais pode não gostar.

As asas do nariz de Lídia palpitaram. Lentamente, articulou com sarcasmo:

– A mãe importa-se mais do que eu com o que o senhor Morais pensa...

– É para teu bem. Agora que tens uma situação...

– Agradeço-lhe o cuidado, mas já tenho idade para não precisar de conselhos. Saio quando quero e faço o que quero. O mal ou o bem que eu faça são à minha conta.

– Digo-te isto porque sou tua mãe e quero o teu bem-estar...

Lídia teve um sorriso brusco e incomodativo:

– O meu bem-estar!... Só há três anos é que a mãe se preocupa com o meu bem-estar. Antes disso dava-lhe pouca importância.

– Não estás a ser verdadeira – respondeu a mãe, novamente atenta à prega da saia. – Sempre me preocupei contigo.

– Seja como diz. Mas agora preocupa-se muito mais... Ah, descanse! Não tenho prazer nenhum em voltar à vida antiga, àquele tempo em que a mãe não se preocupava comigo... Quer dizer, quando não se preocupava tanto como hoje...

A mãe levantou-se. Alcançara o que pretendia e a conversa estava tomando um rumo desagradável: melhor era retirar-se. Lídia não a reteve. Sentia-se furiosa pela pequena exploração de que era vítima e porque a mãe se permitia dar-lhe conselhos. Tinha vontade de metê-la num canto e de não a largar enquanto não lhe dissesse tudo o que pensava dela. Todos aqueles cuidados, aquelas suspeitas, aquele temor de desagradar ao senhor Morais, não eram por amor da filha, eram pela integridade da pensãozinha mensal que dela recebia.

Ainda com os lábios frementes de cólera, Lídia voltou ao quarto para mudar de roupa e pintar-se. Ia lanchar, dar uma volta pela Baixa, como dissera à mãe. Nada mais inocente. Mas as insinuações que acabara de ouvir quase lhe davam vontade de voltar a fazer o que durante tantos anos fizera: encontrar-se com um homem num quarto mobilado da cidade, um quarto para pequenas permanências, com a inevitável cama, o inevitável biombo, os inevitáveis móveis de gavetas vazias. Enquanto espalhava o creme pela cara, recordava o que se passara nessas tardes e noites, em quartos assim. E a recordação entristecia-a. Não desejava recomeçar. Não por gostar de Paulino Morais: enganá-lo não lhe provocaria a sombra de um remorso, e se o não fazia era, sobretudo, por prezar a sua segurança. Conhecia de mais os homens para amá-los. Recomeçar, não! Quantas vezes fora à procura de uma satisfação sempre recusada? Ia por dinheiro, claro, e esse era-lhe dado porque o merecia... Quantas vezes saíra ansiosa, ofendida, lograda! Quantas vezes, tudo isto – quarto, homem e insatisfação – se repetiu! Depois, o homem podia ser outro, o quarto diferente, mas a insatisfação não desaparecia, não diminuía sequer.

Sobre o mármore do toucador, entre os frascos e os boiões, ao lado do retrato de Paulino Morais, estava o segundo volume de *Os Maias*. Folheou-o, procurou a passagem que assinalara a *bâton* e releu-a. Deixou cair o livro lentamente e, de olhos fitos no espelho, onde a sua cara tinha, agora, uma expressão de espanto que recordava a mãe, recapitulou em segundos a sua vida – luz e sombra, farsa e tragédia, insatisfação e logro.

Eram quase quatro e meia quando acabou de arranjar-se. Estava bonita. Tinha gosto para vestir-se, sem exageros. Pusera um *tailleur* cinzento, bem talhado, que lhe dava ao corpo o contorno sinuoso de uma plástica perfeita. Um corpo que obrigava os homens, na rua, a voltarem-se para trás. Milagres de modista. Instinto de mulher cujo corpo é o seu ganha-pão.

Desceu a escada naquele passo leve que evita o bater sonoro dos saltos dos sapatos nos degraus. À porta de Silvestre havia gente. Os dois batentes estavam abertos e o sapateiro ajudava um rapaz a fazer entrar uma mala grande. No patamar, Mariana segurava outra mala mais pequena. Lídia cumprimentou:

– Boas tardes.

Mariana correspondeu. Silvestre, para retribuir o cumprimento, parou e voltou-se. O olhar de Lídia passou por cima dele e fixou-se com curiosidade no rosto do rapaz. Abel olhou-a também. O sapateiro, ao notar a expressão interrogativa do hóspede, sorriu e piscou-lhe um olho. Abel compreendeu.

VIII

Já o dia se enfuscava e a noite se pressentia na quietação do crepúsculo, que nem todos os ruídos da cidade anulavam, quando Adriana apareceu na esquina, em passo rápido. Entrou na escada a correr e subiu os degraus dois a dois, embora o coração protestasse contra o esforço. Tocou a campainha com insistência, impaciente pela demora. Apareceu-lhe a mãe:

– Boa tarde, mãezinha. Já começou? – perguntou, beijando-a.

– Devagar, menina, devagar... Ainda não. Para que vieste a correr?

– Tive medo de chegar tarde. Demoraram-me no escritório com umas cartas urgentes.

Entraram na cozinha. As lâmpadas já estavam acesas. A telefonia tocava baixinho. Isaura, na *marquise*, costurava, curvada sobre uma camisa cor-de-rosa.

Adriana beijou a irmã e a tia. Depois sentou-se a descansar:

– Uf! Que estafa! Oh, Isaura, que coisa tão feia tu estás a fazer?!

A irmã levantou a cabeça e sorriu:

– O homem que vestir esta camisa deve ser o mais acabado tipo de estúpido. Estou mesmo a vê-lo, na loja, de olho arregalado para esta lindeza, capaz de tirar a pele para a pagar!

Riram ambas. Cândida observou:

– Vocês dizem mal de toda a gente!

Amélia apoiou as sobrinhas:

– Então, tu achas que será prova de bom gosto vestir aquela camisa?

– Cada um veste do que gosta – atreveu-se Cândida.

– Ora! Isso não é opinião!

– Chiu! – fez Isaura. – Deixem ouvir.

O locutor anunciava uma peça musical.

– Ainda não é – disse Adriana.

Ao lado da telefonia estava um embrulho. Pelo formato e pelo tamanho parecia um livro. Adriana pegou-lhe e perguntou:

– Que é isto? Outro livro?

– Sim – respondeu a irmã.

– Como se chama?

– *A religiosa*.

– Quem é o autor?

– Diderot. Nunca li nada dele.

Adriana pousou o livro e daí a pouco esquecia-o. Não apreciava muito os livros. Como a irmã, a mãe e a tia, adorava a música, mas os livros achava-os maçadores. Para contar uma história enchiam-se páginas e páginas e, afinal, todas as histórias se podem dizer em poucas palavras. Não compreendia que Isaura perdesse horas a ler, às vezes até de madrugada. Lá a música, sim. Era capaz de estar uma noite inteira a ouvir, sem se cansar. E era uma felicidade que todas gostassem. Se não fosse assim, não faltariam zangas!

– É agora – avisou Isaura. – Põe mais alto.

Adriana girou um dos botões. A voz do locutor encheu a casa:

– ... a *Dança dos mortos*, de Honegger. Texto de Paul Claudel. Interpretação de Jean-Louis Barrault. Atenção!

Na cozinha, uma cafeteira chiava. Tia Amélia tirou-a do lume. Ouviu-se o riscar da agulha no disco, e logo a voz dramática e vibrante de Jean-Louis Barrault fez estremecer as quatro mulheres. Nenhuma se mexia. Fitavam o olho luminoso do mostrador da telefonia, como se dali viesse a música. No intervalo do primeiro disco para o segundo ouviu-se, vindo da habitação contígua, um estridor de metais num *ragtime* que dilacerava os ouvidos. Tia Amélia encrespou o sobrolho, Cândida suspirou, Isaura espetou com força a agulha na camisa, Adriana fuzilou a parede com um olhar mortífero.

– Põe mais alto – disse a tia Amélia.

Adriana aumentou o som. A voz de Jean-Louis bradou *j'existe!*, a música torvelinhou na *vaste plaine*

– e as notas trepidantes do *ragtime* misturaram-se hereticamente à dança *sur le pont d'Avignon*.

– Mais alto!

O coro dos mortos, em mil gritos de desespero e lástima, clamou a sua dor e os seus remorsos, e o tema do *dies irae* sufocou, aniquilou os risinhos de um clarinete buliçoso. Honegger, lançado através do alto-falante, logrou vencer o anónimo *ragtime*. Talvez Maria Cláudia se tivesse aborrecido do seu programa de baile favorito, talvez se assustasse com o esbravejar do furor divino que a música traduzia. Dissolvidas no ar as últimas notas da *Dança dos mortos*, Amélia lançou-se ao jantar, resmungando. Cândida afastou-se, receosa da tempestade, mas igualmente indignada. As duas irmãs, impressionadas pela música, ferviam de sagrada cólera.

– Isto parece impossível – declarou, por fim, Amélia. – Não é querer ser mais que os outros, mas parece impossível que haja quem goste daquela música de doidos!

– Há quem goste, tia – disse Adriana.

– Isso vejo eu!

– Nem toda a gente foi habituada como nós – acrescentou Isaura.

– Também sei. Mas entendo que toda a gente devia ser capaz de separar o trigo do joio. O que é mau, de um lado; o que é bom, do outro.

Cândida, que retirava os pratos do armário, ousou contrapor:

– Não pode ser. O mal e o bem, o bom e o mau, andam sempre misturados. Nunca se é completamente bom ou completamente mau. Acho eu – acrescentou timidamente.

Amélia virou-se para a irmã, empunhando a colher com que provava a sopa:

– Essa não está má. Nesse caso, não tens a certeza de que é bom aquilo de que gostas?

– Não, não tenho.

– Então, por que gostas?

– Gosto porque acho que é bom, mas não sei se é bom.

Amélia franziu os lábios, com desprezo. A tendência da irmã para não ter certezas acerca de coisa alguma, de fazer distinções em tudo, irritava o seu sentido prático, o seu modo de dividir verticalmente a vida. Cândida calara-se, arrependida de ter falado tanto. Aquele jeito subtil de raciocinar não era naturalmente seu: adquirira-o no convívio do marido, e o que dele havia de mais problemático simplificara-se nela.

– Tudo isso é muito bonito – insistiu Amélia. – Mas quem sabe o que quer e o que tem arrisca-se a perder o que tem e a falhar o que pode querer.

– Que confusão – sorriu Cândida.

A irmã reconheceu que tinha sido obscura, o que ainda mais a irritou:

– Não é confusão, é a verdade. Há música boa e música má. Há pessoas boas e pessoas más. Há o bem e o mal. Qualquer pode escolher...

– Era bom, se assim fosse. Muitas vezes não se sabe escolher, não se aprendeu a escolher...

– Diz é que há pessoas que só podem escolher o mal, porque são mal formadas por natureza!

Cândida contraiu o rosto, como se tivesse sentido uma dor. Depois, respondeu:

– Não sabes o que estás a dizer. Isso só pode acontecer quando as pessoas são doentes do espírito. Ora, nós estamos a falar de pessoas que, segundo o que dizes, podem escolher... Um doente assim não pode escolher!

– Queres atrapalhar-me, mas não consegues. Falemos, então, das pessoas sãs. Eu posso escolher entre o bem e o mal, entre a música boa e a música má!

Cândida levantou as mãos, como se fosse encetar um longo discurso, mas logo as baixou, com um sorriso fatigado:

– Ponhamos de parte a música, que só está aí a embaraçar. Diz-me lá, se sabes, o que é o bem e o mal. Onde acaba um e começa o outro?

– Isso não sei, nem é pergunta que se faça. O que sei é reconhecer o mal e o bem onde quer que estejam...

– De acordo com o que pensas a respeito deles...

– Nem podia ser de outra maneira. Não é com as ideias dos outros que eu ajuízo!

– Pois é aí que está o ponto difícil. Esqueces que os outros também têm as suas ideias acerca do bem e do mal. E que podem ser mais justas que as tuas...

– Se toda a gente pensasse como tu, ninguém se entendia. É preciso regras, é preciso leis!

– E quem as fez? E quando? E com que fim?

Calou-se, durante um breve segundo, e perguntou com um sorriso de malícia inocente:

– E, afinal, pensas com as tuas ideias ou com as regras e as leis que não fizeste?...

A estas perguntas, Amélia não achou que responder. Virou costas à irmã e rematou:

– Está bem. Já devia saber que, contigo, não se pode conversar!

Isaura e Adriana sorriram. A discussão era apenas a última de dezenas já ouvidas. Pobres velhas, agora limitadas aos arranjos domésticos, longe do tempo em que os seus interesses eram mais amplos, mais vivos, em que o desafogo económico permitia esses interesses! Agora, enrugadas e dobradas, encanecidas e trémulas, o antigo fogo lançava as últimas fagulhas, lutava contra a cinza que se acumulava. Isaura e Adriana olharam-se e sorriram. Sentiam-se novas, vibrantes, sonoras como a corda tensa de um piano – comparando-se com aquela velhice que se esboroava.

Depois, foi o jantar. À volta da mesa, quatro mulheres. Os pratos fumegantes, a toalha branca, o cerimonial da refeição. Para aquém – ou talvez para além – dos rumores inevitáveis, um silêncio espesso, confrangedor, o silêncio inquisitorial do passado que nos contempla e o silêncio irónico do futuro que nos espera.

IX

– Tu não vens bom, Anselmo!...

Anselmo fez um esforço para sorrir, um esforço bem digno de melhor resultado. A preocupação era demasiada para ceder ao jogo dos músculos que comandam o sorriso. O que se viu foi uma careta que seria cómica se não fosse a aflição evidente que se lhe instalara nos olhos, onde não chegavam os trejeitos musculares da boca.

Estavam na cozinha, a almoçar. Sobre a mesa, o relógio de Anselmo indicava-lhe o tempo de que ainda podia dispor. O tiquetaque miudinho insinuou-se no silêncio que se seguiu à exclamação de Rosália.

– Que tens tu? – insistiu ela.

– Ora... Chatices...

A sós com a mulher, Anselmo não tinha grandes escrúpulos de linguagem e nem lhe passava pela cabeça que ela pudesse melindrar-se. E Rosália, diga-se, não se melindrava:

– Mas, que chatices?

– Não me aceitaram o vale. E ainda faltam dez dias para o fim do mês...

– Pois faltam, e eu estou sem dinheiro. Já hoje, na mercearia, tive de fingir que me tinha esquecido do porta-moedas.

Anselmo pousou o garfo com violência. A última frase da mulher fora como uma bofetada:

– Eu só gostava de saber por onde se some o dinheiro! – declarou.

– Com certeza não pensas que eu o estrago. Aprendi com a minha mãe a ser poupada e não acredito que haja outra como eu.

– Ninguém diz que não és poupada, mas a verdade é que, com duas pessoas a ganhar, tínhamos obrigação de viver melhor.

– O que a Claudinha ganha, mal chega para ela. Filha minha não pode apresentar-se de qualquer maneira.

– Quando ela está, não falas assim...

– Se eu lhe fosse a dar asas, estava bem arranjada. Ou tu julgas que não sei o que faço?

Anselmo mastigava o último bocado. Mudou de posição, desapertou o cinto e estendeu as pernas. A luz cinzenta do dia chuvoso, que entrava pelos vidros da *marquise*, peneirava sombras na cozinha. Rosália, de cabeça baixa, continuava a comer. Na extremidade livre da mesa, o prato de Maria Cláudia esperava.

Os olhos fitando longe, o rosto grave, ninguém ousaria dizer que Anselmo não estava absorto em profundas reflexões. Sob a calva luzidia, ligeiramente enrubescida pelo trabalho digestivo que começava, o cérebro espremia ideias, todas elas com o mesmo objetivo: arranjar dinheiro que chegasse até ao fim do mês. Mas, talvez porque a digestão estivesse a complicar-se, o cérebro de Anselmo não produzia ideias que valessem.

– Não penses tanto. Tudo se há de arranjar – animou Rosália.

O marido, que só esperava por aquela frase para deixar de pensar em assunto tão incomodativo, olhou-a com irritação:

– Se eu não pensar, quem é que há de pensar?

– Mas faz-te mal essa preocupação, agora, depois do almoço...

Anselmo teve um grande gesto de desalento e abanou a cabeça, como quem não pode fugir à fatalidade implacável:

– Vocês, mulheres, nem sonham o que vai na cabeça de um homem!

Se Rosália proporcionasse a "deixa" necessária, Anselmo enveredaria por um longo solilóquio em que exporia, uma vez mais, as suas definitivas ideias sobre a condição do homem em geral e dos empregados de escritório em particular. Não tinha muitas ideias, mas tinha-as definitivas. E a principal, da qual todas as outras eram satélites e consequentes, consistia na profunda convicção de que o dinheiro é (palavras suas) a mola-real da vida. Que para o alcançar todos os processos são bons, desde que a dignidade não sofra com eles. Esta ressalva era muito importante, porque Anselmo tinha, como poucos, o culto da dignidade.

Rosália não deu a "deixa", não porque estivesse farta das teorias mil vezes expostas do marido, mas porque estava demasiadamente absorta na contemplação do seu rosto, aquele rosto que, visto de perfil, como agora, parecia o de um imperador romano. A pequena irritação de Anselmo por não lhe ter sido dada oportunidade de falar foi compensada pela atenção respeitosa com que se sentia observado. Considerava a mulher muito abaixo de si, mas saber-se assim adorado lisonjeava-o de tal modo que, de bom grado, renunciava ao gosto de evidenciar por palavras essa superioridade quando via nos olhos de Rosália o respeito e o temor.

Ouviu-se um suspiro: Rosália atingira o êxtase, o intermédio lírico terminara. Das altas regiões da adoração, desceu ao prosaísmo terrestre.

– Sabes quem meteu hóspede?

Para Anselmo a comédia ainda não terminara. Simulou um sobressalto e perguntou:

– O quê?

– Se sabes quem meteu hóspede?

Com o sorriso benevolente dos seres olímpicos que acedem a descer às planuras, Anselmo perguntou:

– Quem foi?

– Foi o sapateiro. Desta vez é um rapaz novo. Bem mal-arranjado, por sinal...

– Tambor um, caixa de rufo outro!

Era uma das frases prediletas de Anselmo. Queria ele dizer na sua que nada havia que estranhar no facto de um pelintra viver com outro pelintra. Mas a frase seguinte correspondia a uma preocupação:

– Um hóspede é que nos fazia arranjo...

– Se tivéssemos casa para isso...

Como não tinham casa para isso, Anselmo pôde dizer:

– Nem eu queria misturadas. Isto é só falar!...

A campainha deu três toques rápidos.

– É a pequena – disse Anselmo. – Olhou o relógio e acrescentou: – E já vem atrasada.

Quando Maria Cláudia entrou, as sombras da cozinha saíram. A rapariga lembrava a capa colorida de uma revista americana, dessas que mostram ao mundo que na América não se fotografam pessoas ou coisas sem que, previamente, se lhes aplique uma demão de tinta fresca. Maria Cláudia tinha um gosto infalível para escolher as cores que melhor ajudavam a sua juventude. Sem hesitações, quase por instinto, entre dois tons semelhantes escolhia o mais adequado. O resultado era um deslumbramento. Anselmo e Rosália, criaturas mazombas, de tez baça e fatos sombrios, não conseguiam furtar-se ao influxo de tanta frescura. E se não podiam imitá-la, admiravam-na.

Com o seu sexto sentido de atriz incipiente, a rapariga deixou-se ficar diante dos pais o tempo necessário para os seduzir com a sua gentileza. Sabia que vinha atrasada e não queria dar explicações. No momento exato e necessário, deu uma corridinha de ave graciosa na direção do pai e beijou-o. Rodopiou e caiu nos braços da mãe. Tudo isto parecia tão natural que nenhum deles, atores da comédia de enganos que era a sua vida, achou conveniente mostrar estranheza.

– Trago tanta fome!... – disse Maria Cláudia. E, sem esperar, ainda com o impermeável, correu para o quarto.

– Despe-te aqui, Claudinha – disse a mãe. – Vais molhar tudo lá dentro.

Não teve resposta, nem contava com ela. Fazia reparos e observações sem a mais ténue esperança de os ver atendidos, mas o simples facto de fazê-los dava-lhe uma ilusão de autoridade maternal, grata aos seus princípios de educação. Nem as sucessivas derrotas que tal autoridade sofria lha destruíam.

O rosto satisfeito de Anselmo cobriu-se repentinamente de sombras. Uma chama de desconfiança se lhe acendeu nos olhos.

– Vai ver o que foi ela fazer lá dentro – ordenou à mulher.

Rosália foi e apanhou a filha a espreitar para a rua, por entre as cortinas. Ao sentir a mãe, Maria Cláudia voltou-se com um sorriso meio atrevido, meio embaraçado.

– Que estás aí a fazer? Por que não te despes?

Aproximou-se da janela e abriu-a. Na rua, mesmo em frente, estava um rapaz, à chuva. Rosália fechou a janela com estrondo. Ia ralhar, mas deu com os olhos da filha, postos em si, uns olhos frios onde parecia brilhar a malignidade do rancor. Atemorizou-se. Maria Cláudia, sem pressas, tirava o impermeável. Algumas gotas de água tinham molhado o tapete.

– Eu não te disse que tirasses a capa? Olha como está o chão!

Anselmo apareceu à porta. Sentindo-se acompanhada, a mulher desabafou:

– Imagina tu que esta menina veio pôr-se à janela, a ver um parvalhão que estava ali defronte. Com certeza vieram os dois. Por isso é que ela chegou tarde!...

Medindo o chão, como se estivesse num palco e obedecesse à marcação do encenador, Anselmo aproximou-se da filha. Claudinha tinha os olhos baixos, mas nada em si denunciava embaraço. O rosto calmo parecia repelir. Demasiado interessado no que ia dizer para reparar na atitude da filha, Anselmo começou:

– Então, Claudinha, bem sabes que isso não é bonito. Uma menina nova, como tu, não pode andar assim acompanhada. O que dirão os vizinhos? Essa gente, onde põe a língua põe veneno. Além disso, esses conhecimentos nunca dão bom resultado e só comprometem. Quem é esse rapaz?

Silêncio de Maria Cláudia. Rosália espumava de indignação, mas calava-se. Seguro de que o gesto era de efeito dramático certo, Anselmo pousou a mão sobre o ombro da filha. E continuou, a voz um pouco trémula:

– Sabes que gostamos muito de ti e que queremos ver-te bem. Não é qualquer rapazola sem importância que deve interessar-te. Isso não é futuro. Compreendes?

A rapariga resolveu levantar os olhos. Fez um movimento para libertar o ombro e respondeu:

– Sim, pai.

Anselmo rejubilou: o seu método pedagógico era infalível.

E foi nessa convicção que saiu de casa, protegido contra a chuva que redobrava e disposto a insistir pelo adiantamento. Exigia-o a economia claudicante do lar e mereciam-no as suas qualidades de marido e pai.

X

Recostado em duas almofadas, um pouco entorpecido pelo despertar recente, Caetano Cunha esperava o almoço. A luz do candeeiro da mesa de cabeceira, dando-lhe de través, deixava-lhe metade do rosto na penumbra e avivava o carmesim da face iluminada. Com um cigarro plantado no canto da boca, o olho desse lado semicerrado por causa do fumo, tinha um ar de vilão de filme de *gangsters*, esquecido pelo argumentista num quarto interior de casa sombria. À direita, sobre a cómoda, um retrato de criança sorria para Caetano Cunha, sorria fixamente, sorria com uma fixidez inquietante.

Caetano não olhava para o retrato. Não foi, portanto, por influência do sorriso da filha que ele sorriu. Nem o sorriso do retrato se parecia com o seu. O do retrato era franco e alegre e se incomodava era apenas pela fixidez. O sorriso de Caetano era lúbrico, quase repugnante. Quando os adultos sorriem deste modo não deviam estar presentes os sorrisos das crianças, mesmo os sorrisos fotografados.

Ao sair do jornal, Caetano tivera uma aventura, uma aventura imunda, que eram essas as que mais apreciava. Por isso, sorria. Apreciava as coisas boas e regalava-se duas vezes com elas: quando as experimentava e quando as recordava.

Justina veio estragar o segundo regalo. Entrou com o tabuleiro do almoço e pousou-o nos joelhos do marido. Caetano fitou-a com o olho iluminado, escarninhamente. Como o globo do candeeiro era vermelho, a esclerótica parecia ensanguentada e reforçava a maldade do olhar.

A mulher não sentiu o olhar, como já não sentia a fixidez do sorriso da filha, tão habituada estava a ambos. Regressou à cozinha, onde a esperava o seu almoço de diabética, frugal e sem sabor. Comia só. Ao jantar, o marido não estava, salvo às terças-feiras, seu dia de folga; ao almoço, comiam separados: ele na cama, ela na cozinha.

O gato saltou da sua almofada ao lado da chaminé, onde estivera amodorrando sonhos. Arqueou a espinha e, com o rabo em bandeira, roçou-se nas pernas de Justina. Caetano chamou-o. O animal subiu para a cama e ficou a olhar o dono, abanando lentamente a cauda. Os olhos verdes que a luz vermelha não conseguia tingir fixaram os pratos no tabuleiro. Esperava o prémio da sua condescendência. De mais sabia que das mãos de Caetano nunca recebia senão pancadas, mas persistia. Talvez no seu cérebro de animal houvesse uma curiosidade, a curiosidade de saber quando o dono se cansaria de bater. Caetano ainda não estava cansado: apanhou um chinelo do chão e atirou-o. Mais rápido, o gato fugiu de um salto. Caetano riu.

O silêncio que enchia a casa de alto a baixo, como um bloco, estalou àquele riso. Tão pouco habituados estavam a este rumor, que pareceu terem-se os móveis encolhido nos seus lugares. O gato, já esquecido da fome e atemorizado pela gargalhada, regressou ao esquecimento do sono. Só Justina, como se nada tivesse ouvido, permaneceu tranquila. Em casa, apenas abria a boca para dizer as palavras indispensáveis, e não considerava indispensável tomar o partido do animal. Vivia dentro de si mesma, como se estivesse sonhando um sonho sem princípio nem fim, um sonho sem assunto de que não queria acordar, um sonho todo feito de nuvens que passavam silenciosas encobrindo um céu de que já se esquecera.

XI

A doença do filho transtornara as doces e preguiçosas manhãs de Carmen. Henriquinho estava de cama há dois dias, com uma angina benigna. Por vontade da mãe ter-se-ia chamado o médico, mas Emílio, com o pensamento na despesa consequente, declarou que não valia a pena. Que a doença era insignificante. Com uns gargarejos, umas zaragatoas de mercurocromo, e mimos a dobrar, não tardaria que o filho se levantasse. Isto foi pretexto para que a mulher o acusasse de indiferença pela criança, e como entrara no caminho das acusações despejou o saco das suas inumeráveis queixas. Emílio ouviu-a, sem responder, durante todo um serão. Por fim, para evitar que a questão azedasse e se prolongasse pela noite dentro, concordou com a ideia da mulher. Antes das censuras, a concordância não teria espicaçado o permanente desejo de contradição de Carmen.

Aceitá-la agora seria tornar impossível o desabafo. Mal ouviu o marido, mudou de posição e passou a atacar, com a mesma ou maior veemência, o que até aí defendera. Cansado e aturdido, Emílio abandonou a luta, deixando a mulher senhora de tomar a decisão que entendesse. Não foi pequeno embaraço para ela: por um lado, desejaria satisfazer a sua primeira vontade; por outro lado, não podia resistir ao desejo de contrariar o marido, e sabia que o faria, agora, não chamando o médico. Henriquinho, alheio a toda esta disputa, resolveu o problema da maneira mais fácil: melhorou. Como boa mãe, Carmen ficou contente, embora, muito no fundo de si mesma, não lhe desagradasse um agravamento da doença (desde que não correspondesse a um perigo real) para que o marido visse que pessoa razoável ela era.

Como quer que fosse, enquanto Henriquinho estivesse na cama, adeus preguiçar matinal. Carmen tinha de ir às compras antes de o marido sair e não podia demorar-se muito para não lhe prejudicar o trabalho. Se tal prejuízo não fosse suscetível de prejudicar, por sua vez, os rendimentos do lar, não perderia a ocasião de pregar uma partida ao marido, mas a vida já era bastante difícil para a agravar pelo simples satisfazer de vinganças mesquinhas. Até nisto Carmen se reconhecia uma mulher razoável. A sós, quando podia, chorando, dar vazão ao desespero, lamentava-se porque o marido não sabia reconhecer-lhe as qualidades, ele, que só tinha defeitos, gastador, leviano, desinteressado do lar e do filho, criatura impossível de aturar com aquele permanente ar de vítima, de pessoa deslocada e indesejada. Muitas vezes, nos primeiros tempos, Carmen perguntara a si mesma onde estavam as razões do desentendimento constante entre ela e o marido. Tinham namorado como toda a gente, tinham gostado um do outro, e, de repente, tudo acabara. Começaram as cenas, as discussões, as palavras sarcásticas – e aquele ar de vítima que era, de tudo, o que mais a irritava. Agora estava convencida de que o marido tinha uma amante, uma amiga. Na sua opinião, todas as desavenças conjugais eram provocadas pela existência das amigas... Os homens são como os galos, que quando estão sobre uma galinha já têm escolhida a que há de seguir-se.

Nessa manhã, muito a contragosto porque chovia, Carmen saiu às compras. A casa ficou tranquila, isolada pelo sossego dos vizinhos e pelo rumor sossegado da chuva. O prédio vivia uma daquelas horas maravilhosas de silêncio e paz, como se não tivesse dentro de si criaturas de carne e osso, mas sim coisas, coisas definitivamente inanimadas.

Para Emílio Fonseca, o silêncio e a paz que o rodeavam nada tinham de tranquilizador. Sentia mesmo uma opressão, como se o ar se tivesse tornado denso e asfixiante. Era-lhe agradável esta pausa, a ausência da mulher e o silêncio do filho, mas pesava-lhe a certeza de que se tratava apenas de uma pausa, de um apaziguamento provisório que adiava e não resolvia. Encostado à janela que dava para a rua, vendo a chuva que caía de manso, fumava, as mais das vezes esquecido o cigarro entre os dedos nervosos.

Do quarto contíguo, o filho chamou. Pousou o cigarro num cinzeiro e foi atendê-lo:

– Que queres?

– Tenho sede...

Sobre a mesa de cabeceira estava um copo de água fervida. Soergueu o filho e deu-lha a beber. Henrique engolia devagar, o rosto crispado pelas dores. Parecia tão frágil, enfraquecido como estava pelo jejum forçado, que Emílio sentiu o coração apertar-se-lhe numa angústia súbita. "Que culpa tem esta criança?", perguntou a si mesmo. "E que culpa tenho eu?" Já saciado, o filho deixou-se recair na cama e agradeceu com um sorriso. Emílio não voltou à janela. Sentou-se na beira da cama, silencioso, a olhar o filho. Ao princípio, Henrique retribuiu o olhar do pai e parecia contente por vê-lo ali. Daí a momentos, porém, Emílio percebeu que o estava constrangendo. Desviou os olhos e fez um movimento para levantar-se. No mesmo instante, alguma coisa o deteve. Um pensamento novo se lhe propusera no cérebro. (E seria novo? Não teria sido mil vezes afastado, por importuno?) Por que se sentia tão pouco à vontade junto do filho? Por que razão o filho não parecia, decididamente não parecia, estar à vontade junto dele? Que é que os afastava? Tirou o maço de cigarros. Tornou a guardá-lo porque se lembrou de que o fumo faria mal à garganta de Henrique. Podia ir fumar para outro lado, mas não saiu dali. Olhou, de novo, a criança. Bruscamente, perguntou:

– Gostas de mim, Henrique?

A pergunta era tão insólita que a criança respondeu, sem convicção:

– Gosto...

– Muito?

– Muito.

"Palavras", pensou Emílio. "Tudo isto são palavras. Se eu morresse agora, daqui por um ano já não se lembraria de mim."

Os pés de Henrique erguiam a roupa da cama junto de si. Apertou-os num gesto carinhoso mas distraído. A criança achou graça e riu, um riso cuidadoso para não magoar a garganta. O aperto tornou-se mais violento. Como o pai parecia estar contente, Henrique não se queixou, mas ficou aliviado quando ele tirou a mão.

– Se eu me fosse embora, tinhas pena?

– Tinha... – murmurou o filho, perplexo.

– Depois, esquecias-te de mim...

– Não sei.

Que outra resposta devia esperar? Claro que a criança não sabia se viria a esquecer. Ninguém sabe se esquece antes de esquecer. Se fosse possível sabê-lo antes, muitas coisas de solução difícil a teriam fácil. De novo as mãos de Emílio se moveram na direção da algibeira onde guardava o tabaco. A meio do movimento, porém, retraíram-se, perderam-se – como que se esqueceram do que iam fazer. E não só as mãos denunciavam perplexidade. O rosto era o de alguém que chega a uma encruzilhada onde não há indicações de direção ou onde os letreiros estão escritos numa língua desconhecida. Ao redor, o deserto, ninguém que nos diga: "por aqui".

Henrique mirava o pai com olhos curiosos. Nunca o vira assim. Nunca lhe ouvira aquelas perguntas.

As mãos de Emílio ergueram-se devagar, firmes e decididas. Abertas, as palmas para cima, confirmavam o que a boca começava a pronunciar:

– Esquecias-te, com certeza...

Deteve-se um segundo, mas uma vontade irreprimível de falar afastou a hesitação. Não tinha a certeza de que o filho o entendesse, nem isso importava. Desejava mesmo que ele não compreendesse. Não escolheria palavras que estivessem ao alcance da compreensão da criança. O que era indispensável era falar, falar, até dizer tudo ou não saber que mais dizer:

– Esquecias-te, sim. Tenho a certeza. Daqui por um ano já não te lembrarias de mim. Até antes. Trezentos e sessenta e cinco dias de ausência e a minha cara seria, para ti, uma coisa passada. Mais tarde, ainda que visses o meu retrato não te lembrarias da minha cara. E se mais tempo passasse, não me reconhecerias ainda que me visses diante de ti. Nada te diria que sou teu pai. Para ti, sou um homem que vês todos os dias, que te dá água quando estás doente e tens sede, um homem a quem a mãe trata por tu, um homem com quem a mãe dorme. Gostas de mim porque me vês todos os dias. Não gostas de mim pelo que sou, gostas pelo que faço ou não faço. Não sabes quem sou. Se me tivessem trocado por outro quando nasceste, não darias pela troca e havias de gostar dele como gostas de mim. E, se eu um dia voltasse, precisarias de muito tempo para te habituares a mim, ou, talvez, apesar de eu ser teu pai, preferisses o outro. Também o verias todos os dias, também ele te levaria ao cinema...

Emílio falara quase sem pausas, os olhos afastados do rosto do filho. Incapaz de resistir agora ao desejo de fumar, acendeu um cigarro. De relance, olhou o filho. Viu-o com cara de pasmo e teve pena dele. Mas ainda não tinha acabado:

– Não sabes quem eu sou e nunca saberás. Ninguém sabe... Também não sei quem és. Não nos conhecemos... Podia ir-me embora, que só perderias o pão que ganho...

O que queria dizer não era, afinal, isto. Aspirou profundamente o fumo e continuou a falar. Enquanto proferia as palavras, o fumo ia saindo misturado com elas, em jatos, conforme as articulava. Henrique observava, com atenção, a saída do fumo, completamente alheio ao que o pai dizia:

– Quando fores crescido, hás de querer ser feliz. Por enquanto não pensas nisso e é por isso mesmo que o és. Quando pensares, quando quiseres ser feliz, deixarás de sê-lo. Para nunca mais! Talvez para nunca mais!... Ouviste? Para nunca mais. Quanto mais forte for o teu desejo de felicidade, mais infeliz serás. A felicidade não é coisa que se conquiste.

Hão de dizer-te que sim. Não acredites. A felicidade é ou não é.

Também isto o levava para longe do seu objetivo. Voltou a olhar para o filho. As pálpebras estavam cerradas, o rosto tranquilo, a respiração calma e igual. Adormecera. Então, em voz muito baixa, os olhos pregados no rosto da criança, murmurou:

– Sou infeliz, Henrique, sou muito infeliz. Vou-me embora um dia destes. Não sei quando, mas sei que irei. A felicidade não se conquista, mas quero conquistá-la. Aqui já não posso. Morreu tudo... A minha vida falhou. Vivo nesta casa como um estranho. Gosto de ti e da tua mãe, talvez, mas falta-me qualquer coisa. Vivo como numa prisão. Depois, estas cenas, esta... Tudo isto, enfim... Vou-me embora qualquer dia...

Henrique dormia profundamente. Uma madeixa dos seus louros cabelos caía-lhe para a testa. Pela boca entreaberta espreitava o brilho dos dentes pequeninos. Em toda a face havia a sombra de um sorriso.

Subitamente, Emílio sentiu os olhos inundados de lágrimas. Não sabia por que chorava. O cigarro queimou-lhe os dedos e distraiu-o. Voltou à janela. A chuva persistia, monótona e sossegada. Pensando no que dissera, achou-se ridículo. E imprudente, também. O filho percebera, sem dúvida, alguma coisa. Podia dizer à mãe. Não tinha medo, evidentemente, mas não desejava cenas. Mais ralhos, mais lágrimas, mais protestos – não! Estava cansado. Cansado, ouviste, Carmen?

Na rua, rente à janela, passou o vulto da mulher, mal encoberto pelo guarda-chuva. Emílio repetiu, em voz alta:

– Cansado, ouviste, Carmen?

Foi à sala de jantar buscar a mala. Carmen entrou. Despediram-se com frieza. Pareceu a ela que o marido saíra com rapidez suspeita. E desconfiou de que alguma coisa se passara. No quarto do filho nada lhe feriu a atenção. Passou ao outro quarto – e descobriu imediatamente. Sobre o toucador, ao lado do cinzeiro, estava o morrão de um cigarro. Afastando a cinza, viu a mancha negra da madeira carbonizada. A sua indignação foi tão forte que lhe brotou dos lábios em palavras violentas. O desgosto extravasou. Lamentou o móvel, a sua sorte, a sua negra vida. Tudo isto foi já murmurado entre pequenos soluços e fungadelas. Olhou em volta, temerosa de mais estragos. Depois, demorando no toucador um olhar de amor e desalento, voltou à cozinha.

Enquanto procedia aos preparativos do almoço, ia tecendo as frases que diria ao marido. Que ele não cuidasse que o caso ficava assim! Havia de ouvir o que o diabo nunca ouviu. Se queria estragar, estragasse o que lhe pertencia, não a mobília de quarto que fora comprada com o dinheiro dos pais dela. Tão bem agradecia, o ingrato!

– Estragar, estragar, estragar tudo... – murmurava, da chaminé para a mesa e da mesa para a chaminé. – É só o que sabe fazer!

E vinha, então, o senhor Emílio Fonseca, com

grandes palavreados!... Razão tinha o pai, que desaprovara aquele casamento. Por que não casara antes com o primo Manolo que tinha a fábrica de escovas em Vigo? Podia ser agora uma senhora, dona de fábrica, com criadas às ordens!... Parva, parva! Maldita a hora em que se lembrara de vir a Portugal, passar uma temporada em casa da tia Micaela! Fora um sucesso no bairro! Eram todos a ver quem namorava a espanhola!... Isso é que a perdera. Gostara de saber-se requestada, mais requestada que na sua terra, e ali tinha as consequências da sua cegueira. O pai bem avisara: *Carmen, eso no es hombre bueno!...* Fechara os ouvidos aos conselhos, fizera finca-pé, recusara o primo Manolo e a fábrica de escovas...

Parou no meio da cozinha para enxugar uma lágrima. Já não via o primo Manolo há quase seis anos e sentiu saudades. Chorou o bem que perdera. Seria agora dona de fábrica: Manolo sempre gostara muito dela. *Ah, disgraciada, disgraciada!...*

Henrique chamou do quarto. Acordara subitamente. Carmen acorreu:

– *¿Qué tienes, qué tienes?*

– O paizinho foi-se embora?

– Foi.

Os lábios de Henrique começaram a tremer, a tremer, e um choro lento e sumido se ergueu, ante o pasmo da mãe, ao mesmo tempo despeitada e aflita.

XII

Sobre a banca estavam uns sapatos desventrados que clamavam por conserto, mas Silvestre fez vista grossa e pegou no jornal. Lia-o de fio a pavio, desde o artigo de fundo às desordens e agressões. Andava sempre em dia com os acontecimentos internacionais, acompanhava-lhes a evolução e tinha os seus palpites. Quando se enganava, quando, tendo previsto branco, saía preto, atribuía as culpas ao jornal, que nunca publica o mais importante, que troca ou esquece notícias, sabe lá o diabo com que intenções! Hoje, o jornal não vinha pior nem melhor que o costume, mas Silvestre não pôde suportá-lo. De vez em quando, olhava para o relógio, impaciente. Fazia galhofa consigo mesmo e voltava ao jornal. Procurou interessar-se pela situação política da França e pela guerra da Indochina, mas os olhos deslizavam pelas linhas impressas e o cérebro não apreendia o sentido das palavras. Baixou o jornal, de repelão, e chamou a mulher.

Mariana apareceu à porta, quase a tapando com o seu vulto espesso. Vinha limpando as mãos, acabara de lavar a loiça.

– Aquele relógio está certo? – perguntou o marido.

Com um vagar enervante, Mariana apreciou a posição dos ponteiros:

– Acho que sim...

– Uhm...

A mulher esperou que ele dissesse alguma coisa, visto aquele resmungo não ter significação aparente. Silvestre deitou mãos ao jornal, desta vez com raiva. Sentia-se observado e reconhecia que a sua ansiedade tinha alguma coisa de ridículo ou, pelo menos, de infantil:

– Deixa lá, que o rapaz vem... – sorriu Mariana.

Silvestre levantou a cabeça, bruscamente:

– Qual rapaz? Ora essa! O que menos importa é o rapaz!...

– Então, por que estás assim nervoso?

– Nervoso, eu? É boa!

O sorriso de Mariana era maior e mais divertido. Silvestre caiu em si, notou que a sua indignação era excessiva e sem nada que a justificasse, e sorriu também:

– O diabo do rapaz!... Embruxou-me!

– Ora, embruxou-te!... Apanhou-te o fraco, o joguinho de damas... Estás perdido! – e voltou à cozinha, para engomar alguma roupa.

O sapateiro encolheu os ombros, bem-disposto, olhou uma vez mais o relógio e enrolou um cigarro para entreter a espera. Passou meia hora. Eram quase dez horas. Silvestre já pensava que não teria outro remédio senão pegar nos sapatos, quando a campainha tocou. A porta da sala de jantar, onde se encontrava, dava para o corredor. Pegou no jornal, deu ao rosto uma expressão atenta, fingiu-se alheado de quem entrava. Mas, interiormente, sorria de contentamento. Abel passou no corredor:

– Boa noite, senhor Silvestre – e seguiu corredor fora, para o quarto.

– Boa noite, senhor Abel – respondeu Silvestre, e imediatamente largou, uma vez mais, o fatigado jornal, e correu a preparar o velho tabuleiro de damas.

Abel, logo que entrou no quarto, pôs-se à vontade. Enfiou umas calças velhas, substituiu os sapatos por umas alpargatas e despiu o casaco. Abriu a mala onde guardava os livros, escolheu um que colocou em cima da cama e preparou-se para trabalhar. Outro qualquer não chamaria àquilo trabalho, mas Abel assim o considerava. Tinha diante de si o segundo volume de uma tradução francesa de *Os irmãos Karamazov*, que estava relendo para esclarecer alguns juízos resultantes da primeira leitura. Antes de sentar-se, procurou o tabaco. Não encontrou. Tinha fumado tudo e esquecera-se de comprar. Saiu do quarto, disposto a molhar-se outra vez para não ficar sem tabaco.

Ao passar diante da porta da casa de jantar, ouviu Silvestre perguntar:

– Vai sair, senhor Abel?

Sorriu e explicou:

– Estou sem tabaco. Vou ali à taberna ver se há.

– Eu tenho aqui. Não sei é se gosta. É de onça...

Abel não fez cerimónia:

– Para mim, qualquer coisa serve. Estou habituado a tudo.

– Sirva-se, sirva-se! – exclamou Silvestre, estendendo-lhe a onça e o livro das mortalhas.

No movimento que fez deixou ver o tabuleiro que até aí ocultara. Abel olhou rapidamente para o sapateiro e surpreendeu-lhe nos olhos uma expressão de mágoa. Com presteza, enrolou um cigarro ante o olhar crítico de Silvestre, e acendeu-o. Por orgulho, o sapateiro procurava, agora, esconder o tabuleiro de damas com o corpo. Abel viu que a fruteira de vidro, que habitualmente estava ao centro da mesa, fora desviada para um lado e que defronte do lugar de Silvestre havia uma cadeira vazia. Compreendeu que a cadeira lhe era destinada. Murmurou:

– Estava a apetecer-me um joguinho. Está disposto, senhor Silvestre?

O sapateiro sentiu um formigueiro na ponta do nariz, sinal certo de comoção. Naquele momento, teve a certeza de que se tornara muito amigo de Abel, sem bem saber o motivo. Respondeu:

– Eu até estava para lhe falar nisso...

Abel foi ao quarto, guardou o livro e regressou a Silvestre.

O sapateiro já dispusera as pedras, colocara o cinzeiro em boa posição para Abel lhe chegar, fora até ao ponto de deslocar a mesa de modo que a luz, vinda do teto, não achasse no seu caminho obstáculos que lançassem sombras no tabuleiro.

Começaram a jogar. Silvestre estava radiante. Abel, menos demonstrativo, refletia o contentamento do outro, mas não deixava de observá-lo com atenção.

Mariana acabou o seu trabalho e foi-se deitar. Os dois ficaram. Perto da meia-noite, ao terminar um jogo em que fora particularmente infeliz, Abel declarou:

– Por hoje, basta! O senhor Silvestre joga muito melhor que eu. Para lição, já chega!...

Silvestre fez um trejeito de deceção, mas não foi além disso. Reconheceu que já tinham jogado muito, que era boa ideia pararem. Abel deitou mão ao tabaco, preparou novo cigarro e perguntou, enquanto mirava a sala onde estavam:

– Já mora aqui há muito tempo, senhor Silvestre?

– Há uns bons vinte anos. Sou o inquilino mais antigo do prédio.

– Conhece os outros inquilinos todos, claro?!...

– Conheço, conheço.

– É boa gente?

– Uns melhores, outros piores. Como em toda a parte, no fim de contas...

– Sim. Como em toda a parte.

Distraidamente, Abel começou a empilhar as pedras do jogo, alternando as brancas com as pretas. Em seguida, desmanchou a pilha e perguntou:

– Este aqui do lado, pelos vistos, não é dos melhores?

– Ele não é mau homem. Calado... Não gosto dos homens calados, mas este não é mau. Ela é que é uma víbora. E galega, ainda por cima...

– Galega? Mas que tem isso?

Silvestre arrependeu-se do modo depreciativo como pronunciara a palavra:

– Isto é um modo de dizer. Mas bem conhece o ditado: "De Espanha, nem bom vento, nem bom casamento...".

– Ah, sim! Parece-lhe, então, que eles não se dão bem?...

– Tenho a certeza. Ele mal se ouve, mas ela berra como uma cab..., quer dizer, fala muito alto...

O rapaz sorriu ao embaraço de Silvestre e ao seu cuidado na escolha do vocabulário:

– E os outros?

– No primeiro esquerdo mora uma gente que eu não percebo. Ele trabalha no *Notícias* e é um brutamontes. Desculpe, mas é mesmo assim. Ela, coitada, desde que a conheço parece que está para morrer. De dia para dia se vê mais chupada...

– É doente?

– É diabética. Foi o que ela disse à minha Mariana. Mas ali, ou eu me engano muito, ou anda tuberculose garantida. Já a filha morreu com uma meningite. Desde aí, a mãe parece que envelheceu trinta anos. Deve ser gente infeliz, no meu entender. Ela... Quanto a ele, já o disse, é uma besta. Arranjo-lhe os sapatos porque preciso de ganhar a vida, mas a minha vontade...

– E ao lado?

Silvestre teve um sorriso malicioso: julgou compreender que o interesse do hóspede pelos vizinhos era um pretexto para saber "coisas" da vizinha de cima. Mas ficou atrapalhado ao ouvi-lo acrescentar:

– Bom. Essa já eu sei. E os do último andar?

O sapateiro achou que era excessiva curiosidade. No entanto, Abel, embora fazendo perguntas, não parecia muito interessado.

– No último andar... No lado direito mora um sujeito com que eu embirro. Virado de pernas para o ar não deitaria um tostão, mas quem o vê julga ver um... um capitalista...

– Parece que o senhor Silvestre não gosta dos capitalistas – sorriu Abel.

A desconfiança fez recuar Silvestre. Articulou, devagar:

– Não gosto... nem desgosto... É um modo de falar...

Abel não deu mostras de ter ouvido:

– E o resto da família?

– A mulher é uma parva. O seu Anselmo para aqui, o seu Anselmo para acolá... A filha, cá no meu fraco entender, tem um saco cheio de dores de cabeça para dar aos pais. E como eles são uns babosos por ela, pior...

– Que idade tem ela?

– Deve andar pelos vinte. Cá no prédio chamam-lhe Claudinha. Oxalá eu me engane...

– E no outro lado?

– No outro lado moram quatro senhoras. Gente de muito respeito. Em tempos, parece que viveram bem. Depois, uns azares... É gente educada. Não andam aí pelos patamares a dizer mal dos outros, e isso já é de admirar. Metidas consigo...

Abel entretinha-se agora a dispor as pedras em quadrado. Como o sapateiro se calara, levantou os olhos para ele, à espera. Mas Silvestre não estava disposto a falar mais. Parecia-lhe haver uma intenção reservada nas perguntas do hóspede e, embora no que dissera nada houvesse de comprometedor, já estava arrependido de ter falado tanto. Vinham-lhe à lembrança as suas primeiras suspeitas e censurava-se pela sua boa-fé. A observação de Abel acerca dos capitalistas parecia-lhe capciosa e cheia de armadilhas.

O silêncio incomodava Silvestre e isso perturbava-o, tanto mais que o hóspede mostrava um perfeito à-vontade. As pedras alinhavam-se agora a todo o comprimento da mesa, como alpondras na corrente de um rio. A infantilidade do entretenimento irritava Silvestre. Quando o silêncio já era insuportável, Abel reuniu as pedras no tabuleiro com um cuidado enervante e, subitamente, deixou cair uma pergunta:

– Por que é que o senhor Silvestre não foi informar-se a meu respeito?

A pergunta vinha tão completamente ao encontro dos pensamentos de Silvestre, que este ficou aturdido nos primeiros segundos e sem resposta pronta. Para ganhar tempo não encontrou nada melhor que tirar dois copos e uma garrafa de um armário, e perguntar:

– Gosta de ginja?

– Gosto.

– Com elas ou sem elas?

– Com elas.

Enquanto matutava na resposta, ia enchendo os copos, mas como a extração das ginjas lhe absorvia a atenção chegou ao fim sem saber que responder. Abel cheirou a aguardente e disse com inocência:

– Ainda não respondeu à minha pergunta...

– Ah! A sua pergunta!... – A atrapalhação de Silvestre era evidente. – Não fui informar-me porque pensei... porque pensei que não era preciso...

Deu a estas palavras uma intonação tal, que um ouvido atento compreenderia que insinuava uma suspeita. Abel compreendeu:

– E ainda pensa assim?

Sentindo que estava a ser levado à parede, Silvestre tentou passar ao ataque:

– O senhor Abel parece que adivinha os pensamentos alheios...

– Tenho o hábito de ouvir todas as palavras que me são ditas e de dar atenção à maneira como são ditas. Não é difícil... Afinal, é verdade, ou não, que desconfia de mim?

– Mas por que havia de desconfiar de si?

– Estou à espera que mo diga. Dei-lhe uma oportunidade de saber quem sou. Não quis aproveitá-la... – Sorveu a aguardente, deu um estalinho com a língua e perguntou, com os olhos risonhos fitos em Silvestre: – Ou prefere que seja eu a dizer-lhe?

Com a curiosidade subitamente dispersa, Silvestre não pôde reprimir o movimento para a frente que a denunciou. Com o mesmo ar malicioso, Abel atirou nova pergunta:

– Mas quem lhe diz que não vou enganá-lo?

O sapateiro sentiu-se como deve sentir-se o rato entre as patas do gato. Veio-lhe uma vontade de "pôr o rapaz no seu lugar", mas essa vontade quebrou-se-lhe e ele não soube que dizer. Como se não esperasse resposta às duas perguntas, Abel começou:

– Gosto de si, senhor Silvestre. Gosto da sua casa e da sua mulher e sinto-me bem aqui. Talvez não esteja cá muito tempo, mas quando me for embora hei de levar boas recordações. Notei, desde o primeiro dia, que o meu amigo... Dá-me licença que o trate assim?

Silvestre, ocupado em espremer a ginja entre a língua e os dentes, acenou afirmativamente.

– Obrigado – respondeu Abel. – Notei uma certa desconfiança em si, principalmente nos seus olhares. Seja ela qual for, parece-me conveniente dizer-lhe quem sou. É certo que, a par dessa desconfiança, havia, como dizer?, havia uma cordialidade que me sensibilizou. Ainda agora estou a ver essa cordialidade e essa desconfiança...

A expressão fisionómica de Silvestre transformou-se. Passou pela cordialidade e pela desconfiança sem misturas, e acabou por fixar-se como antes. Abel assistiu a este pôr e tirar de máscaras, com um sorriso divertido:

– É como lhe digo. Lá estão elas... Quando acabar a minha história, espero ver apenas a cordialidade. Vamos à história. Dá-me licença que me sirva do seu tabaco mais uma vez?

Silvestre já não tinha a ginja na boca, mas não achou necessário responder. Sentia-se um poucochinho melindrado com a sem-cerimónia do rapaz e receava ser agressivo se lhe respondesse.

– A história é um pouco comprida – começou Abel, depois de ter acendido o cigarro – mas eu abreviarei. Já é tarde e não quero abusar da sua paciência... Tenho vinte e oito anos, não fiz o serviço militar. Profissão certa não a tenho, ver-se-á já por quê. Sou livre e só, conheço os perigos e as vantagens da liberdade e da solidão e dou-me bem com eles. Vivo assim há doze anos, desde os dezasseis. As minhas recordações da infância não interessam para aqui, até porque ainda não sou bastante velho para ter gosto em contá-las, e também porque nada ajudariam à sua desconfiança ou à sua cordialidade. Fui bom aluno na escola primária e no liceu. Consegui ser apreciado por colegas e professores, o que é raro. Não havia em mim, asseguro-lho, a menor sombra de cálculo: não lisonjeava os professores nem me subordinava aos camaradas. Cheguei assim aos dezasseis anos, altura em que... Ainda não lhe disse que era filho único e vivia com meus pais. Suponha agora o que quiser. Suponha que eles morreram num desastre ou que se separaram por não poderem viver um com o outro. Escolha. De qualquer modo, vem a dar no mesmo: fiquei sozinho. Dir-me-á, se optou pela segunda hipótese, que poderia ter ficado a viver com um deles. Sendo assim (estamos nessa hipótese), suponha que não quis ficar com nenhum deles. Talvez por não os amar. Talvez por amar igualmente os dois e ser incapaz de escolher entre eles. Pense o que quiser, porque, repito, vem a dar no mesmo: fiquei sozinho. Aos dezasseis anos (lembra-se?), aos dezasseis anos a vida é uma coisa maravilhosa, pelo menos para algumas pessoas. Vejo na sua cara que, nessa idade, a vida já não tinha nada de maravilhoso para si. Tinha-o para mim, infelizmente, e digo infelizmente porque isso não me ajudou. Abandonei o liceu e procurei trabalho. Parentes da província quiseram que eu fosse viver com eles. Recusei. Tinha mordido com gana o fruto da liberdade e da solidão e não estava disposto a consentir que mo tirassem. Ainda não sabia, nessa altura, que esse fruto tem bocados bem amargos... Estou a aborrecê-lo?

Silvestre cruzou os braços musculosos sobre o peito e respondeu:

– Não, bem sabe que não.

Abel sorriu.

– Tem razão. Vamos adiante. Para um rapaz que nada sabe aos dezasseis anos, e o que eu sabia era o mesmo que nada, e está disposto a viver sozinho, arranjar trabalho não é coisa fácil, ainda que não se ponha a escolher. Eu não escolhi. Agarrei-me ao que apareceu primeiro, e o que apareceu primeiro foi um anúncio onde se pedia um empregado para uma pastelaria. Havia bastantes pretendentes, soube-o depois, mas o dono da loja escolheu-me. Tive sorte. Talvez influísse na escolha o meu fato limpo e os meus modos corteses. Fiz mais tarde a contraprova, quando quis arranjar novo emprego. Apresentei-me sujo e mal-educado... Foi a conta, como se diz em calão. Nem para mim olharam. O ordenado chegava, à justa, para morrer de fome. Mas eu tinha as reservas acumuladas durante dezasseis anos de bom tratamento e aguentei-me. Quando as reservas se esgotaram, não achei outra solução que não fosse completar as refeições com os bolos do patrão. Hoje não posso ver um bolo sem ter vontade de vomitar. Pode dar-me outra ginja?

Silvestre encheu o copo. Abel molhou os lábios e prosseguiu:

– É claro que não chegaria a noite toda, se eu continuasse com estes pormenores. Já passa da uma hora e ainda vou no primeiro emprego. Tive muitos, e aqui está por que lhe disse que não tinha profissão certa. Presentemente, sou apontador numa obra, ali para o Areeiro. Amanhã, não sei o que serei. Talvez desempregado. Não seria a primeira vez... Ignoro se sabe o que é estar sem trabalho, sem dinheiro e sem casa. Eu sei. Uma das vezes em que isso aconteceu coincidiu com a inspeção para o serviço militar. O meu estado de depauperamento físico era de tal modo grave que me reprovaram. Fui um dos que a Pátria não quis... Não me importei, declaro-lhe francamente, embora a comida e a cama garantidas tivessem as suas vantagens. Consegui, pouco tempo depois, empregar-me. Vai rir-se se lhe disser em quê. Fui propagandista de um chá maravilhoso que curava todas as doenças... Não achou graça? Pois acharia, se me ouvisse falar. Nunca menti tanto na minha vida e não supunha ser tão grande o número de pessoas dispostas a acreditar em mentiras. Corri uma boa parte do país, vendi o meu chá milagroso a pessoas que me acreditavam. Nunca tive remorsos. O chá não fazia mal, isso posso eu assegurar, e as minhas palavras davam tanta esperança a quem o comprava que desconfio que ainda me ficavam a dever dinheiro. Até porque não há dinheiro que pague uma esperança...

Silvestre balançou lentamente a cabeça, concordando.

– Dá-me razão, não é verdade? Ora, aí está. Contar-lhe mais da minha vida é quase inútil. Passei fome e frio algumas vezes. Tive momentos de fartura e momentos de privação. Comi como um lobo que não sabe se caçará no dia seguinte, e jejuei como se me tivesse comprometido a morrer de fome. E aqui estou. Morei em todos os bairros da cidade. Dormi em dormitórios coletivos onde as pulgas e os percevejos podem contar-se aos milhares. Já tive umas aparências de lar com algumas boas raparigas que as há, aos centos, por essa Lisboa fora. Não falando dos bolos do meu primeiro patrão, nunca roubei senão uma vez. Foi no Jardim da Estrela. Tinha fome. Eu, que sei alguma coisa do assunto, posso dizer que nunca tinha chegado àquele ponto. Aproximou-se de mim a mais linda rapariga que jamais vi. Não, não é o que está a pensar... Era uma garota de uns quatro anos, não mais. E se lhe chamo bonita é, talvez, para compensá-la do roubo. Trazia uma fatia de pão com manteiga, quase intacta. Os pais ou a criada deviam estar perto. Nem nisso pensei. Ela não gritou, não chorou, e eu, daí a momentos, estava atrás da igreja a morder o meu pão com manteiga...

Havia um brilho de lágrimas nos olhos de Silvestre.

– Também nunca deixei de pagar a renda dos quartos que aluguei. Digo-lhe isto para o tranquilizar...

O sapateiro encolheu os ombros, com indiferença. Desejava que Abel continuasse a falar porque gostava de ouvi-lo, mas, sobretudo, porque não sabia que responder. Queria, é certo, fazer uma pergunta, mas receava que fosse cedo de mais. Abel antecipou-se:

– É a segunda vez que conto isto a alguém. A primeira foi a uma mulher. Julguei que ela compreendesse, mas as mulheres não compreendem nada.

Enganei-me. Ela queria um lar definitivo e julgou que me prendia. Enganou-se. Contei-lhe agora a si, nem sei por quê. Talvez porque gosto da sua cara, talvez porque desde a primeira vez que falei nisto já passaram alguns anos e tinha necessidade de desabafar. Ou talvez por outra razão qualquer... Não sei...

– Contou para que eu deixasse de desconfiar – respondeu Silvestre.

– Ah, não! Quantos desconfiaram e ficaram ignorantes!... Foi talvez a hora, o nosso jogo de damas, o livro que eu estaria agora a ler se não tivesse vindo para aqui, sei lá!... Fosse o que fosse, já sabe.

Silvestre coçou com as duas mãos a grenha emaranhada. Depois encheu o copo e despejou-o de um trago. Limpou a boca às costas da mão e perguntou:

– Por que é que vive assim? Desculpe, se sou indiscreto...

– Não é indiscreto. Vivo assim porque quero. Vivo assim porque não quero viver de outro modo. A vida como os outros a entendem não tem valor para mim. Não gosto de ser agarrado e a vida é um polvo de muitos tentáculos. Um só basta para prender um homem. Quando me sinto preso, corto o tentáculo. Às vezes, faz doer, mas não há outro remédio. Compreende?

– Compreendo muito bem. Mas isso não leva a nada de útil.

– A utilidade não me preocupa.

– Com certeza provocou desgostos...

– Fiz o possível para que isso não acontecesse. Mas quando aconteceu, não hesitei.

– É duro!

– Duro? Não. Sou frágil, acredite. E é a certeza da minha fragilidade que me leva a furtar o corpo aos laços. Se me dou, se me deixo prender, estou perdido.

– Até um dia... Eu sou velho. Tenho experiência...

– Também eu.

– Mas a minha é a dos anos...

– E que lhe diz ela?

– Que a vida tem muitos tentáculos, como disse há bocado. E, por mais que se cortem, há sempre um que fica e esse acaba por agarrar.

– Não o julgava tão... como dizer?...

– Filósofo? Todos os sapateiros têm um pouco de filósofos. Houve já quem o dissesse...

Ambos sorriram. Abel olhou o relógio:

– Duas horas, senhor Silvestre. São mais que horas de deitar. Mas, antes, quero dizer-lhe outra coisa. Comecei a viver assim por capricho, continuei por convicção e continuo por curiosidade.

– Não percebo.

– Já vai perceber. Tenho a sensação de que a vida está por detrás de uma cortina, a rir às gargalhadas dos nossos esforços para conhecê-la. Eu quero conhecê-la.

Silvestre teve um sorriso manso, onde havia uma pontinha de desalento:

– Há tanto para fazer para cá da cortina, meu amigo... Mesmo que vivesse mil anos e tivesse as experiências de todos os homens, não conseguiria conhecer a vida!

– É possível que tenha razão. Mas ainda é cedo para desistir...

Levantou-se e estendeu a mão a Silvestre:

– Até amanhã!

– Até amanhã... meu amigo.

Sozinho, Silvestre enrolou, vagarosamente, um cigarro. Tinha nos lábios o mesmo sorriso manso e fatigado. Os olhos fixavam-se no tampo da mesa, como se nela se movessem figuras de um passado longínquo.

XIII

Do "diário" de Adriana:

"Domingo, 23/3/52, às dez e meia da noite. Choveu todo o dia. Nem parece que estamos na primavera. Quando eu era pequena, lembro-me de que os dias de primavera eram bonitos e que começavam a ser bonitos logo no dia 21. Já estamos a 23 e não faz senão chover. Não sei se é do tempo, mas sinto-me maldisposta. Não saí de casa. A mãe e a tia foram a casa das primas de Campolide, depois do almoço. Chegaram cá todas molhadas. A tia vinha zangada por causa de umas conversas que lá houve. Não percebi nada. Trouxeram uns bolos para nós, mas eu não os comi. A Isaura também não quis. O dia foi muito aborrecido. A Isaura não largou o livro que anda a ler. Leva-o para toda a parte, até parece que o esconde. Eu estive a bordar o meu lençol. A ligação de encaixe com o pano leva muito tempo, mas também não há pressa... Se calhar nunca chegarei a pô-lo na minha cama. Estou triste. Se soubesse, tinha ido com elas a Campolide. Antes lá, que passar um dia assim. Até tenho vontade de chorar. Não é por causa da chuva, com certeza. Ontem também chovia... Também não é por causa dele. Ao princípio é que me custava passar os domingos sem o ver. Agora, não. Já me vou convencendo de que ele não gosta de mim. Se gostasse, não se punha com aquelas conversas ao telefone. A não ser que seja para me fazer ciúmes... Sou muito parva! Como há de ele querer fazer-me ciúmes, se não sabe que gosto dele? E por que razão havia ele de gostar de mim, se eu sou feia? Sim, eu sei que sou feia, não preciso que mo digam. Quando olham para mim, sei bem em que estão a pensar. Mas valho mais que as outras. O Beethoven também era feio, não teve nenhuma mulher que o amasse, e foi Beethoven. Não precisou que o amassem para fazer o que fez. Só precisou de amar e amou. Se eu vivesse no tempo dele, era capaz de lhe beijar os pés, e aposto que nenhuma mulher bonita o faria. No meu entender, as mulheres bonitas não querem amar, querem ser amadas. Bem sei que a Isaura diz que não percebo nada destas coisas. Se calhar é porque não leio romances. A verdade é que ela parece saber tanto como eu, apesar de os ler. Acho que lê de mais. Ainda hoje, por exemplo. Tinha os olhos vermelhos, parecia que tinha chorado. E estava nervosa, como nunca a vi. Em certa altura toquei-lhe num braço, para lhe dizer já não sei o quê. Deu um grito que até me assustou. De outra vez, vinha eu do quarto, estava ela a ler. (Desconfio que já chegou ao fim do livro e que voltou ao princípio.) Tinha uma cara esquisita, como nunca vi a ninguém. Parecia que tinha alguma dor, mas, ao mesmo tempo, parecia contente. Não era contente que ela parecia. Não sei explicar. Era como se a dor que tinha lhe desse prazer, ou como se o prazer lhe causasse dor. Que trapalhada estou a escrever!... A minha cabeça não regula bem hoje. Já estão todas deitadas. Vou dormir. Que dia tão triste! Quem dera amanhã!"

Trecho do romance *A religiosa*, de Diderot, lido por Isaura nessa mesma noite:

"Principiava a impaciência a apossar-se da superiora; perdera a alegria, a gordura, o descanso.

Na noite seguinte, quando toda a gente dormia e a casa emergia no silêncio, levantou-se, e depois de ter vagado algum tempo nos corredores, veio à minha cela. Parou.

Encostando a cabeça à porta, provavelmente, fez bastante ruído para me acordar, caso estivesse dormindo. Conservei-me silenciosa; como que ouvi uma voz queixar-se, alguém que suspirava. Primeiro tive um ligeiro calafrio, mas resolvi-me a dizer:

– *Avé*.

Em lugar de me responderem, afastaram-se com passos ligeiros. Voltaram algum tempo depois; os lamentos e os ais recomeçaram, e pela segunda vez murmurei:

– *Avé*.

Nova retirada. Sosseguei e adormeci. Entretanto entraram e sentaram-se ao lado do meu leito; as cortinas estavam entreabertas. Vinham com uma vela cuja luz me dava no rosto, e quem a trazia viu-me a dormir; foi, pelo menos, o que eu julguei da sua atitude. Abri os olhos e deparou-se-me a superiora.

Ergui-me subitamente, com medo.

– Susana, sossegue, sou eu...

Deitei a cabeça para o travesseiro.

– Que faz a estas horas aqui, querida madre? O que foi que a trouxe? Por que é que não dorme?

– Não o conseguiria, ou só o faria sobressaltada. São sonhos terríveis os que me atormentam. Mal cerro os olhos, as aflições que tem sofrido reaparecem na minha imaginação; vejo-a nas mãos dessas desumanas, com os cabelos para o rosto, os pés ensanguentados, uma tocha na mão, a corda ao pescoço. Julgo que vão dispor da sua vida e estremeço... Um suor frio espalha-se-me pelo corpo, quero ir em seu auxílio, solto gritos, acordo, e inutilmente espero que o sono venha. Foi o que me aconteceu esta noite; temi que o céu me anunciasse alguma desgraça sobrevinda à minha amiga; levantei-me, aproximei-me da sua porta e escutei; pareceu-me que não dormia. Falou e retirei-me. Vim outra vez, falou de novo e afastei-me. Voltei, e vendo que descansava entrei. Havia já algum tempo que estava aqui e receava despertá-la; hesitei primeiro se correria os cortinados. Queria-me ir para lhe não interromper o repouso, mas não resisti ao desejo de contemplar a minha cara Susana... se estava bem. Como é encantadora de ver, quando dorme!

– Quão bondosa é, madre!

– Sinto frio, mas agora sei que nada há que recear de molesto para a minha filha e creio que dormirei. Dê-me a sua mão.

Acedi.

– Como o seu pulso está tranquilo! Nada o agita?

– Tenho um sono sossegado.

– Que feliz é!

– Olhe que esfria mais, minha madre.

– Tem razão; adeus, formosa, adeus, vou-me embora.

Mas não se movia, continuava a olhar-me, e as lágrimas corriam-lhe.

– O que é que tem? Chora? Que zangada estou de lhe haver contado os meus desgostos!...

No mesmo instante fechou a porta, apagou a vela e lançou-se sobre mim. Abraçava-me, deitava-se ao meu lado, o rosto colava-se-me, as lágrimas molhavam-me, e com voz lamentosa, entrecortada:

– Tenha dó de mim!

– Mas o que é que sofre? Sente-se doente? Que é preciso que eu faça?

– Tremo, assaltam-me calafrios, e um frio mortal se apodera de mim.

– Quer que me levante e lhe ceda o meu lugar?

– Não é preciso, basta que eu me meta aí dentro e me aproxime de si. Aquecer-me-ei e fico curada.

– Isso é proibido, madre. Que se diria se o soubessem? Vi religiosas sujeitas à penitência por coisas muito menos graves. Aconteceu no convento de Santa Maria que uma irmã foi de noite à cela doutra, era sua amiga; e não imagina o que supuseram. O confessor perguntou-me algumas vezes se não me tinham proposto o virem dormir comigo, e recomendou-me insistentemente que não consentisse em tal. Falei-lhe mesmo nos afagos que recebia de si, que eu acho inocentes, mas ele não pensa o mesmo. Nem sei como esqueci esses conselhos. Fazia tenção de lhe referir as suas palavras.

– Todos dormem e ninguém se inteirará. Sou eu quem recompenso ou castigo, e diga o que disser o padre, não vejo que mal há em uma amiga receber a seu lado uma outra que foi assaltada pela inquietação, e que desperta, veio, durante a noite e apesar do rigor da estação, ver se a sua estremecida se encontraria em algum perigo. Susana não dormia nunca, em casa de seus pais, com alguma das suas irmãs?

– Nunca.

– E se a ocasião se apresentasse não o teria feito sem escrúpulos? Se a sua irmã, aterrorizada e transida de frio, viesse pedir um lugar junto de si, recusar-lhe-ia?

– Creio que não.

– Pois não sou eu sua mãe?

– Sim, mas proíbem-no.

– Sou eu quem o proíbe às outras e que lho permito e lhe peço a si. Aquentar-me-ei um momento e vou-me. A sua mão...

Obedeci.

– Olhe, apalpe, veja; pareço uma pedra...

Era verdade.

– É porque está doente, minha mãe. Mas espere, eu retiro-me para lá, e coloca-se no sítio que eu ocupava.

Assim o fiz, e, levantando a roupa, sentou-se a meu lado.

Que mal ela estava! Em todos os membros acometera-a um tremor geral; queria falar-me, acercar-se, mas não conseguia articular uma palavra, nem podia mover-se.

Dizia-me em voz baixa:

– Susana, minha amiga, aproxime-se um pouco.

Estendia os braços e eu virava-lhe as costas. Agarrou-me devagarinho, puxou-me, passando-me o braço direito sob o corpo e o outro por cima.

– Estou gelada, é tanto o frio que receio tocar-lhe, fazer-lhe mal.

– Não tenha medo, minha madre.

Colocou uma das mãos no meu peito e a outra em volta da cintura; assentara os pés sobre os meus e apertava-os para os aquecer.

– Veja como adquiriram calor tão prontamente; nada os separa dos seus.

– Mas o que lhe obsta que aquente todo o corpo da mesma maneira?

– Nada, se quiser.

Voltara-me, ela tirava o fato e eu ia fazer o mesmo, quando, de repente, ouviram-se duas pancadas violentas na porta.

Assustada, saí imediatamente da cama, assim

como a superiora. Aplicámos o ouvido, e sentimos que alguém, na ponta dos pés, se encaminhava para a cela próxima.

– É a irmã Santa Teresa; viu-a passar no corredor e entrar aqui. Surpreendeu as nossas palavras, oh! meu Deus! meu Deus!

Estava mais morta do que viva.

– Sim, é ela – observou a superiora num tom irritado – não há a menor dúvida; ficar-lhe-á de lembrança por muito tempo o atrevimento.

– Não lhe faça mal, querida madre.

– Adeus, Susana, boa noite. Vista-se, durma bem e fica dispensada da reza. Vou à cela dessa estouvada. Dê-me a sua mão...

Estendi-lha do outro lado da cama, ela levantou a manga que me cobria o braço, beijou-o, suspirando, de alto a baixo, depois da extremidade dos dedos até ao ombro, e saiu prometendo que a temerária que a interrompera havia de se arrepender.

Coloquei-me junto da porta e senti-a entrar na cela da irmã Teresa.

Fui tentada a levantar-me e a interpor-me entre as duas, se, por acaso, a cena se tornasse violenta; mas, estava tão perturbada, tão pessimamente disposta, que achei melhor meter-me na cama. Porém, não dormi. Pensei que ia tornar-me a fábula da casa, que esta aventura, que em si nada apresentava de particular, seria contada da maneira mais desfavorável; que me aconteceria aqui pior do que em Longchamp, onde fui acusada não sei de quê; que a nossa falta chegaria ao conhecimento dos superiores, que a nossa madre seria deposta, e que tanto a uma como a outra castigar-nos-iam severamente.

Estava com o ouvido à escuta, esperando com impaciência que a nossa madre saísse da cela da irmã Teresa; e a coisa foi difícil de acomodar porque passou ali quase toda a noite."*

* Para esta transcrição foi utilizada a tradução de João Grave. (N. do A.)

XIV

Na sua sólida formação de homem respeitável, construída ao longo de anos de escassas palavras e gestos medidos, Anselmo tinha uma fraqueza: o desporto. Mais exatamente: a estatística desportiva, limitada, por sua vez, ao futebol. Entravam épocas e saíam épocas, sem que ele assistisse a um desafio entre equipas de clube. Não perdia, é certo, os jogos internacionais, e só uma doença grave ou um luto recente podiam impedi-lo de assistir a um desafio entre Portugal e a Espanha. Sujeitava-se às maiores indignidades para alcançar, no mercado negro, um bilhete, e não resistia, quando para tal tinha disponibilidades, a entrar na especulação, adquirindo por 20 e vendendo por 50. Tinha, no entanto, o cuidado de não negociar com os colegas do escritório. Para eles, era um sujeito grave que se abria num sorriso irónico ao ouvir as discussões de segunda-feira, de secretária para secretária. Um homem que tinha olhos apenas para os lados sérios da vida, que considerava o desporto coisa boa para entreter ócios de aprendizes e criados de café. Era inútil contar com ele para um esclarecimento, uma transferência de jogador de clube para clube, uma data célebre dos fastos futebolísticos nacionais, a composição de uma equipa na época de 1920/30. Mas tinha um primo que, coitado, dizia, era um doente da "bola". Se quisessem, um dia destes, quando o encontrasse, podia perguntar-lhe e teriam a resposta infalível. A expectativa e a ansiedade dos colegas deliciavam-no. Deixava-os esperar dias e dias, desculpava-se: não via o primo há bastante tempo, as suas relações com ele estavam um pouco tensas, o primo ficara de consultar os mapas e os registos, enfim, inventava pretextos dilatórios que só exasperavam a paciência dos colegas. Muitas vezes havia apostas em causa. Inflamados benfiquistas e inflamados sportinguistas esperavam dos lábios de Anselmo a sentença. Então, em casa, ao serão, Anselmo procurava nas suas estatísticas bem elaboradas, nos seus preciosos recortes de jornais, o desejado esclarecimento, e, no dia seguinte, enquanto colocava sobre o nariz os óculos que a sua vista cansada exigia, deixava cair, como do alto de uma cátedra, a data ou o resultado discutidos. Este admirável primo contribuía para a reputação de Anselmo tanto como a sua competência profissional, o seu ar circunspecto, a sua pontualidade exemplar. Se tal primo existisse, Anselmo, apesar do seu domínio das emoções, tê-lo-ia abraçado, porque fora graças a ele (assim o julgavam todos) que pudera dar ao gerente a informação pormenorizada do II Portugal-Espanha, desde o número dos assistentes ao jogo à constituição das equipas e cor das respetivas camisolas, nome do árbitro e juízes de linha. Fora graças a esta informação que conseguira, enfim, ver autorizado o vale, e que, consequentemente, guardava na algibeira do casaco as três notas de cem escudos necessárias aos gastos até ao fim do mês.

Agora, sentado entre a mulher e a filha, ambas costurando nas roupas familiares, Anselmo, com os seus mapas estendidos sobre a mesa da casa de jantar, saboreava o triunfo. Deparando-se-lhe uma lacuna nas suas informações acerca dos suplentes selecionados para o III Portugal-Itália, logo determinou escrever no dia seguinte para um jornal desportivo que mantinha consultório aberto, a fim de se inteirar.

Infelizmente, não podia esquecer que os trezentos escudos lhe seriam descontados no ordenado desse mês, e isso amargava-lhe a alegria do êxito. Quando muito, poderia esperar autorização para amortizações mais suaves do débito. O pior é que qualquer desconto no vencimento, por pequeno que fosse, lhe desarticulava a engrenagem económica do lar.

Enquanto Anselmo remoía estes pensamentos, a telefonia irradiava o soluçar plangente e lastimoso do fado mais desabaladamente lancinante que jamais cantaram gargantas portuguesas. Anselmo, que não era piegas, todos o sabiam, comovia-se até às entranhas ao ouvir aquele lamento. Na sua comoção ia muito do seu caso pessoal, a terrível perspetiva do desconto no fim do mês. Rosália suspendera a agulha e reprimia um suspiro. Maria Cláudia, aparentemente calma, seguia, repetindo-os baixinho, os versos de amor desgraçado que o alto-falante debitava.

O que ficou depois do último "ai!" da cantadeira foi uma atmosfera de tragédia grega, ou, melhor e mais atual, o *suspense* de certa escola cinematográfica americana. Outro fado assim, e de três criaturas de saúde normal restariam três neuróticos. Felizmente, a emissora fechava. Breves notícias do estrangeiro, o resumo do programa do dia seguinte – e Rosália aumentou um pouco o volume do som para ouvir as doze badaladas da meia-noite.

Anselmo guardou os óculos, passou duas vezes a mão pela calva e declarou, enquanto arrecadava no armário do guarda-louça os seus papéis:

– É meia-noite. São horas de ir para a cama. Amanhã é dia de trabalho.

A esta frase, todo o mundo se levantou. E isto lisonjeava Anselmo, que nestas pequenas coisas via os ótimos resultados do seu método de educação doméstica. Tinha a vaidade de possuir uma família que podia servir de modelo, e vaidade maior por verificar que todo o mérito provinha de si.

Maria Cláudia depôs na face dos pais dois beijos chilreados e foi para o seu quarto. Com o jornal da noite pendurado ao longo da perna, para a pequena leitura antes do apagar das luzes, Anselmo meteu pelo corredor e foi-se deitar. Rosália ficou ainda, ocupada em arrumar a sua costura e a da filha. Endireitou as cadeiras à volta da mesa, mexeu levemente em vários objetos e, certa de que tudo ficava em ordem, seguiu o caminho do marido.

Quando entrou, ele olhou-a por cima dos óculos e continuou a ler. Como todo o cidadão português, tinha predileções clubistas, mas podia, sem se impressionar, ler os relatos de todos os desafios. Dali só lhe interessava a matéria estatística. Que jogassem bem ou mal, era com eles. O que importava era saber quem metera os golos e quando. O que importava era o que ficava para a história.

Segundo um acordo tácito entre os dois, quando Rosália mudava de roupa para se deitar, Anselmo não baixava o jornal. Fazê-lo, seria, na sua opinião, uma indignidade. Na opinião dela talvez não houvesse mal nenhum... Rosália deitou-se sem que o marido lhe visse a ponta dos pés. Assim é que era digno, assim é que era decente...

Luz apagada. Do quarto vizinho, um filete luminoso escapava-se, por uma frincha da porta, para o corredor. Do seu lugar, Anselmo viu-o e disse:

– Apaga a luz, Claudinha!

A luz apagou-se segundos depois. Anselmo sorriu no escuro. Era tão bom saber-se respeitado e obedecido! Mas a escuridão é inimiga dos sorrisos, sugere pensamentos graves. Anselmo mexeu-se, incomodado. A seu lado, tocando-lhe a todo o comprimento do corpo, o corpo da mulher abandonava-se à moleza do colchão.

– Que tens tu? – perguntou Rosália.

– É o diabo do vale – murmurou o marido. – No fim do mês descontam-mo e lá fico outra vez entalado.

– Não podes descontar em prestações?

– O gerente não gosta...

O suspiro represado no peito de Rosália desde o fado abriu caminho e encheu a casa. Anselmo, por sua vez, não pôde reprimir também um suspiro, menos exuberante embora, um suspiro de homem.

– Ainda se te aumentassem o ordenado... – sugeriu Rosália.

– Nem pensar nisso. Até falam em despedir pessoal.

– Credo! Oxalá não te calhe a ti!...

– A mim? – perguntou Anselmo, como se pela primeira vez pensasse em semelhante eventualidade. – A mim, não. Sou dos mais antigos...

– Está tudo tão mau por aí. Só ouço é gente queixar-se.

– É da situação internacional... – começou Anselmo.

Mas deteve-se. Que interessava agora botar figura com um discurso sobre a situação internacional? Assim, às escuras e com o problema do vale para resolver?

– Até tenho medo de que despeçam a Claudinha. Bem sei que os quinhentos escudos que ela ganha pouco adiantam, mas sempre ajudam.

– Quinhentos escudos!... Uma miséria! – resmungou Anselmo.

– Pois é, mas oxalá não nos faltem...

Calou-se subitamente, empolgada por uma ideia. Ia abrir a boca para expô-la ao marido, mas preferiu fazer um rodeio:

– Lá entre os teus conhecimentos não se arranjaria outra colocação para a pequena?

Qualquer coisa na voz da mulher despertou em Anselmo suspeitas de armadilha.

– Que queres dizer com isso? – perguntou.

– Que quero dizer? – volveu ela, naturalmente. – A pergunta é muito simples...

Que a pergunta era simples via Anselmo, mas via também que a mulher tinha uma ideia escondida. Resolveu não lhe facilitar o caminho:

– E quem é que arranjou o emprego onde ela está? Foste tu, não?

– Mas não se podia arranjar melhor?

Anselmo não respondeu. Por força ou por jeito, a mulher havia de deitar cá para fora a ideia. Calar-se era o processo melhor para a obrigar a isso. Rosália mudou de posição. Ficou voltada para o marido, o ventre um pouco obeso encostado ao quadril dele. Quis afastar a ideia, certa como estava de que Anselmo a repudiaria com veemência. Mas a ideia voltava, teimosa e absorvente. Rosália sabia que se a não dissesse não dormiria. Tossiu levemente para aclarar a voz, de modo a torná-la audível no murmúrio que se seguiu:

– Lembrei-me... Estou mesmo a ver que te vais zangar... Lembrei-me de falar com a vizinha de baixo, a dona Lídia...

Anselmo viu imediatamente onde a mulher queria chegar, mas preferiu fazer-se desentendido:

– Para quê? Não percebo...

Como se o contacto pudesse diminuir a indignação esperada, Rosália chegou-se mais. Anos atrás o movimento teria uma significação totalmente diversa.

– Acho eu... Como nos damos bem, podia ser que ela se interessasse...

– Continuo a não perceber nada.

Rosália suava. Afastou-se um pouco e, de golpe, sem escolher palavras, concluiu:

– Ela pedia ao sujeito que lá vai a casa. Ele é não sei quê de importante numa companhia de seguros e talvez arranjasse alguma coisa para a pequena.

A indignação de Anselmo teria explodido à primeira frase se fosse sincera. Declarou-se no fim, mas só não foi mais ruidosa porque a noite põe surdinas nas vozes:

– Parece impossível que tu te saias com uma dessas! Então, tu queres que se vá pedir tal coisa àquela... àquela mulher? Isso é não ter o sentido da dignidade! Não esperava isso de ti!

Anselmo excedia-se. Tudo estaria certo se, no íntimo, não concordasse com a sugestão. Não reparava em que, pondo a questão naqueles termos, tornava mais ilógica a sua final aquiescência e difícil a insistência da mulher.

Rosália, ofendida, afastou-se. Entre os dois havia agora um pequeno espaço que equivalia a léguas. Anselmo viu que tinha ido longe de mais. O silêncio incomodava ambos. Um e outro sabiam que o assunto não estava liquidado, mas calavam-se: ela, pensando na maneira de abordá-lo outra vez; ele, procurando o meio de não tornar excessivamente custosa a sua rendição, tornada aparentemente impossível pelas palavras que pronunciara. No entanto, ambos sabiam, também, que não adormeceriam sem que a questão estivesse resolvida. Anselmo deu o primeiro passo:

– Bom... É um caso a ver... Mas custa-me...

XV

Perfeitamente à vontade, como quem está em sua casa, Paulino Morais traçou a perna e acendeu uma cigarrilha. Agradeceu com um sorriso o gesto de Lídia que lhe aproximara o cinzeiro, e deixou-se recair no *maple* vermelho-escuro, sua propriedade exclusiva naqueles serões. Estava em mangas de camisa. Era gordo, de temperamento sanguíneo. Os olhos pequenos afloravam o rosto, como que empurrados pelas pálpebras papudas. As sobrancelhas espessas e retas juntavam-se na nascença do nariz, cujo perfil agressivo era atenuado pelo tecido adiposo sobreposto. As orelhas grossas separavam-se do crânio, e os pelos que lhe enchiam os ouvidos eram rijos como cerdas. Calvo, penteava-se com o maior cuidado, cobrindo o alto da cabeça com os cabelos puxados dos parietais, cabelos esses que, para o efeito, deixara crescer até ao comprimento necessário. Tinha o próspero ar do quinquagenário que possui mulher nova e dinheiro velho. Todo o seu rosto, através da nuvem perfumada que o envolvia, tinha uma expressão de beatitude, a expressão de quem comeu e está digerindo sem dificuldade o que comeu.

Acabara de contar uma estupenda anedota e apreciava com ar guloso o sorriso de Lídia. E não só o sorriso. Estava nos seus dias de boa disposição e isso levava-o a felicitar-se mentalmente pela ótima ideia que tivera, havia já bastante tempo, para o vestuário com que Lídia o recebia. Um pouco gasto pelos excessos e adormentado pela idade, dera-lhe para procurar excitantes, e o vestuário da amante era um deles. Nada de fantasioso ou pornográfico, como conhecia de amigos seus. Tudo simples e natural. Lídia devia recebê-lo em camisa de noite, amplamente decotada, braços nus e cabelos soltos. A camisa devia ser de seda, nem transparente de mais que tudo deixasse ver, nem de menos que tudo ocultasse. O resultado era um jogo de claridades e sombras que lhe encandescia o cérebro nas noites em que se sentia "em forma" ou lhe regalava a vista nos dias do cansaço.

Lídia, ao princípio, opusera-se, mas depois achara melhor conformar-se. Todos os homens têm as suas excentricidades e a deste não era das piores. Cedeu, tanto mais que ele lhe levara um calorífero elétrico. Elevada a temperatura do quarto, a ligeireza do fato não provocava constipações.

Sentada num banquinho baixo, curvada para o amante, deixava-lhe ver, como ele gostava, os seios libertos do *soutien*. Sabia que só o seu corpo o prendia a ela e mostrava-o. Por enquanto, tinha-o moço e bem formado. Exibi-lo ali ou na praia não fazia grande diferença, salvo pelo apimentado do trajo e da posição.

Quando o serão não ia mais longe que não fosse à sua exibição em trajo sumário, dava por bem empregado o sacrifício e por razoável o gosto de Paulino Morais. E, se não ficava por aí, como sempre desejava, resignava-se.

Vivia por conta dele há três anos. Conhecia-lhe os tiques, as idiossincrasias, os movimentos. E, destes, o que mais receava que ele fizesse era o de, ainda sentado, desabotoar ao mesmo tempo as duas alças dos suspensórios. Fazia-o sempre ao mesmo tempo. Lídia sabia o que isso significava. Agora estava tranquila: Paulino Morais fumava e, enquanto a cigarrilha durasse, as alças não deixariam os botões.

Num gesto gracioso que lhe salientava a beleza do pescoço e das espáduas, Lídia voltou a cabeça para o pequeno relógio de faiança. Depois levantou-se, dizendo:

– São horas do teu café.

Paulino Morais assentiu. Sobre o mármore do toucador, a máquina de café esperava, já com o pó no reservatório. Lídia acendeu a lamparina e introduziu-a debaixo do globo que continha a água. Preparou a chávena e o açucareiro. Enquanto ela andava de um lado para o outro no quarto, Paulino

Morais seguia-a com os olhos. As longas pernas da amante desenhavam-se sob o tecido leve que lhe modelava as ancas em curvas voluptuosas. Espreguiçou-se interiormente. A cigarrilha estava quase no fim.

– Sabes que me fizeram hoje um pedido? – perguntou Lídia.

– Um pedido?

– Sim. Os vizinhos de cima.

– Que querem eles de ti?

Debruçada para a máquina, Lídia esperava que a água subisse:

– Não é de mim, é de ti.

– Homessa! De que se trata, Lili?

Lídia estremeceu: Lili era o diminutivo das noites amorosas. A água começou a borbulhar, e como se fosse chupada de cima, subiu e foi tingir-se no depósito superior. Lídia encheu a chávena, adoçou ao gosto de Paulino e deu-lha. Sentou-se, de novo, no banco, e respondeu:

– Não sei se sabes que eles têm uma filha. Uma pequena de dezanove anos. Está empregada, mas, pelo que diz a mãe, ganha pouco. Vieram ter comigo para te pedir se lhe arranjavas uma colocação.

Paulino pousou a chávena no braço do *maple* e acendeu outra cigarrilha:

– Mas tu tens muito interesse em atender o pedido?

– Se não tivesse, não te falaria nele...

– É que tenho o quadro do pessoal completo... Até tenho gente a mais... Além disso, não sou só eu a mandar...

– Quisesses tu...

– Há o conselho de administração...

– Ora! Quisesses tu...

Paulino segurou outra vez a chávena e bebeu um gole de café. Lídia via-o pouco disposto a satisfazê-la. Sentiu-se um tanto melindrada. Era o primeiro pedido deste género que lhe fazia e não via motivo que justificasse a recusa. Por outro lado, dada a situação irregular em que vivia e a que toda a gente no prédio torcia o nariz, agradava-lhe conseguir o emprego para Maria Cláudia, porque isso, espalhado aos quatro ventos pela satisfação de Rosália, conferir-lhe-ia um certo prestígio na vizinhança. Pesava-lhe o quase isolamento em que a deixavam e se, na verdade, ao receber o pedido, não manifestara grande interesse, agora, perante a resistência do amante, tomava a peito arrancar-lhe o consentimento. Baixou-se mais, como se quisesse alisar a pele cor-de-rosa que lhe debruava os sapatinhos do quarto e mostrou, assim, todo o peito desnudado:

– Nunca te fiz qualquer pedido destes... Se podes arranjar o que me pediram, devias ouvir-me. Fazias-me a vontade e ajudavas uma família necessitada.

Lídia estava exagerando o seu interesse e, tanto quanto podia julgar, exagerava também as necessidades dos vizinhos do andar de cima. Lançada neste exagero, fez um gesto que, pela sua raridade, impressionou Paulino Morais: colocou uma das mãos sobre o joelho redondo do amante. As narinas de Paulino palpitaram:

– Não vejo motivo para te aborreceres. Ainda não disse que não...

A expressão da fisionomia dele mostrou a Lídia o preço por que teria de pagar esta meia aquiescência. Não se sentia disposta a abrir a cama e via que ele a desejava. Quis desfazer a impressão causada, desinteressar-se mesmo do pedido, mas Paulino, perturbado pela carícia, já dizia:

– Vou ver o que se pode arranjar. O que é que ela faz?

– Parece que é datilógrafa...

Neste "parece" ia toda a má vontade de Lídia. Endireitou-se, retirou a mão do joelho do amante e como que se cobriu dos vestidos mais espessos que possuía. Ele notou a transformação e ficou perplexo, longe de adivinhar o que se passava no espírito dela. Acabou de beber o café e esmagou a ponta da cigarrilha no cinzeiro. Lídia esfregou os braços, como se sentisse frio. Olhou o roupão abandonado em cima da cama. Sabia que se o vestisse provocaria o aborrecimento de Paulino. Sentiu-se tentada a ousar, mas amedrontou-se. Prezava muito a sua segurança para a prejudicar com um ato de amuo. Paulino cruzou as mãos sobre o ventre e disse:

– Na quarta-feira a pequena que venha cá falar comigo.

Lídia encolheu os ombros:

– Está bem.

A voz saiu-lhe sacudida e fria. Olhando de relance Paulino, viu-o franzir as sobrancelhas. Repreendeu-se intimamente por estar a provocar dissabores. Achou que tinha procedido como uma criança e quis recompor o que perturbara. Sorriu para ele, mas o sorriso imobilizou-se: Paulino não desfranzia o sobrolho. Começou a sentir medo. Precisava, precisava absolutamente, de encontrar um meio de o alegrar. Quis falar, mas não soube em quê. Se corresse para ele e o beijasse na boca tudo passaria, mas não se sentia capaz de o fazer. Não queria entregar-se. Queria render-se, mas não ativamente.

Sem pensar, agindo por instinto, apagou a luz do quarto. Depois, às escuras, dirigiu-se ao toucador e acendeu o candeeiro de pé alto que o ladeava. A luz apanhou-a em cheio. Não se moveu durante um instante. Sabia que todo o seu corpo, nu sob a camisa, se desenhava aos olhos do amante. Depois, lentamente, voltou-se. Paulino Morais, num movimento simultâneo das duas mãos, desabotoava os suspensórios.

XVI

Abel parou no patamar para acender um cigarro. Nesse momento, a escada iluminou-se. Ouviu bater uma porta no andar de cima, um rumor de vozes abafadas e, logo a seguir, uns passos pesados que faziam ranger os degraus. Tirou a chave do bolso e, propositadamente, tardou a encontrar a fechadura. Só a encontrou ao sentir junto de si a pessoa que descia. Voltou-se e conheceu Paulino Morais. Este murmurou um "boa noite" educado, que Abel retribuiu do mesmo modo, já dentro de casa.

Seguindo pelo corredor, ouviu sobre a sua cabeça uns passos leves que o acompanhavam na mesma direção. Quando entrou no quarto, os passos ouviram-se mais longe. Acendeu a luz e viu as horas no relógio de pulso: duas e cinco.

O quarto abafava. Abriu a janela. A noite estava encoberta. Passavam no céu, iluminadas pelo resplendor da cidade, nuvens pesadas e lentas. A temperatura subira e a atmosfera estava quente e húmida. Os prédios que circundavam os quintais, adormecidos, formavam como que a guarda de um poço sombrio. Luz, só a do seu quarto. Enfiava pela janela aberta e ia derramar-se no quintal, mostrando os caules das couves enfezadas e inúteis que, ainda há pouco na escuridão, tinham agora o ar estremunhado de quem acorda subitamente.

Outra luz se acendeu, iluminando as traseiras dos prédios fronteiros. Abel viu roupa pendurada, vasos, e o reflexo dos vidros batidos pela luz. Apeteceu-lhe acabar o cigarro sentado no muro do quintal. Para não dar a volta pela cozinha, saltou pela janela. Na capoeira ouviu um pipilar de pintos. Avançou por entre as couves, em plena luz. Depois voltou-se e olhou para cima. Através dos vidros da *marquise* viu Lídia passar para a casa de banho. Sorriu, um sorriso triste, desencantado. Àquela hora, centenas de mulheres estariam fazendo o mesmo que Lídia... Ele vinha cansado, correra muitas ruas, vira muitos rostos, seguira muitos vultos. E ali estava agora, no quintal de Silvestre, fumando um cigarro e encolhendo os ombros à vida... "Pareço Romeu no jardim de Capuleto", pensou. "Só falta a lua. Em vez da inocente Julieta, temos a experimentada Lídia. Em vez do doce balcão, a janela de uma casa de banho. A escada de salvação em vez da escada de seda." Acendeu novo cigarro. "Daqui a pouco, ela dirá: Quem és tu, que assim, envolto na noite, surpreendes os meus segredos?"

Sorriu, condescendente, por estar a citar Shakespeare. Evitando pisar as abandonadas couves, foi sentar-se no muro. Sentia-se estranhamente triste. Influência do tempo, decerto. Estava abafado, havia no ar prenunciações de trovoada. Olhou outra vez para cima: Lídia saía da casa de banho. Talvez porque tivesse sentido, também, muito calor, abriu a janela e debruçou-se.

"Julieta viu Romeu", pensou Abel. "Que irá passar-se?" Levantou-se do muro e avançou para o meio do quintal. Lídia não deixou a janela. "Agora teria eu de exclamar: – Que resplendor abre caminho através daquela janela? É a aurora, e Julieta o Sol!"

– Boa noite – sorriu Abel.

Houve uma pausa. Depois, a voz de Lídia:

– Boa noite – e desapareceu.

Abel lançou o cigarro fora e murmurou, divertido, enquanto recolhia a casa:

– Deste final de cena é que o Shakespeare se não lembrou...

XVII

O estado de Henrique piorou inesperadamente. O médico, chamado à pressa, mandou fazer uma pesquisa de bacilos de difteria. A criança tinha temperaturas altíssimas e delirava. Carmen, desesperada, acusou o marido de responsável por a doença ter progredido até àquele ponto. Houve uma cena violenta. Emílio ouviu tudo e, como de costume, não respondeu. Sabia que a mulher tinha razão, que fora ela a primeira a lembrar que se chamasse o médico. Teve remorsos. Passou todo o domingo junto do filho e, na segunda-feira, à hora que lhe haviam indicado, correu a buscar o resultado da análise. Respirou de alívio perante a conclusão negativa, mas a declaração, no impresso, de que uma só análise não era, em muitos casos, bastante, fê-lo recair na inquietação.

O médico declarou-se satisfeito e previu melhoras rápidas, decorrido que fosse um período de vinte e quatro horas. Em todo o dia Emílio não deixou a cabeceira do doente. Carmen, silenciosa e fria desde a cena, mal podia suportar a presença do marido. Em dias normais essa presença exasperava-a; agora que o marido não deixava o quarto sentia que estava a ser roubada no que tinha de mais precioso: o amor do filho.

Para afastar Emílio, chegou a lembrar-lhe que não era metido em casa que ganhava a vida, e que bem precisados estavam de dinheiro com as despesas que a doença provocara. Uma vez mais, Emílio respondeu com o silêncio. Ainda desta vez a mulher tinha razão, faria muito melhor deixando Henrique entregue aos cuidados dela. Mas não saiu de casa. Fixara-se nele a ideia de que era o responsável pela recaída, porque só depois das palavras que dissera ao filho a doença se agravara. A sua presença era como uma penitência, inútil como todas as penitências e apenas compreensível porque era voluntária.

Apesar da insistência da mulher, não foi para a cama à hora habitual. Carmen, para demonstrar que não lhe ficava atrás em amor pela criança, também não se deitou.

Pouco tinham que fazer. A doença seguia o seu curso natural, após a crise. Os medicamentos estavam aplicados, restava aguardar o seu efeito. Nem um, nem outro, queriam ceder, porém. Havia entre eles uma espécie de desafio, de luta surda. Carmen lutava pela conservação do afeto de Henrique, que sentia em perigo, em virtude da presença e dos cuidados do marido. Emílio lutava apenas para fazer calar os remorsos, para compensar pela atenção de agora a indiferença de então. Tinha a consciência de que a luta da mulher era mais digna e de que no fundo da sua havia um substrato de egoísmo. Decerto gostava do filho: fora ele que o gerara, não podia deixar de gostar. O contrário seria antinatural. Mas sentia bem que, naquela casa, era um estranho, que nada do que o rodeava, embora comprado com o seu dinheiro, lhe pertencia efetivamente. Ter não é possuir. Pode ter-se até aquilo que se não deseja. A posse é o ter e o desfrutar o que se tem. Tinha uma casa, uma mulher e um filho, mas nada era, efetivamente, seu. De seu, só tinha a si mesmo, e não completamente.

Às vezes, Emílio pensava se não estaria doido, se todo este modo de viver, estes conflitos, estas tempestades, esta incompreensão de todas as horas, não seriam, afinal, a consequência de um desequilíbrio nervoso. Na rua, era, ou supunha ser, uma criatura normal, capaz de rir ou sorrir como toda a gente. Mas bastava-lhe passar a soleira da porta para cair em cima de si um peso insuportável. Sentia-se como um homem prestes a afogar-se, que enche os pulmões não já do ar que lhe permitiria viver, mas da água que o mata. Pensava que tinha o dever de se declarar satisfeito com o que a vida lhe dera, que outros havia menos afortunados e viviam contentes. Mas a comparação não lhe trazia tranquilidade. Não sabia, mesmo, o que era e onde estava o que lhe daria a tranquilidade. Não sabia, ainda, se essa tranquilidade existia em alguma parte. O que sabia, com uma experiência de anos, é que não a tinha. E sabia também que a desejava, como o náufrago a prancha, como a semente o sol.

Estes pensamentos, mil vezes repetidos, conduziam-no sempre ao mesmo ponto. Comparava-se ao animal atrelado a uma nora, que caminha léguas num círculo restrito, de olhos vendados, sem dar por que passa por onde já passou milhares de vezes. Não era esse animal, não tinha os olhos fechados, mas reconhecia que o pensamento o conduzia por um caminho já trilhado. Mas saber tudo isto era ainda pior, porque, homem que era, procedia como irracional. Este, não pode ser censurado pela sua submissão ao jugo; e ele, podia ser censurado? Que força o amarrava? O hábito, a cobardia, o temor do sofrimento alheio? Mas os hábitos substituem-se, a cobardia domina-se, o sofrimento alheio é, quase sempre, menor do que o que tememos. Não provara já – tentara-o, pelo menos – que a sua ausência seria esquecida? Por que ficava, então? Que força era essa que o segurava àquela casa, àquela mulher e àquela criança? Os laços que o atavam, quem os fizera?

Não lhe ocorria outra resposta que não fosse esta: "Estou cansado". Tão cansado que, sabendo que todas as portas da sua prisão podiam abrir-se e que tinha a chave que as abria, não dava um passo para a liberdade. Habituara-se de tal modo a esse cansaço que chegava a encontrar nele prazer, o prazer de quem abdicou, o prazer de quem, vendo chegar a hora da decisão, atrasa o relógio e declara: "Ainda é cedo". O prazer do sacrifício. Mas o sacrifício só é completo quando se esconde. Torná-lo visível, é dizer a toda a hora: "Sacrifico-me", é forçar os outros a não o esquecer. E isso significa que ainda não se abdicou completamente, que por detrás da renúncia ainda mora a esperança, tal como, para além das nuvens, o céu continua azul.

Carmen olhava o marido e via-o absorto. Emílio tinha o cinzeiro cheio de pontas de cigarro e continuava a fumar. Um dia, ela fizera um cálculo do dinheiro gasto em tabaco e isso fora motivo para censuras amargas. Informara os pais e eles lastimaram-na. Dinheiro queimado, dinheiro deitado à rua, dinheiro que fazia falta. Vícios, são bons para ricos, e, quem os quer ter, enriquece primeiro. Mas Emílio, caixeiro de praça à falta de melhor, por necessidade e não por vocação, não dava, nunca dera, mostras de querer enriquecer. Contentava-se com o mínimo indispensável e daí não passava. Que homem e que vida!... Carmen pertencia a outra raça, à raça daqueles para quem a vida não é contemplação, mas luta. Era ativa; ele, abúlico. Ela, toda nervos, ossos e músculos, matéria que gera a força e o poder; ele, tudo isso também, mas, dominando os ossos, os músculos e os nervos, envolvendo-os no nevoeiro da fraqueza, havia a insatisfação e a perplexidade.

Emílio levantou-se e foi ao quarto do filho. A criança dormia, num sono agitado de que continuamente acordava e em que continuamente recaía. Palavras incoerentes saíam-lhe dos lábios secos. Aos cantos da boca, pequenas bolhas translúcidas marcavam a passagem da febre. Emílio, com cuidado, introduziu o termómetro na axila do filho. Esperou o tempo necessário e voltou à casa de jantar. Carmen levantou os olhos da costura, mas não fez perguntas. Ele olhou o termómetro: 39,2 graus. A temperatura parecia descer. O termómetro ficou em cima da mesa, ao alcance de Carmen. Apesar de todo o seu desejo de saber, ela não estendeu a mão. Ficou à espera de que o marido falasse.

Emílio deu alguns passos hesitantes. O relógio do andar de cima bateu as três pancadas. Carmen esperava, sentindo já que as fontes lhe latejavam e cerrando os dentes para não insultar o marido. Sem palavras, Emílio foi-se deitar. Estava cansado da vigília prolongada, cansado da mulher e de si mesmo. A angústia apertava-lhe a garganta: era ela que não lhe permitia falar, que o obrigava a retirar-se, como alguém que se esconde para morrer ou para chorar.

Para Carmen era esta a prova mais completa da ausência de sentimentos humanos no marido. Só um monstro teria procedido assim: deixá-la na inquietação e deitar-se como se nada de grave se passasse, como se a doença do filho não fosse mais que uma brincadeira.

Ergueu-se e aproximou-se da mesa. Olhou o

termómetro. Depois, voltou ao seu lugar. Em toda a noite não se deitou. Como os vencedores das batalhas medievais, ficou no campo depois da luta. Vencera. E, além disso, não poderia, nessa noite, suportar o contacto do marido.

XVIII

Caetano Cunha, por força da profissão que exercia, tinha uma vida um pouco como a dos morcegos. Trabalhava enquanto os mais dormiam, e era quando descansava, de janelas e olhos fechados, que os outros, à luz do sol, iam aos seus empregos. Este facto dava-lhe a medida da sua importância. Acreditava firmemente que valia mais que o comum das pessoas e por várias razões, e não era a menor esta vida noturna, agarrado à máquina de compor enquanto a cidade dormia.

Quando saía do jornal, ainda de noite, e via as ruas desertas brilhando da humidade que a madrugada trazia do lado do rio, sentia-se feliz. Gostava, antes de ir para casa, de errar pelas ruas silenciosas, onde passavam vultos de mulheres. Mesmo cansado, detinha-se para falar-lhes. Se mais lhe apetecia deixava-se levar, mas, ainda que mais não houvesse, falar lhe bastava.

Caetano gostava de mulheres, de todas as mulheres. A simples visão de uma saia balançando o perturbava. Sentia uma atração irresistível pelas mulheres fáceis. O vício, a dissolução, o amor comprado, fascinavam-no. Conhecia quase todas as casas de prostituição da cidade, sabia de cor e salteado as tabelas de preços, era capaz (disso se gabava no seu foro íntimo) de dizer, sem necessidade de inventar, os nomes de umas boas dezenas de mulheres com quem se deitara.

De todas as mulheres, uma só desdenhava: a sua. Justina era, para si, um ser assexuado, sem necessidades nem desejos. Quando ela, na cama, no acaso dos movimentos, lhe tocava, afastava-se com repugnância, incomodado pela sua magreza, pelos seus ossos agudos, pela pele excessivamente seca, quase pergaminhada. "Isto não é uma mulher, é uma múmia", pensava.

Justina via-lhe o desprezo nos olhos e calava-se. Dentro de si, o fogo do desejo apagara-se. Retribuía o desprezo do marido com um desprezo maior. Sabia que era enganada e encolhia os ombros, mas não tolerava que ele alardeasse em casa as suas conquistas. Não porque sentisse ciúmes, mas porque, conhecendo a altura da sua queda, ligando-se a um homem assim, não queria descer até ao nível dele. E quando Caetano, levado pelo seu temperamento exuberante e colérico, a tratava mal por palavras e comparações, fazia-o calar com uma simples frase. Essa frase, para o feitio donjuanesco de Caetano, era uma humilhação, porque lhe lembrava um fracasso sempre vivo na sua carne e no seu espírito. Vezes sem conto, ao ouvi-la, se sentia tentado a agredir a mulher, mas Justina tinha, nesses momentos, um fogo selvagem nos olhos, uma crispação de desprezo na boca, e ele acobardava-se.

Por isso, entre ambos, o silêncio era a regra e a palavra a exceção. Por isso, nada mais que sentimentos gelados e olhos distantes preenchiam o vácuo das horas passadas em comum. E o cheiro a bafio que inundava a casa, aquela atmosfera de subterrâneo, era como o cheiro dos túmulos abandonados.

Terça-feira era o dia de folga de Caetano. As vinte e quatro horas davam-lhe para entrar em casa já manhã alta. Dormia até meio da tarde e só então almoçava. Talvez por causa desta alteração na hora do almoço, talvez pela perspetiva da noite seguinte ao lado da mulher, as terças-feiras eram os dias em que o mau humor de Caetano vinha ao de cima com mais frequência, apesar de todo o cuidado em represá-lo. Nesses dias, a reserva de Justina tornava-se mais obstinada, como que se dobrava sobre si mesma. Habituado àquela distância impossível de transpor, Caetano só estranhava por que essa distância se tornava maior. Como represália, agravava a grosseria dos seus gestos e palavras, a brusquidão dos seus movimentos. Irritava-o, sobretudo, o facto de a mulher escolher a terça-feira para arejar as roupas da filha e lavar cuidadosamente o vidro da moldura onde o retrato dela eternamente sorria. Parecia-lhe que, com esta exibição, o estava censurando de alguma coisa. Caetano tinha a certeza de que nada havia a censurar-lhe nesse particular, mas nem por isso aquele estendal de recordações o incomodava menos.

As terças-feiras eram dias aziagos em casa de Caetano Cunha. Dias de enervamento em que Justina abandonava a sua abstração quando a forçavam, para ser violenta e agressiva. Dias em que Caetano temia abrir a boca, porque todas as palavras estavam carregadas de eletricidade. Dias em que um diabinho maligno se comprazia em tornar a atmosfera irrespirável.

O céu varrera-se das nuvens que o tinham coberto na noite anterior. O sol entrava pelos vidros da *marquise* e projetava no chão a sombra da armação de ferro como se fossem grades. Caetano acabara de almoçar. Olhou o relógio e viu que eram quase quatro horas. Levantou-se pesadamente. Tinha o hábito de dormir sem as calças do pijama. O seu abdómen redondo esticava para a frente o casaco largo e dava-lhe o ar de um daqueles bonecos que Rafael Bordalo criou. Nada mais risível que o seu ventre inchado, mas nada mais desagradável que o seu rosto avermelhado, de feições carrancudas. Tão inconsciente de um como do outro, saiu do quarto, atravessou a cozinha, sem dizer palavra à mulher, e meteu-se na casa de banho. Abriu a janela e olhou o céu. A luz intensa fez-lhe piscar os olhos como uma ave noturna. Mirou com indiferença os quintais da vizinhança, a brincadeira de três gatos sobre um telhado e não teve sequer um olhar para o voo elástico e puro de uma andorinha.

Mas já os olhos se fixavam num ponto bem próximo. Na janela fronteira, a da casa de banho de Lídia, agitava-se a manga de um roupão cor-de-rosa. De vez em quando, descaía e deixava ver um braço até ao cotovelo. Encostado ao parapeito, oculta a parte inferior do corpo, Caetano não tirava os olhos da janela. O que via pouco era, mas bastava para excitá-lo. Debruçou-se para a frente e deu com os olhos da mulher que espreitavam ironicamente através dos vidros da *marquise*. O rosto endureceu-se-lhe de rompante. A mulher estava diante de si e estendia-lhe uma cafeteira:

– A água quente...

Não agradeceu. Tornou a fechar a porta. Enquanto fazia a barba, espreitava a janela de Lídia. O roupão desaparecera. Em vez dele, Caetano encontrava no seu caminho os olhos da mulher. Sabia que o melhor meio de evitar a tempestade iminente era deixar de olhar, e que isso seria fácil visto que Lídia já lá não estava. Mas a tentação era mais forte que a prudência. Em certa altura, farto da espionagem da mulher, abriu a porta e perguntou:

– Não tem que fazer?

Tratavam-se por "você". A mulher olhou-o sem responder e, sem responder, voltou-lhe as costas. Caetano atirou a porta e não tornou a olhar. Quando saiu, já lavado e barbeado, notou que a mulher tirara de uma mala na cozinha as pequenas peças de roupa que haviam pertencido a Matilde. Não fosse a adoração que lhe transparecia nos olhos, e talvez

Caetano passasse sem implicar. Mas, mais uma vez, sentiu que ela o censurava:

– Quando é que você deixa de me espreitar?

Justina levou tempo a responder. Parecia que estava regressando lentamente de muito longe, de um país longínquo onde só havia um habitante.

– Admirava a sua persistência – respondeu, friamente.

– Persistência de quê? – perguntou ele, avançando um passo.

Estava ridículo, de pernas nuas, em cuecas. Justina olhou-o com uma expressão de sarcasmo. Sabia-se feia e sem atrativos, mas, vendo o marido naquela figura, vinha-lhe o desejo de rir-lhe na cara:

– Quer que lhe diga?

– Quero.

Caetano perdeu a cabeça. Antes desta palavra ainda era tempo de evitar a bofetada. Dissera "quero" e já estava arrependido. Tarde, porém.

– Ainda não perdeu a esperança? Ainda está convencido de que ela acaba por lhe cair nos braços? Não lhe passou a vergonha por que passou? – O queixo de Caetano tremia de cólera. Os seus lábios de belfo deixavam passar a saliva aos cantos da boca. – Quer que o amante torne a pedir-lhe explicações pelo seu atrevimento?

E, como se desse um conselho, com uma afabilidade irónica:

– Tenha decência. Aquilo é obra muito fina para as suas mãos. Contente-se com as outras, com essas de quem você traz o retrato na carteira. Não lhe gabo o gosto. Quando elas tiram o retrato para a matrícula dão-lhe um a si, não é? Você é assim como uma sucursal da Polícia!...

Caetano ficou lívido. Nunca a mulher levara tão longe a ousadia. Cerrou os punhos e caminhou para ela:

– Um dia parto-lhe esses ossos! Um dia piso-a a pés juntos! Ouviu? Não me tente!

– Não é capaz.

– Ah, sua... – e um qualificativo imundo saiu-lhe dos lábios. Justina apenas respondeu:

– Não é a mim que me insulta. É a si, que já vê em todas as mulheres isso que disse.

O pesado corpo de Caetano balançou como um antropoide. A fúria, a cólera impotente, mandavam-lhe palavras à boca, mas todas elas se atropelavam e embaraçavam. Ergueu o punho cerrado como se o fosse descarregar sobre a cabeça da mulher. Ela não se desviou. O braço desceu vagarosamente, vencido. Os olhos de Justina pareciam duas brasas. Caetano, humilhado, desapareceu no quarto, atirando a porta.

O gato, que estivera mirando os donos com os seus olhos glaucos, enfiou pelo corredor escuro e foi deitar-se no capacho, silencioso e indiferente.

XIX

Havia já duas horas que Isaura se revolvia na cama, sem poder dormir. Todo o prédio estava tranquilo. Da rua, de longe em longe apenas, os passos de algum retardatário que recolhia a casa. Pela janela entrava a luz pálida e distante das estrelas. Na escuridão do quarto mal se distinguiam as manchas mais negras dos móveis. O espelho do guarda-vestidos refletia vagamente a luz que vinha da janela. De quarto em quarto de hora, inflexível como o próprio tempo, o relógio dos vizinhos de baixo sublinhava a insónia. Tudo repousava no silêncio e no sono, exceto Isaura. Procurava por todas as maneiras adormecer. Contava e recontava até mil, abrandava a tensão dos músculos um a um, fechava os olhos, procurava esquecer a insónia e enganá-la deslizando lentamente no sono. Inútil. Todos os seus nervos estavam despertos. Para lá do esforço a que obrigava o cérebro para concentrar-se na necessidade de dormir, o pensamento guiava-a por caminhos vertiginosos. Ladeava com ele profundos vales, donde subia um rumor surdo de vozes que chamavam. Pairava nas alturas sobre o dorso potente de uma ave de amplas asas que, depois de subir acima das nuvens, onde a respiração se tornava ofegante, caía como uma pedra na direção dos vales cobertos de bruma em que se adivinhavam figuras brancas que, de tão alvas, pareciam nuas ou cobertas apenas de véus transparentes. Um desejo sem objeto, uma vontade de desejar e o temor de querer, a torturavam.

Ao lado, a irmã dormia tranquilamente. A sua respiração sossegada, a imobilidade do seu corpo, exasperavam-na. Por duas vezes se levantou e se aproximou da janela. Palavras soltas, frases incompletas, gestos adivinhados, tudo lhe circulava no cérebro. Era como um disco falhado que repete infinitamente a mesma frase musical, que de bela se torna odiosa pela repetição. Dez, cem vezes, as mesmas notas se sucedem, se entrelaçam, se confundem, e delas fica um som único, obsidiante, terrível, implacável. Sente-se que um minuto só dessa obsessão será a loucura, mas o minuto passa, a obsessão continua, e a loucura não vem. Em vez disso, a lucidez redobra, multiplica-se. O espírito abrange horizontes, caminha para lá e para além, não há fronteiras que o detenham e por cada passo em frente a lucidez torna-se mais acabrunhante. Abandoná-la, quebrar o som, esmagá-lo sob o silêncio, seria a tranquilidade e o sono. Mas as palavras, as frases, os gestos, erguem-se de debaixo do silêncio e giram silenciosamente e sem fim.

Isaura dizia a si mesma que estava louca. A cabeça ardia-lhe, a testa escaldava, o cérebro parecia expandir-se e rebentar o crânio. E a insónia é que a punha neste estado. E a insónia não a largaria enquanto aqueles pensamentos a não largassem. E que pensamentos, Isaura! Que coisas monstruosas! Que aberrações repugnantes! Que furores subterrâneos empurravam os alçapões da vontade!...

Que mão diabólica, que mão maliciosa, a guiara na escolha daquele livro? E dizer-se que fora escrito para servir a moralidade! Decerto – afirmava o raciocínio frio, quase perdido no torvelinhar das sensações. Por quê, então, esta agitação dos instintos que quebravam algemas e irrompiam na carne? Por que não o lera friamente, sem paixão? Fraqueza – dizia o raciocínio. Desejo – clamavam os instintos sofreados, anos após anos desviados e recalcados como vergonhas. E agora os instintos sobrenadavam, a vontade afundava-se num pego mais negro que a noite e mais fundo que a morte.

Isaura mordia os pulsos. Tinha o rosto coberto de suor, os cabelos pegados à testa, a boca torcida num espasmo violento. Sentou-se na cama, meteu as mãos pelos cabelos, desvairada, e olhou em redor. Noite e silêncio. O som do disco falhado voltava do abismo do silêncio. Extenuada, deixou-se cair nos colchões. Adriana fez um movimento e continuou a dormir. Aquela indiferença era como uma recriminação. Isaura cobriu a cabeça com o lençol, apesar do calor sufocante. Tapou os olhos com as mãos, como se a noite não fosse bastante escura para ocultar a sua vergonha. Mas nos olhos, assim comprimidos, acendiam-se chispas vermelhas e amarelas como faúlhas de um incêndio. (Se a manhã chegasse de repente, se a luz do sol fizesse o milagre de deixar o outro lado do mundo e irrompesse no quarto!...)

Lentamente, as mãos de Isaura moveram-se na direção da irmã. As pontas dos dedos captaram o calor de Adriana a um centímetro de distância. Ficaram ali, sem avançar nem recuar, longos minutos. O suor secara na fronte de Isaura. O rosto escaldava como se o queimasse um fogo interior. Os dedos avançaram até tocarem o braço nu de Adriana. Como se tivessem recebido um choque violento, recuaram. O coração de Isaura batia surdamente. Os olhos, abertos e dilatados, nada viam senão negrume. Outra vez as mãos avançaram. Outra vez se detiveram. Outra vez prosseguiram. Agora pousavam no braço de Adriana. Com um movimento coleante, sinuoso, Isaura aproximou-se da irmã. Sentia-lhe o calor do corpo todo. Devagar, uma das mãos percorreu o braço desde o pulso ao ombro, devagar se introduziu sob a axila quente e húmida, devagar se insinuou por baixo do seio. A respiração de Isaura tornou-se precipitada e irregular. A mão desceu para o ventre, sobre o tecido leve da camisa. A irmã fez um movimento brusco e ficou de costas. O ombro nu estava à altura da boca de Isaura que sentia nos lábios a proximidade da carne. Como a limalha atraída pelo íman, a boca de Isaura colou-se ao ombro de Adriana. Foi um beijo longo, sedento, feroz. Ao mesmo tempo, a mão apertou-lhe a cintura e puxou-a. Adriana acordou sobressaltada. Isaura não a largou. A boca continuava fixada ao ombro como uma ventosa e os dedos enterravam-se-lhe no flanco como garras. Com uma exclamação de terror, Adriana desprendeu-se e saltou da cama. Correu para a porta do quarto, mas, lembrando-se de que a mãe e a tia dormiam ao lado, voltou atrás e refugiou-se junto da janela.

Isaura não se mexera. Queria simular que estava adormecida. Mas a irmã não vinha. Só lhe ouvia a respiração sibilante. Via, através das pálpebras semicerradas, o seu vulto recortado no fundo opalescente da janela. Depois, já esquecida da simulação, chamou em voz baixa:

– Adriana...

A voz trémula da irmã respondeu:

– Que queres?

– Vem cá.

Adriana não se moveu.

– Estás a arrefecer... – insistiu Isaura.

– Não importa.

– Não podes ficar aí. Se não vens, saio eu.

Adriana aproximou-se. Sentou-se na beira da cama e quis acender o candeeiro de cabeceira.

– Não acendas – pediu Isaura.

– Por quê?

– Não quero que me vejas.

– Que mal faz?

– Tenho vergonha...

As frases eram murmuradas. A voz de Adriana recuperava a segurança, a de Isaura tremia como se fosse quebrar-se em soluços:

– Deita-te, peço-te...

– Não me deito.

– Por quê? Tens medo de mim?

A resposta de Adriana tardou:

– Tenho...

– Não te faço mal. Prometo. Não sei que foi isto. Juro-te...

Começou a chorar baixinho. Às apalpadelas, Adriana abriu o guarda-vestidos e tirou o seu casaco de abafar. Enrolou-se nele e sentou-se aos pés da cama.

– Vais ficar aí? – perguntou a irmã.

– Vou.

– Toda a noite?

– Sim.

Um soluço mais forte sacudiu o peito de Isaura. Quase imediatamente a luz do quarto contíguo acendeu-se e ouviu-se a voz de Amélia:

– Que é isso?

Adriana, rapidamente, atirou o casaco para trás da cama e meteu-se debaixo da roupa. Amélia apareceu no vão da porta, com um xaile pelos ombros:

– Que é isso?

– Foi a Isaura que teve um pesadelo – respondeu Adriana, erguendo-se para esconder a irmã.

Amélia aproximou-se:

– Estás doente?

– Não é nada, tia. Foi um pesadelo. Vá-se deitar – insistiu Adriana, afastando-a.

– Bom. Se precisarem de alguma coisa, chamem.

A porta do quarto tornou a fechar-se, a luz apagou-se e, pouco a pouco, o silêncio voltou, apenas cortado por soluços abafados. Depois, os soluços foram-se espaçando mais e mais, e só o tremor dos ombros de Isaura denunciava a sua agitação. Adriana mantinha-se afastada, à espera. Lentamente, os lençóis aqueciam. Os dois corpos misturavam o seu calor. Isaura murmurou:

– Perdoas-me?

A irmã não respondeu logo. Sabia que devia responder "sim", para tranquilizá-la, mas a palavra que queria pronunciar era um "não" rápido.

– Perdoas-me? – repetiu Isaura.

– Perdoo...

Isaura teve um impulso para se agarrar à irmã, a chorar, mas dominou-se, temerosa de que a outra interpretasse o gesto como nova tentativa. Sentia que, desde aquele momento, tudo o que fizesse ou dissesse estaria envenenado pela recordação daqueles minutos. Que o seu amor de irmã estava falseado e impuro por aquela terrível insónia e pelo mais que se lhe seguira. Como se a respiração lhe faltasse, murmurou:

– Obrigada...

Lentos passaram os minutos e as horas. O relógio de baixo dobou o tempo em meadas sonoras de um fio ininterrupto. Exausta, Isaura acabou por adormecer. Adriana, não. Até que na janela a luz azulada da noite se transformou na luz parda da madrugada e que esta foi substituída, em lentas gradações, pela brancura da manhã, esteve acordada. Imóvel, os olhos fitos no teto, as fontes latejando, resistia, obstinadamente, ao despertar da sua fome de amor, também recalcada, também escondida e frustrada.

XX

Em casa de Anselmo, jantou-se mais cedo nessa noite. Maria Cláudia tinha de arranjar-se para ser apresentada a Paulino Morais e não era conveniente fazer esperar uma pessoa cujas boas graças se pretendia captar. Mãe e filha comeram à pressa e meteram-se no quarto. Havia vários problemas a resolver quanto à apresentação de Claudinha e o mais difícil era a escolha do vestido. Nenhum outro ia melhor à sua beleza e à sua juventude que o vestido amarelo, sem mangas, de um tecido leve. A saia ampla, de fundas pregas, que no rodopio parecia o cálice invertido de uma flor, caía-lhe da cintura com um movimento de onda preguiçosa. Foram para esse vestido os votos de Rosália. Mas o bom senso e o gosto de Claudinha notaram a incongruência: aquele vestido estaria bem para os meses de verão, não para a primavera ainda chuvosa. Além disso, a ausência de mangas poderia desagradar ao senhor Morais. Rosália concordou, mas não fez mais sugestões. Escolhera aquele vestido, e só aquele, e não tinha de reserva outras lembranças.

Difícil parecia a escolha, mas Claudinha decidiu-se: levaria o vestido cinzento-esverdeado que era discreto e próprio para a estação. Era um vestido de lã, de mangas compridas que abotoavam nos pulsos com botões da mesma cor. O decote, pequeno, mal descobria o pescoço. Para uma futura empregada não podia desejar-se melhor. Rosália não gostou da ideia, mas quando a filha se vestiu deu-lhe razão.

Maria Cláudia tinha sempre razão. Viu-se no espelho alto do guarda-vestidos e achou-se bonita. O vestido amarelo tornava-a mais nova e o que ela agora queria era parecer mais velha. Nada de folhos, nem de braços nus. O vestido que pusera assentava-lhe no corpo como uma luva, parecia pegar-se à carne e obedecer-lhe nos mínimos movimentos. Não tinha cinto, mas o corte marcava a cintura naturalmente, e a cintura de Maria Cláudia era tão fina e esbelta que um cinto só a prejudicaria. Vendo-se no espelho, Claudinha descobriu o sentido em que deveria de futuro orientar-se na escolha do vestuário. Nada de superfluidades que lhe escondessem os contornos. E, neste momento, virando-se diante do espelho, pensava que lhe ficaria bem um vestido de *lamé*, desses que parecem pele, tão flexível e elástica como a natural.

– Que tal, mãezinha? – perguntou.

Rosália não tinha palavras. Andava em volta da filha como uma criada de quarto que prepara a vedeta para a apoteose. Maria Cláudia sentou-se, tirou da carteira o *bâton* e o *rouge* e começou a pintar-se. O cabelo ficava para depois, tão fácil era penteá-lo. Não abusou da pintura, foi mesmo mais discreta do que era seu costume. Confiava no nervosismo para dar-lhe boas cores e o nervosismo não a deixava mal. Quando acabou, pôs-se diante da mãe e repetiu:

– Que tal?

– Estás linda, filha.

Claudinha deu um sorriso ao espelho, um último olhar investigador e declarou-se pronta. Rosália chamou o marido. Anselmo apareceu. Compusera uma nobre figura de pai que vê ir decidir-se o futuro da filha e parecia comovido.

– Gosta, paizinho?

– Estás encantadora, minha filha.

Anselmo descobrira que, nos grandes momentos, "minha filha" estava melhor que qualquer outra locução. Dava seriedade, sugeria o afeto paternal, o orgulho da paternidade, mal dominados pelo respeito.

– Estou tão nervosa – disse Claudinha.

– É preciso calma – aconselhou o pai, passando a sua mão firme pelo bigode aparado. Nada podia alterar a firmeza daquela mão.

Quando a filha passou por ele, Anselmo ajeitou-lhe o fio de pérolas que lhe cingia o pescoço. Era o último retoque na *toilette* e dava-o quem devia: a mão firme e amorosa do pai.

– Vai, minha filha – disse ele, com solenidade.

Com o coração pulando como pássaro em gaiola, Maria Cláudia desceu ao primeiro andar. Estava muito mais nervosa do que parecia. Inúmeras vezes viera a casa de Lídia, mas nunca quando lá estava o amante. Esta visita tinha, assim, um ar de cumplicidade, de segredo, de coisa proibida. Era admitida à presença de Paulino Morais, entrava no conhecimento direto da situação irregular de Lídia. Isso excitava-a, entontecia-a.

Lídia abriu-lhe a porta, sorridente.

– Estávamos à sua espera.

A frase reforçou o sentimento de intimidade de que Maria Cláudia se sentia possuída. Entrou, toda trémula. Lídia tinha o seu roupão de tafetá e calçava sapatos de baile que se prendiam aos tornozelos por duas tiras prateadas. Mais pareciam sandálias que sapatos e, contudo, o que não daria Maria Cláudia para ter uns sapatos assim...

Habituada como estava a entrar para o quarto, a rapariga deu um passo naquela direção. Lídia sorriu:

– Não. Para aí não...

Claudinha corou violentamente. E foi assim, corada e confusa, que apareceu diante de Paulino Morais, que a esperava, de casaco vestido e cigarrilha acesa, na sala de jantar.

Lídia fez as apresentações. Paulino levantara-se. Com a mão que segurava a cigarrilha indicou uma cadeira a Maria Cláudia. Sentaram-se. Os olhos de Paulino fitavam Claudinha com uma atenção excessiva. A rapariga baixara os olhos para as figuras geométricas do tapete.

– Então, Paulino – disse Lídia, sempre sorrindo. – Não vês que estás a embaraçar a menina Maria Cláudia?

Paulino fez um movimento brusco e sorriu também:

– Não era minha intenção. – E para Maria Cláudia: – Não a julgava tão... tão nova!...

– Tenho dezanove anos, senhor Morais – respondeu ela, levantando os olhos.

– Como vês, é uma criança – disse Lídia.

A rapariga olhou para ela. Os olhares das duas cruzaram-se desconfiados e, subitamente, inimigos. Por intuição, Maria Cláudia penetrou no pensamento de Lídia, e o que viu fez-lhe medo e deu-lhe prazer ao mesmo tempo. Adivinhou que tinha nela uma inimiga e adivinhou por quê. Viu-se a si e a ela como se fosse outra pessoa, como se fosse, por exemplo, Paulino Morais, e a comparação consequente resultou a seu favor.

– Não sou assim tão criança, dona Lídia. O que sou, com certeza, como o senhor Morais disse, é muito nova.

Lídia mordeu os lábios: entendera a insinuação. Recompôs-se imediatamente e soltou uma gargalhada:

– Também já passei por isso. Quando tinha a sua idade, também eu desesperava quando me chamavam criança. Reconheço, hoje, que era verdade. Por que não há de a Claudinha reconhecê-lo também?

– Talvez porque ainda não tenho a idade da dona Lídia...

Em pouco tempo, Maria Cláudia aprendera a esgrima das amabilidades femininas. No seu primeiro assalto já dera dois toques e estava intacta, embora um pouco amedrontada: receava que lhe faltassem o fôlego e as armas para o resto da batalha. Felizmente para si, Paulino interveio: tirou a cigarreira de ouro e ofereceu cigarros. Lídia aceitou.

– Não fuma? – perguntou Paulino a Maria Cláudia.

A rapariga corou. Já fumara várias vezes, às escondidas, mas sentiu que não devia aceitar. Podia parecer mal e, além disso, não tinha a certeza de ser capaz de imitar Lídia na elegância com que ela segurava o cigarro e o levava à boca. Respondeu:

– Não, senhor Morais.

– Faz bem. – Calou-se para sorver uma fumaça da cigarrilha e continuou: – Pois não acho muito caridoso que estejam a falar de idades, diante de uma pessoa que podia ser pai de ambas.

A frase teve um efeito agradável: estabeleceu tréguas. Mas Claudinha tomou a dianteira. Com um sorriso encantador, como diria Anselmo, observou:

– O senhor Morais está a fazer-se mais velho do que, de facto, é...

– Vamos lá ver, então! Quantos anos me dá?

– Uns quarenta e cinco, talvez...

– Oh, oh! – Paulino tinha um riso gordo e quando ria o ventre estremecia-lhe. – Upa, upa!

– Cinquenta?...

– Cinquenta e seis. Até podia ser seu avô.

– Pois está muito bem conservado!

A frase foi sincera e espontânea e Paulino notou-o. Lídia levantou-se. Aproximou-se do amante e procurou encaminhar a conversa para o motivo por que ali estava Maria Cláudia:

– Não te esqueças de que a menina Claudinha está mais interessada na tua decisão do que na tua idade. Já é tarde, ela, com certeza, quer deitar-se, e além disso... – deteve-se, olhou Paulino com um sorriso expressivo e concluiu, em voz mais baixa, carregada de subentendidos: – além disso, eu preciso de te falar a sós...

Maria Cláudia sentiu-se vencida. Naquele terreno não podia combater. Viu que era uma intrusa, que ambos estavam – Lídia, sem dúvida – desejosos de vê-la pelas costas, e teve vontade de chorar.

– Ah, é verdade!... – Paulino pareceu lembrar-se pela primeira vez de que tinha uma posição a defender, uma respeitabilidade a guardar e que a ligeireza da conversa as comprometia. – Então, a menina quer empregar-se?

– Eu estou empregada, senhor Morais. Mas meus pais acham que ganho pouco e a dona Lídia quis ter a bondade de se interessar...

– Que sabe fazer?

– Sei escrever à máquina.

– Só? Não sabe estenografia?

– Não, senhor Morais.

– Saber só escrever à máquina, nos tempos que vão correndo, é pouco. Quanto ganha?

– Quinhentos escudos.

– Uhm... Não sabe, então, estenografia?

– Não, senhor...

A voz de Maria Cláudia sumia-se. Lídia estava sorridente. Paulino, pensativo. Um silêncio incómodo.

– Mas posso aprender... – disse Claudinha.

– Uhm...

Paulino chupava a cigarrilha e olhava a rapariga. Lídia acudiu:

– Ouve, querido, eu estou interessada no caso, mas se tu vês que não é possível... A Claudinha é bastante inteligente para compreender...

Maria Cláudia já não tinha forças que lhe permitissem reagir. O que queria era ver-se dali para fora e o mais depressa possível. Fez um gesto para se levantar.

– Deixe-se estar – disse Paulino. – Vou dar-lhe uma oportunidade. A minha estenodatilógrafa casa daqui a três meses e depois deixa o emprego. A menina vai trabalhar para a minha Companhia. Durante esses três meses, pago-lhe o mesmo que está a ganhar agora. Entretanto, vai aprendendo estenografia. Depois, veremos. Se me agradar, desde já lhe prometo que o ordenado dará um bom salto!... Convém-lhe?

– Convém, sim, senhor Morais! E muito obrigada! – o rosto de Maria Cláudia parecia uma alvorada de primavera.

– Não acha melhor falar primeiro a seus pais?

– Ai, não vale a pena, senhor Morais! Eles estão de acordo, com certeza...

Disse-o com tanta segurança, que Paulino fitou-a com olhos curiosos. No mesmo instante, Lídia observou:

– Mas, se ao fim desses três meses não estiveres satisfeito ou ela não souber bastante estenografia?... Tens que despedi-la?!...

Maria Cláudia olhou Paulino, inquieta.

– Bom, não será, talvez, caso para isso...

– Então, ficas mal servido...

– Eu aprenderei, senhor Morais – interrompeu Maria Cláudia. – E espero que ficará satisfeito comigo...

– Também espero – sorriu Paulino.

– Quando devo apresentar-me?

– Isso... Quanto mais depressa, melhor. Quando pode deixar o seu emprego?

– Já, se o senhor Morais quiser.

Paulino pensou durante alguns segundos, e disse:

– Estamos a 26... No dia 1, pode ser?

– Sim, senhor.

– Muito bem. Mas, espere... No dia 1 não estarei em Lisboa. Não importa. Dou-lhe um bilhete para se apresentar ao chefe do escritório, não vá esquecer-me de o avisar até lá. É pouco provável, no entanto...

Tirou da carteira um bilhete de visita. Procurou os óculos e não os encontrou:

– Onde deixei eu os óculos?

– Estão no quarto – respondeu Lídia.

– Vai buscar-mos, se fazes favor...

Lídia saiu. Paulino ficou com a carteira na mão e olhava distraidamente para Maria Cláudia. Esta, que tinha os olhos baixos, ergueu-se e fitou-o. Algo passou no olhar dele que a rapariga compreendeu. Nem um, nem outro, afastaram o olhar. O peito de Maria Cláudia arfou, o seio ondulou-lhe. Paulino sentiu que os músculos das costas se distendiam lentamente. No corredor soaram os passos de Lídia que voltava.

Quando ela entrou, Paulino remexia na carteira com escrupulosa atenção e Maria Cláudia fitava o tapete.

XXI

Deitado na cama, os pés sobre um jornal para não sujar a colcha, Abel saboreava um cigarro. Tivera uma boa refeição. Mariana sabia cozinhar. E era, também, uma ótima dona de casa. Notava-se isso no arranjo da habitação, nos mais pequenos pormenores. O seu quarto ali estava para demonstrá-lo. Os móveis eram pobres, mas limpos, e tinham um ar de dignidade. Não há dúvida de que, assim como os animais domésticos – o cão e o gato, pelo menos – refletem o temperamento e o caráter dos donos, também os móveis e os objetos mais insignificantes de uma casa refletem alguma coisa da vida dos seus proprietários. Deles se desprende frieza ou calor, cordialidade ou reserva. São testemunhas que a toda a hora estão contando, numa linguagem silenciosa, o que viram e o que sabem. A dificuldade está em encontrar o momento mais favorável para recolher a confissão, a hora mais íntima, a luz mais propícia.

Seguindo no ar o movimento envolvente do fumo que subia, Abel ouvia as histórias que lhe contavam a cómoda e a mesa, as cadeiras e o espelho. E também as cortinas da janela. Não eram histórias com princípio, meio e fim, mas um fluir doce de imagens, a linguagem das formas e das cores que deixam uma impressão de paz e serenidade.

Sem dúvida, o estômago conchegado de Abel tinha parte importante nesta sensação de plenitude. Havia já muitos meses que estava privado das simples refeições domésticas, do sabor particular da comida feita pelas mãos e pelo paladar de uma tranquila dona de casa. Comia nas tabernas a meia-económica insossa e os carapaus fritos que, a troco de escassos escudos, dão aos pouco abonados a ilusão de que se alimentaram. Talvez Mariana desconfiasse disto mesmo. De outro modo, não se compreenderia o convite, de tão poucos dias datavam as suas relações. Ou talvez Silvestre e Mariana fossem diferentes. Diferentes de todas as pessoas que conhecera até aí. Mais humanas, mais simples, mais abertas. Que é que dava à pobreza dos seus hospedeiros aquele som de metal puro? (Por uma associação de ideias obscura, era assim que Abel sentia a atmosfera da casa.) "A felicidade? Será pouco. A felicidade comparticipa da natureza do caracol, que se retrai quando lhe tocam." Mas, a não ser a felicidade, que poderia ser, então? "Talvez a compreensão... Mas a compreensão é uma palavra, apenas. Ninguém pode compreender outrem, se não for esse outrem. E ninguém pode ser, ao mesmo tempo, outrem de si mesmo."

O fumo continuava a escapar-se do cigarro esquecido. "Estará na natureza de certas pessoas esta capacidade de desprender de si mesmas algo que transfigura a vida? Algo, algo... Algo, pode ser tudo ou quase nada. O que interessa é saber o quê. Mas, então, vejamos, ponhamos a pergunta: o quê?"

Abel pensou, tornou a pensar e, no fim, tinha diante de si apenas a pergunta. Parecia um beco sem saída. "Que pessoas são essas? Que capacidade é essa? Em que consiste a transfiguração? Não estarão estas palavras demasiado longe do que querem exprimir? A circunstância de ser forçoso o uso das palavras não dificultará a resposta? Mas, nesse caso, como achá-la?"

Alheio ao esforço especulativo de Abel, o cigarro consumiu-se até aos dedos que o seguravam. Com precaução para não fazer cair o longo morrão em que o cigarro se transformara, deitou a ponta para o cinzeiro. Ia retomar o fio do raciocínio, quando soaram duas pancadas leves na porta. Levantou-se:

– Pode entrar.

Apareceu Mariana com uma camisa na mão:

– Desculpe incomodá-lo, senhor Abel, mas não sei se esta camisa terá arranjo...

Abel segurou a camisa, mirou-a e sorriu:

– Que acha, senhora Mariana?

Ela sorriu também e aventurou:

– Não sei... Já está velhinha...

– Faça-lhe o que puder. Sabe?... às vezes tenho mais necessidade de uma camisa velha do que de uma nova... Acha esquisito?

– O senhor Abel lá sabe as razões que tem... – voltou a camisa por todos os lados, como se quisesse evidenciar-lhe a decrepitude, e acrescentou: – O meu Silvestre teve uma parecida com esta. Parece-me que ainda tenho uns bocados... Ao menos, para o colarinho...

– Isso dá muito trabalho. Talvez não...

Deteve-se. Viu nos olhos de Mariana a pena que lhe daria se não acedesse ao arranjo da camisa:

– Obrigada, senhora Mariana. Ficará melhor...

Mariana saiu. Tão gorda que fazia riso, tão boa que dava vontade de chorar.

"Será bondade", pensou Abel. "É pouco ainda", pensou depois. "Há aqui qualquer coisa que me escapa. São felizes, vê-se. São compreensivos, são bons, bem o sinto. Mas falta qualquer coisa, talvez a mais importante, talvez a que é a causa da felicidade, da compreensão, da bondade. Talvez o que é – deve ser isto – simultaneamente, causa e consequência da bondade, da compreensão e da felicidade."

Por agora, Abel não achava saída no labirinto. O jantar reconfortante teria a sua parte de responsabilidade no embotamento do raciocínio. Pensou em ler um bocado, antes de se deitar. Era cedo, pouco passava das dez e meia, tinha bastante tempo à sua frente. Mas ler não lhe apetecia. Sair também não, apesar do tempo seguro, do céu sem nuvens, da temperatura amena. Sabia o que iria ver na rua: pessoas vagarosas ou apressadas, interessadas ou indiferentes. Casas sombrias, casas iluminadas. O correr egoísta da vida, a sofreguidão, o temor, o anseio, a abordagem pela mulher que passa, a expectativa, a fome, o luxo – e a noite que levanta as máscaras para mostrar a verdadeira face do homem.

Decidiu-se. Iria palestrar com Silvestre, com o seu amigo Silvestre. Sabia que a altura era má, que o sapateiro estava ocupado com um trabalho de urgência, mas, se não lhe pudesse falar, ao menos estaria ao pé dele, observando-lhe os movimentos das mãos hábeis, sentindo-lhe o olhar tranquilo. "Tranquilidade, esquisita coisa...", pensou.

Silvestre, ao vê-lo entrar na *marquise*, sorriu e disse:

– Hoje não há joguinho, hem?!...

Abel sentou-se em frente dele. A lâmpada baixa iluminava as mãos do sapateiro e o sapato de criança em que trabalhava.

– Que remédio! O senhor não tem horário de trabalho...

– Já tive. Hoje sou industrial...

Pronunciou a última palavra de um modo que lhe tirava toda a significação. Mariana, encostada ao tanque da roupa, a coser a camisa, gracejou:

– Industrial sem capital...

Abel tirou o maço de cigarros e ofereceu a Silvestre:

– Quer um destes?

– Pois sim.

Mas Silvestre tinha as mãos ocupadas e não podia tirar o cigarro. Foi Abel quem o tirou e lho meteu na boca e, depois, lho acendeu. Tudo isto em silêncio. Ninguém falou em contentamento, mas todos estavam contentes. A sensibilidade mais apurada do rapaz apreendeu a beleza do momento. Uma beleza pura. "Virginal", pensou.

A cadeira dele era mais alta que os bancos onde se sentavam Silvestre e Mariana. Via-lhes as cabeças curvadas, os cabelos brancos, a testa rugosa de Silvestre, as faces brilhantes e vermelhas de Mariana – e a luz familiar que os envolvia. O rosto de Abel estava na sombra, a brasa do novo cigarro acendido marcava-lhe o lugar da boca.

Mariana não era pessoa para longos serões. Além disso, a sua vista fatigada diminuía à noite. Para seu desespero, a cabeça pendia bruscamente para a frente. Para serões, não contassem com ela. Para madrugadas, podiam convidá-la.

– Já estás a amarrar perdizes – disse Silvestre.

– Que ideia, homem! Como se eu fosse algum perdigueiro!...

Mas era inútil. Ainda não tinham passado cinco minutos e já Mariana se levantava. Tinha os olhos chumbados de sono, o senhor Abel que desculpasse.

Os dois homens ficaram sós.

– Ainda não lhe agradeci o jantar – disse Abel.

– Ora! Que importância tem isso?

– Para mim, muita.

– Não diga tal. Jantar de pobre...

– Oferecido a outro mais pobre ainda... Tem graça! É a primeira vez que chamo a mim mesmo pobre. Nunca tinha pensado nisso.

Silvestre não respondeu. Abel sacudiu a cinza do cigarro e continuou:

– Mas não é por essa razão que disse que, para mim, tinha muita importância. É que nunca me senti tão bem como hoje. Quando me for embora, hei de levar saudades suas.

– Mas, por que há de ir-se embora?

Com um sorriso, Abel respondeu:

– Lembre-se do que lhe disse no outro dia... Quando me sinto agarrado, corto o tentáculo... – Após um breve silêncio que Silvestre não interrompeu, acrescentou: – Espero que não me julgue um ingrato...

– Não o julgo ingrato. Se não soubesse quem é, se não conhecesse a sua vida, era natural que pensasse assim.

Abel inclinou-se para a frente, num movimento de curiosidade irreprimível:

– Como é possível que o senhor seja tão compreensivo?

Silvestre levantou a cabeça, piscando os olhos feridos pela luz:

– Na minha profissão não é vulgar, não é o que quer dizer?

– Sim... Talvez...

– E olhe que sempre fui sapateiro!... O senhor é apontador e é pessoa sabedora. Também ninguém julgaria...

– Mas, eu...

– Acabe. Mas estudou, não é?

– Realmente.

– Pois eu também estudei. Tenho a instrução primária. Depois, li umas coisas, aprendi...

Como se o sapato exigisse toda a sua atenção, Silvestre calou-se, baixou mais a cabeça. A luz iluminava-lhe a nuca poderosa e as omoplatas musculosas.

– Estou a incomodá-lo no seu trabalho – disse Abel.

– Não está. Isto é coisa que eu já podia fazer de olhos fechados.

Pôs de parte o sapato, pegou em três linhas e começou a encerá-las. Fazia-o em movimentos largos e harmoniosos. Pouco a pouco, a cada passagem pela cera, a linha branca tomava uma cor amarela cada vez mais viva.

– Se o faço com os olhos abertos, é pela força do hábito – continuou. – E também porque, se os fechasse, o trabalho levaria mais tempo.

– Sem contar que sairia imperfeito – acrescentou Abel.

– Claro. Isso prova que até quando podemos fechar os olhos, os devemos conservar abertos...

– O que acaba de dizer tem todo o ar de uma charada.

– Olhe que não é tanto como julga. Não é verdade que, com a minha prática do ofício, podia trabalhar de olhos fechados?

– Até certo ponto. O senhor concordou em que, nessas condições, a obra não sairia perfeita.

– Por isso os abro. Também não é verdade que, com a minha idade, poderia fechar os olhos?

– Morrer?

Silvestre, que pegara na sovela e furava a sola para começar a coser, suspendeu o movimento:

– Morrer?! Que ideia? Não tenho pressa nenhuma.

– Então?

– Fechar os olhos só quer dizer não ver.

– Mas, não ver o quê?

O sapateiro fez um gesto amplo, como se quisesse abarcar tudo aquilo em que estava a pensar:

– Isto... A vida... As pessoas...

– Continua a charada. Confesso que não adivinho onde quer chegar.

– Nem podia adivinhar. Não sabe...

– Está a intrigar-me. Vamos ver se me oriento. O senhor disse que até mesmo quando podemos fechar os olhos os devemos conservar abertos, não foi? Também disse que os conservava abertos para ver a vida, as pessoas...

– Exatamente.

– Ora, bem. Todos nós temos os olhos abertos e vemos as pessoas, a vida... E, isso, quer se tenha seis ou sessenta anos...

– Depende da maneira de ver.

– Ah! Estamos a chegar ao ponto! O senhor Silvestre conserva os olhos abertos para ver de uma certa maneira. É isto que quer dizer?

– Foi o que eu disse.

– De que maneira?

Silvestre não respondeu. Esticava agora as linhas. Os músculos do braço contraíam-se.

– Estou a maçá-lo – disse Abel. – Se conversamos não terá o trabalho pronto amanhã...

– E se não conversamos ficará intrigado toda a noite.

– Isso é verdade.

– Está cheio de curiosidade, hem?! Está como eu no outro dia. Ao fim de dezasseis anos de mergulho na vida, descobriu uma ave rara. Um sapateiro filósofo! É quase a sorte grande!...

Abel teve a impressão de que Silvestre troçava dele, mas disfarçou o mau humor e respondeu, num tom levemente agridoce:

– Gostaria de saber, sem dúvida, mas nunca tentei forçar ninguém a dizer o que não quer. Nem mesmo aquelas pessoas em quem alguma vez confiei...

– Essa traz o meu endereço. Cá recebi.

O tom das palavras era de tal maneira jocoso e trocista que Abel teve de dominar-se para não responder com azedume. Mas como a única resposta possível seria azeda, preferiu calar-se. Intimamente sentia que não estava zangado com Silvestre, que não poderia zangar-se ainda que o quisesse.

– Ficou aborrecido? – perguntou o sapateiro.

– Nã... não...

– Esse não quer dizer sim. Aprendi consigo a ouvir tudo o que me dizem e a prestar atenção à maneira como dizem.

– Não acha que tenho razão?

– Tem. Tem razão e impaciência.

– Impaciência? Mesmo agora lhe disse que não forço ninguém a falar!...

– E se pudesse forçar?

– Se pudesse... Se pudesse, forçá-lo-ia a si. Ora, aí tem! Está satisfeito?

Silvestre riu alto:

– Doze anos de contacto com a vida ainda não o ensinaram a dominar-se.

– Ensinaram-me outras coisas.

– Ensinaram-no a ser desconfiado.

– Como pode dizer isso? Não confiei eu em si?

– Confiou. Mas o que disse podia ser dito a qualquer outra pessoa. Bastaria que sentisse aquela tal vontade de desabafar.

– É certo. Mas repare que foi consigo que eu desabafei.

– Agradeço-lhe... Agora não estou a brincar. Creia que lhe agradeço.

– Não preciso que me agradeça.

Silvestre pôs de parte o sapato e a sovela e empurrou para um lado a banca de trabalho. Mudou a posição da lâmpada, de forma a poder ver o rosto de Abel:

– Eia! O que aí vai de aborrecimento!...

O rosto de Abel carregou-se mais. Sentiu tentações de levantar-se e sair.

– Ouça, ouça – disse Silvestre. – É verdade, ou não, que desconfia de toda a gente? Que é um... um... falta-me a palavra.

– Um cético?

– Isso, um cético.

– Talvez. Tenho levado tantos trambolhões que para admirar seria se o não fosse. Mas o que é que, em mim, o levou a considerar-me cético?

– Em tudo o que me contou, não vi outra coisa.

– Mas, em certa altura, comoveu-se.

– Isso não quer dizer nada. Comovi-me por causa da sua vida, do que sofreu. Também me comovo com essas grandes desgraças em que, às vezes, os jornais falam...

– Está a fugir à questão. Por que é que eu sou um cético?

– Todos os rapazes da sua idade o são. Nestes tempos, pelo menos...

– E que rapazes conhece que tenham tido uma vida como a minha?

– Só a si. E é por isso mesmo que não lhe valeu de muito o que viveu. Quer conhecer a vida, disse-me. Para quê? Para seu uso pessoal, para seu proveito, e nada mais!

– Quem lho disse?

– Adivinhei. Tenho um dedo torto que adivinha...

– Está outra vez a brincar?

– Já passou... Lembra-se de me ter falado nos tais tentáculos que nos agarram?

– Ainda há bocado falei neles...

– Pois, é aí que bate o ponto! Essa preocupação de não ser agarrado...

Abel interrompeu-o. A sua expressão de mau humor desaparecera. Estava agora interessado, quase exaltado:

– E daí? Quer ver-me com um emprego fixo onde tenha que jazer toda a vida? Quer ver-me com uma mulher agarrada? Quer ver-me a fazer a vida de toda a gente?

– Não quero, nem deixo de querer. Se o meu querer tivesse alguma importância para si, o que eu queria é que a sua preocupação de fugir a prisões não o levasse a ficar prisioneiro de si mesmo, do seu ceticismo...

Abel teve um sorriso amargo:

– E eu que julgava estar a viver uma vida exemplar!...

– Está, se dela tirar o que eu tirei da minha...

– E o que foi? Pode saber-se?

Silvestre abriu a onça, tirou uma mortalha e, vagarosamente, fez um cigarro. Com a primeira fumaça, respondeu:

– Uma certa maneira de ver...

– Voltámos ao princípio. O senhor sabe o que quer dizer. Eu não sei. Logo, a conversa não é possível!

– É. Quando eu lhe disser o que sei.

– Ora, até que enfim! Se tivesse começado por aí, teria sido bem melhor.

– Não acho. Precisava, primeiro, de ouvi-lo.

– Agora ouço eu. E, ai de si!, se não me convencer!

Ameaçava-o com o dedo indicador, mas o rosto era amigável. Silvestre correspondeu com um sorriso à ameaça. Depois, deixou pender a cabeça para trás e fitou o teto. Os tendões do pescoço pareciam cordas repuxadas. A gola aberta da camisa deixava ver a parte superior do peito, enegrecido de pelos, onde brilhavam pequenos fios de prata encrespados. Devagar, como se da abstração regressasse pesado de recordações, Silvestre olhou Abel. Em seguida, começou a falar, numa voz funda que tremia em certas palavras e como que se retesava e enrijecia noutras:

– Ouça, meu amigo. Quando eu tinha dezasseis anos já era o que sou hoje: sapateiro. Trabalhava num cubículo com mais quatro companheiros, de manhã à noite. De inverno, as paredes escorriam água; de verão, morria-se de calor. Adivinhou quando disse que lhe parecia que, aos dezasseis anos, a vida já não tinha nada de maravilhoso para mim. O Abel passou fome e frio porque quis, eu passei-os mesmo sem querer. Faz a sua diferença. Foi por sua vontade que começou a fazer essa vida, e não o censuro. A minha vontade não foi achada nem chamada para a vida que tive. Também não lhe contarei os meus anos de garoto, apesar de ser já bastante velho para dever ter prazer em recordá-los. Mas foram tão tristes que, para o caso, só vinham indispô-lo. Mau passadio, pouca roupa, muitas pancadas, e está tudo dito. São tantas as crianças que vivem assim, que a gente já nem se admira...

Com o queixo assente no punho cerrado, Abel não perdia uma palavra. Os seus olhos escuros brilhavam. A boca, de traços femininos, ganhara dureza. Todo o rosto estava atento.

– Aos dezasseis anos vivia desta maneira – continuou Silvestre. – Trabalhava no Barreiro. Conhece o Barreiro? Já lá não vou há um bom par de anos, não sei como aquilo está agora. Mas, adiante. Como lhe disse, tirei a instrução primária. À noite... Tinha um professor que não poupava a palmatória. Apanhei como os outros. A vontade de aprender era muita, mas o sono ainda era mais. Ele devia saber o que fazia durante o dia, lembro-me de que lho disse uma vez, mas era o mesmo que nada. Nunca me poupou. Já lá está. Que a terra lhe seja leve... Naquele tempo, estava a monarquia a dar o último suspiro. Acredito que foi mesmo o último...

– É republicano, claro – observou Abel.

– Se ser-se republicano é não gostar da monarquia, sou republicano. Mas a mim parece-me que monarquia e república, no fim de contas, são palavras. Parece-me, hoje... Naquela altura, era republicano convicto e a república mais que uma palavra. Veio a república. Não meti para aí prego nem estopa, mas chorei com tanta alegria como se tudo tivesse sido feito por mim. O Abel, que vive nestes tempos duros e desconfiados, não pode imaginar as esperanças daqueles dias. Se toda a gente sentiu o que eu senti, houve uma época em que não houve gente infeliz de uma ponta à outra de Portugal. Era uma criança, bem sei, sentia e pensava como criança. Mais tarde, comecei a ver que me roubavam as esperanças. A república já não era novidade, e nesta terra só se apreciam as novidades. Entramos como leões e saímos como sendeiros. Está-nos na massa do sangue... Havia muito entusiasmo, muita dedicação, era como se nos tivesse nascido um filho. Mas havia, também, muita gente disposta a dar cabo dos nossos ideais. E não se olhava a meios. Depois, o pior foi terem aparecido uns tantos que queriam, à viva força, salvar a Pátria. Como se ela estivesse para se perder!... Começou cada qual a não saber o que queria. Amigos de ontem eram inimigos no dia seguinte, sem bem saberem por quê. Eu ouvia aqui, ouvia ali, matutava, queria fazer qualquer coisa e não sabia o que havia de ser. Tive momentos em que daria a vida de boa vontade, se ma pedissem. Metia-me em discussões com os meus companheiros de banco. Um deles era socialista. Era o mais inteligente de nós todos. Sabia muita coisa. Acreditava no socialismo e sabia dizer por quê. A mim, emprestou-me livros. Estou a vê-lo. Era mais velho que eu, muito magro e muito pálido. Os olhos dele deitavam chamas quando falava de certas coisas. Por causa da posição em que trabalhava e porque era fraco, arqueava as costas. O peito metia-se-lhe para dentro. Dizia ele que gostava de mim porque eu era, ao mesmo tempo, forte e esperto... – calou-se, por momentos, reacendeu o cigarro que se apagara e prosseguiu: – Tinha o seu nome, chamava-se, também, Abel... Já lá vão mais de quarenta anos. Morreu antes da guerra. Um dia, faltou à oficina sem avisar. Fui visitá-lo. Vivia com a mãe. Estava na cama, cheio de febre. Tinha deitado sangue pela boca. Quando entrei no quarto, sorriu. Fez-me impressão aquele sorriso, parecia que estava a despedir-se de mim. Dois meses depois, morreu. Deixou-me os livros que tinha. Ainda os conservo...

Os olhos de Silvestre afundavam-se, recuavam para o passado distante. Viam o quarto pobre do doente, tão pobre como o seu, as longas mãos de unhas arroxeadas, o rosto pálido de olhos como brasas vivas.

– Nunca teve um amigo, pois não? – perguntou.

– Não, nunca tive...

– É pena. Não sabe o que é ter um amigo. Também não sabe o que custa perdê-lo, nem a saudade que se sente quando o recordamos. Aí tem uma das coisas que a vida não lhe ensinou...

Abel não respondeu, mas acenou com a cabeça lentamente. A voz de Silvestre, as palavras que ouvia, alteravam a ordem das suas ideias. Uma luz, não muito viva mas insistente, introduzia-se no seu espírito, iluminava sombras e desvãos.

– Depois, veio a guerra – continuou Silvestre. – Fui para a França. Não fui por gosto. Mandaram-me, não tive outro remédio. Andei por lá, metido até aos joelhos na lama da Flandres. Estive em La Couture... Quando falo na guerra, não sou capaz de dizer muita coisa. Imagino o que deve ter sido esta última para quem a viveu, e calo-me. Se aquela foi a Grande Guerra, que nome se há de dar a esta? E que nome se dará à próxima? – Sem aguardar resposta, prosseguiu: – Quando voltei, havia qualquer coisa de diferente. Dois anos sempre trazem mudanças. Mas quem estava mais mudado era eu. Voltei ao banco, noutra oficina. Os meus novos camaradas eram já homens, pais de filhos, que não iam, diziam eles, em cantigas. Assim que descobriram quem eu era, intrigaram-me com o patrão. Fui despedido e ameaçado com a polícia...

Silvestre teve um sorriso desdentado, como se recordasse qualquer episódio burlesco. Mas logo serenou:

– Os tempos tinham mudado. As minhas ideias, antes de eu ir para a França, podiam ser ditas em voz alta junto aos camaradas, que nenhum se lembraria de as denunciar à polícia ou ao patrão. Agora, tinha que as calar. Calei-me. Foi por essa altura que conheci a minha Mariana. Quem a vê hoje, não é capaz de imaginar o que ela era nesse tempo. Bonita como uma manhã de maio!...

Quase sem refletir, Abel perguntou:

– Gosta muito da sua mulher?

Silvestre, apanhado de surpresa, hesitou. Depois, serenamente, com uma convicção profunda, respondeu:

– Gosto. Gosto muito.

"É o amor", pensou Abel. "É o amor que lhes dá esta tranquilidade, esta paz." E, bruscamente, entrou-lhe no coração um desejo violento de amar, de dar-se, de ver na secura da sua vida a flor vermelha do amor. A voz serena de Silvestre continuava:

– Lembrei-me do meu amigo Abel, do outro...

Sorrindo, o rapaz fez um gesto de agradecimento pela delicadeza da intenção.

– Reli os livros que ele me tinha deixado e comecei a viver duas vidas. De dia, era o sapateiro, um sapateiro calado que não via mais longe que as solas dos sapatos que arranjava. À noite, é que era verdadeiramente eu. Não se admire se a minha maneira de falar é demasiadamente fina para a minha profissão. Convivi com muita gente culta e se não aprendi tudo o que devia, aprendi, pelo menos, o que podia. Arrisquei a vida algumas vezes. Nunca me recusei a qualquer tarefa, por mais perigosa que fosse...

A voz de Silvestre tornava-se lenta, como se se recusasse a uma recordação penosa, ou como se, não podendo evitar falar nela, procurasse a maneira de dizê-la:

– Uma vez houve uma greve de ferroviários. Ao fim de vinte dias foram mobilizados. Como resposta, o comité central ordenou que as estações fossem abandonadas. Eu estava em contacto com os ferroviários, tinha uma missão a cumprir junto deles. Era um elemento de confiança, apesar de a idade não ser muita. Mandaram-me chefiar um grupo que devia percorrer um setor do Barreiro, à noite. Devíamos colar panfletos. De madrugada tivemos um recontro com elementos da Juventude Monárquica...

Silvestre enrolou novo cigarro. As mãos tremiam-lhe um pouco e os olhos recusavam-se a fitar Abel:

– Um deles morreu. Mal lhe vi a cara, mas era novo. Ficou estendido na rua. Caía uma chuva miudinha e fria, e as ruas estavam cheias de lama. Veio a guarda e nós fugimos, antes que nos identificassem. Nunca se soube quem o matou...

Um silêncio pesado, como se a morte tivesse vindo sentar-se entre os dois homens. Silvestre conservava a cabeça baixa. Abel tossiu levemente e perguntou:

– E depois?

– Depois... Foi assim durante anos. Mais tarde, casei. A minha Mariana sofreu muito por minha causa. Em silêncio. Pensava que eu tinha razão e nunca me censurou. Nunca tentou afastar-me do meu caminho. Isso lhe devo. Os anos passaram. Hoje, estou velho...

Silvestre levantou-se e saiu da *marquise*. Voltou daí a minutos com a garrafa de ginja e dois copos:

– Quer uma ginja para aquecer?

– Quero.

Os copos cheios, os dois homens ficaram silenciosos.

– Então? – perguntou Abel, minutos depois.

– O quê?

– Onde está a tal maneira de ver a vida?

– Não descobriu?

– Talvez, mas preferia que me dissesse.

Silvestre engoliu a aguardente de um trago, limpou a boca às costas da mão e respondeu:

– Se não descobriu por si mesmo, é porque não soube dizer-lhe o que sinto. Nem admira. Há coisas que são tão difíceis de dizer... Julgamos que ficou tudo dito e, afinal...

– Não fuja.

– Não, não fujo. Aprendi a ver mais longe que a sola destes sapatos, aprendi que, por detrás desta vida desgraçada que os homens levam, há um grande ideal, uma grande esperança. Aprendi que a vida de cada um de nós deve ser orientada por essa esperança e por esse ideal. E que se há gente que não sente assim, é porque morreu antes de nascer. – Sorriu e acrescentou: – Esta frase não é minha. Ouvi-a há muitos anos...

– Na sua opinião, eu pertenço ao grupo daqueles que morreram antes de nascer?

– Pertence a outro grupo, ao grupo dos que ainda não nasceram.

– Não está a esquecer-se da experiência que tenho?

– Não esqueço nada. A experiência só vale quando é útil aos outros e o Abel não é útil a ninguém.

– Reconheço que não sou útil. Mas qual foi a utilidade da sua vida?

– Esforcei-me. E se não o consegui ficou, ao menos, o esforço.

– À sua maneira. E quem lhe diz que é a melhor?

– Hoje quase toda a gente diz que é a pior. Pertencerá o Abel ao número dos que falam assim?

– Para responder-lhe francamente, não sei...

– Não sabe? Depois do que viveu e do que viu, com a idade que tem, ainda não sabe?

Abel não pôde suportar o olhar de Silvestre e baixou a cabeça.

– Como é possível que não saiba? – insistiu o sapateiro. – Doze anos a viver dessa maneira ainda não lhe mostraram a baixeza da vida dos homens? A miséria? A fome? A ignorância? O medo?

– Mostraram tudo isso. Mas os tempos são outros...

– Sim. Os tempos são outros, mas os homens são os mesmos...

– Uns, morreram... O seu amigo Abel, por exemplo.

– Mas outros nasceram. O meu amigo Abel... Abel Nogueira, por exemplo.

– Está a contradizer-se. Ainda agora me dizia que eu pertenço ao grupo dos que ainda não nasceram...

Silvestre puxou, de novo, a banca para diante de si. Agarrou no sapato e recomeçou a trabalhar. Com voz sacudida, respondeu:

– Talvez não me tenha compreendido.

– Compreendo-o melhor do que supõe...

– E não me dá razão?

Abel levantou-se, olhou o quintal através dos vidros. A noite estava escura. Abriu a janela. Tudo era sombra e silêncio. Mas no céu havia estrelas. A via láctea desdobrava o seu caminho luminoso de horizonte a horizonte. E da cidade subia para as alturas um rumor surdo de cratera.

XXII

Graças à vitalidade dos seus seis anos, Henrique restabeleceu-se com rapidez. No entanto, apesar da benignidade da doença, o seu caráter parecia ter-se modificado. Talvez por causa dos mimos excessivos que lhe haviam sido dispensados, exacerbara-se-lhe a sensibilidade. A uma palavra mais ríspida, as lágrimas vinham-lhe aos olhos e aí estava ele a chorar.

De buliçoso que era tornara-se comedido. Na presença do pai punha-se sério e acompanhava-o no silêncio. Fitava-o com uns olhares ternos, uma admiração muda, uma contemplação apaixonada. O pai não se mostrava mais afetuoso: não havia, portanto, uma retribuição de interesse. O que atraía Henrique, agora, era exatamente o que antes o afastara: o silêncio, as frases breves, o ar ausente. Por motivos que ignorava, e que não compreenderia se os conhecesse, tivera o pai à cabeceira. Aquela permanência, o rosto preocupado e, ao mesmo tempo, reservado, a atmosfera de hostilidade que envolvia a casa, tudo isto mais a recetividade, o aguçamento da perceção, provocados pela doença, impeliam-no, obscuramente, para o pai. No seu pequeno cérebro entreabrira-se uma das muitas portas fechadas até aí. Sem que tivesse consciência disso, estava dando um passo para o amadurecimento. Notava a desarmonia familiar.

Decerto, antes, assistira a cenas violentas entre os pais. Mas assistira como espectador indiferente, como se presenciasse um jogo que nem de longe nem de perto o afetaria. Agora não. Ainda sob a influência da doença, sob a impressão do estado mórbido anterior, captava, sem que nisso entrasse o menor da sua vontade, as manifestações do conflito latente. O prisma através do qual via os pais rodara, ligeiramente mas o bastante para vê-los de outro modo. Tarde ou cedo essa mudança se daria: a doença não fizera mais que apressá-la.

Sem dúvida, a mãe não perdera nada no seu conceito: via-a talqualmente antes. Mas o pai aparecia-lhe com outro aspeto. Henrique tinha seis anos: impossível dar-se conta de que a transformação se dera em si. Logo, o pai é que se transformara. Mas o certo é que o pai não lhe falava nem o beijava mais do que antes. Esta evidência remetia Henrique, na falta da autêntica explicação, para os cuidados que o pai lhe prodigalizara durante a doença. E, assim, tudo estava certo. Afinal, o interesse de Henrique não era mais que uma retribuição. Não do interesse presente, mas do interesse passado. Um reconhecimento. Uma gratidão. Cada época da vida toma a explicação mais fácil e imediata.

Este interesse manifestava-se a propósito e a despropósito. À refeição, a distância que ia da cadeira de Henrique à do pai era menor do que a que o separava da mãe. Quando Emílio, à noite, punha em ordem os seus papéis, as requisições e as encomendas que conseguira durante o dia, o filho encostava-se à mesa, a vê-lo trabalhar. Se algum desses papéis caía – e Henrique desejava-o com toda a sua capacidade de desejar – corria pressuroso para lho entregar, e se o pai, em sinal de agradecimento, lhe sorria, Henrique era a mais feliz das crianças. Mas havia ainda felicidade maior, e maior porque não admitia comparações: era quando o pai lhe pousava a mão na cabeça. Nesses momentos, Henrique quase perdia a visão.

Em Emílio, o interesse súbito e aparentemente inexplicável do filho provocou duas reações diferentes e opostas. Primeiro, a comoção. Tinha a vida tão oca de afetos, tão distante do amor, sentia-se tão isolado, que aquelas pequenas atenções, aquela presença constante do filho a seu lado, aquela dedicação obstinada, o comoveram. Mas, logo, teve a perceção do perigo: tal interesse, tal comoção, só serviam para tornar mais difícil a decisão que tomara de partir. Endureceu, procurou afastar o filho, vincando mais os traços do seu caráter que poderiam contribuir para desanimá-lo. Mas a criança não desistiu. Se Emílio recorresse à violência talvez o tivesse afastado. Não podia. Nunca lhe batera, e não lhe bateria mesmo que as pancadas fossem o preço da sua libertação. Pensar que a mão com que acariciava o filho, e por este amada por causa da carícia, o agrediria, produzia-lhe um mal-estar intenso.

Emílio pensava de mais. Em tudo o seu cérebro se prendia. Andava ao redor dos problemas, metia-se neles, afogava-se neles, e, por fim, o seu próprio pensamento já era um problema. Esquecia o que mais importava e punha-se à procura dos motivos, das razões. A vida corria-lhe ao lado e não atentava nela. A questão a resolver estava ali e não a via. Ainda que ela pudesse gritar: "Estou aqui! Olha para mim!", não a ouviria. Agora, em vez de procurar o processo de afastar o interesse do filho, dava-lhe para procurar as razões desse interesse. E porque não as encontrou, o cérebro, lançado na teia do inconsciente, concluiu por uma explicação supersticiosa. Fora porque anunciara ao filho que se iria embora que ele piorara; era pela mesma razão que a criança, amedrontada pela perspetiva de perdê-lo, manifestava este interesse inesperado. Quando o pensamento emergia deste tremedal paralisante, Emílio dava-se conta da irracionalidade da conclusão: Henrique mal ouvira as suas palavras, dera-lhes tanta atenção como ao esvoaçar de uma mosca, agora visto, logo esquecido. Além disso, as últimas palavras, as palavras definitivas e irremediáveis, não as ouvira porque adormecera. Mas aqui, o cérebro de Emílio encetava nova viagem na corda bamba do subconsciente: as palavras ditas, ainda que não ouvidas, ficam no ar, pairam na atmosfera, são, por assim dizer, respiradas, e produzem efeitos tal como se tivessem encontrado no seu caminho ouvidos que as entendessem. Conclusão insensata, supersticiosa, toda tecida de agoiros e mistérios.

Para Carmen, o que se estava passando era o mais certo sinal da perversidade do marido. Não contente por ter-lhe negado a felicidade, queria agora roubar-lhe o seu último bem, o amor do filho. Lutou contra os maus desígnios de Emílio. Redobrou de carinhos para a criança. Mas Henrique dava mais atenção a um simples olhar do pai que à exuberância do afeto da mãe. Carmen, desesperada, chegou a pensar que o marido o embruxara, que lhe dera a beber qualquer droga para modificar-lhe os sentimentos. Encasquetada esta ideia, a maneira de reagir estava à vista. Às escondidas, submeteu a criança a rezas e defumadoiros. Atemorizou-o com ameaças de pancada se dissesse alguma coisa ao pai.

Perturbado pelo cerimonial da bruxaria, Henrique tornou-se mais nervoso e excitável. Amedrontado pelas ameaças aproximou-se mais do pai.

Os esforços de Carmen eram inúteis: nem bruxedos, nem carícias, desviavam o filho daquela obstinação. Tornou-se agressiva. Passou a procurar pretextos para lhe bater. À menor tropelia, chegava-lhe uma bofetada. Sabia que estava procedendo mal, mas não podia dominar-se. Quando, depois de bater na criança, a via chorar, chorava também, às escondidas, de raiva e de remorsos. O seu desejo seria bater até se cansar, embora soubesse que depois se arrependeria mil vezes. Perdera o domínio de si mesma. Apetecia-lhe fazer qualquer coisa de monstruoso, partir tudo à sua frente, correr a casa dando pontapés nos móveis e socos nas paredes, gritar aos ouvidos do marido, sacudi-lo, esbofeteá-lo. Trazia os nervos à flor da pele, perdera a prudência e o vago temor de que, como mulher casada, sofria em relação ao marido.

Uma noite, ao jantar, Henrique levara o seu banco para tão perto do pai, que Carmen sentiu uma onda de furor subir-lhe pela garganta. Pareceu-lhe que a cabeça lhe ia rebentar. Viu tudo dançando à sua volta e, para não cair, precisou de amparar-se à mesa. O gesto instintivo fez tombar uma garrafa. O acidente, o estilhaçar do vidro, foi o rastilho que fez explodir a cólera. Quase num grito, exclamou:

– *Estoy* farta! *Estoy* farta!

Emílio, que comia a sopa e ficara indiferente à queda da garrafa, levantou a cabeça serenamente, olhou a mulher com os seus olhos claros e frios e perguntou:

– De quê?

Carmen, antes de responder, deitou ao filho um olhar tão carregado de irritação que a criança se encolheu, encostando-se ao braço do pai.

– *Estoy* farta de ti! *Estoy* farta da casa! *Estoy* farta do teu filho! *Estoy* farta desta vida! *Estoy* farta!

– Tens o remédio à mão.

– Isso querias tu! Que *yo* me fosse embora! *Pero, no iré*!

– Como queiras...

– *Y si yo quisier* ir?

– Descansa que não irei buscar-te.

Acompanhou a frase de um sorriso escarninho que foi, para Carmen, pior que uma bofetada. Certa de que atingia profundamente o marido, ela respondeu:

– Talvez vás... Porque *yo*, *si* for, *no iré sola*!

– Não percebo.

– Levo o meu filho!

Emílio sentiu a mão da criança crispar-se no seu braço. Olhou-o um momento, viu-lhe os lábios trémulos e os olhos húmidos, e uma funda piedade, uma ternura irreprimível, o invadiu. Quis poupar o filho àquele espetáculo degradante:

– Esta conversa é estúpida. Nem reparas que ele está presente!

– *No me importa! No te hagas* de desentendido!...

– Acabou-se!

– *Sólo cuándo yo lo quiera*!

– Carmen!!

A mulher ergueu o rosto para ele. O seu queixo forte, que a idade já afilava, parecia desafiá-lo:

– *¡No me das miedo! ¡Ni tú, ni nadie!*

Decerto, Carmen não tinha medo. Mas, de súbito, a voz quebrou-se-lhe na garganta, as lágrimas inundaram-lhe o rosto, e, arrastada por um impulso impossível de dominar, lançou-se ao filho. De joelhos, a voz sacudida pelos soluços, murmurava, quase gemia:

– *¡Hijo mio, mírame! ¡Mira! Yo soy tu madre! ¡Soy tu amiga! ¡Nadie te gusta más que yo! Mira!...*

Henrique tremia de pavor, agarrado ao pai. Carmen continuava o seu monólogo despedaçado, vendo cada vez mais claramente que o filho lhe fugia, e, contudo, incapaz de renunciar a ele.

Emílio levantou-se, arrancou o filho dos braços da mulher, ergueu-a e sentou-a num banco. Ela deixou-se levar, quase desfalecida.

– Carmen!

Sentada no banco, toda curvada para a frente, as mãos amparando a cabeça, ela chorava. Do outro lado da mesa, Henrique parecia ir ter uma crise nervosa. Tinha a boca aberta, como se lhe faltasse o ar, os olhos esgazeados, fixos como os de um cego. Emílio correu para ele, precipitou palavras tranquilizadoras, levou-o para fora da cozinha.

A muito custo a criança sossegou. Quando voltaram, Carmen enxugava os olhos ao avental sujo. Ali, tão acabrunhada como uma velha, o rosto crispado e vermelho, fazia dó. Emílio teve pena dela:

– Estás melhor?

– Estou. O menino?

– Está bem.

Sentaram-se à mesa, em silêncio. Em silêncio, comeram. Após a cena tempestuosa, a acalmia do cansaço obrigava-os ao silêncio. Pai, mãe e filho. Três pessoas sob o mesmo teto, sob a mesma luz, respirando o mesmo ar. Família...

Quando acabou a refeição, Emílio foi para a casa

de jantar e o filho seguiu-o. Sentou-se num velho canapé de verga, esgotado como se viesse de um trabalho violento. Henrique encostou-se-lhe aos joelhos.

– Como te sentes?

– Estou bem, paizinho.

Emílio passou-lhe a mão pelos cabelos macios. Aquela pequena cabeça, que a sua mão abrangia, enternecia-o. Afastou-lhe o cabelo dos olhos, passou-lhe os dedos sobre as sobrancelhas finas, e depois, descendo, seguiu-lhe o contorno do rosto até ao queixo. Henrique deixava-se acariciar como um cachorrinho. Quase não respirava, como se temesse que um sopro bastasse para interromper o afago. Tinha os olhos fixos no pai. A mão de Emílio continuava a percorrer as feições do filho, já esquecida do que fazia, num movimento mecânico de que a consciência não participava. A criança sentiu o afastamento do pai. Deslizou-lhe entre os joelhos e foi encostar a cabeça ao peito dele.

Agora Emílio estava livre do olhar do filho. Os seus olhos vagavam de móvel para móvel, de objeto para objeto. Sobre uma coluna, um rapaz de barro pintado iscava um anzol, tendo aos pés um aquário vazio. Debaixo da estatueta, caindo em folhos do tampo da coluna, um *napperon* mostrava as habilidades domésticas de Carmen. Sobre o aparador e o guarda-pratas que apenas guardava louças de Sacavém brilhavam foscamente copos de vidro. Mais *napperons* insistiam na demonstração da capacidade ornamentadora da dona da casa. Tudo era baço, como se uma camada de pó, impossível de levantar, ocultasse brilhos e cores.

Os olhos de Emílio recebiam uma impressão de fealdade, de monotonia, de prosaísmo. Uma impressão deprimente. O candeeiro do teto distribuía a luz, de tal modo que a sua função parecia, antes, a de distribuidor de sombras. E era moderno, o candeeiro. Tinha três braços cromados, com os correspondentes globos. Por economia, só uma lâmpada acendia.

Da cozinha, Carmen fazia-se lembrada, suspirando profundamente enquanto remoía o desgosto e lavava a loiça.

Com o filho apertado contra o peito, Emílio via a chateza da sua vida presente, lembrava a chateza da sua vida passada. Quanto ao futuro... Tinha-o nos braços, mas esse não era o seu. Daí a uns anos a cabeça que agora se apoiava, feliz, no seu peito, pensaria por sua conta. O quê?

Emílio afastou o filho devagar e fitou-o. O pensamento de Henrique dormitava ainda atrás da serenidade. Tudo estava oculto.

XXIII

Amélia sussurrou ao ouvido da irmã:

– As pequenas têm aborrecimentos...

– O quê?

– Têm aborrecimentos...

Estavam na cozinha. O jantar acabara pouco tempo antes. Adriana e Isaura caseavam camisas no quarto ao lado. Pela porta aberta derramava-se a luz para o corredor escuro. Cândida olhou a irmã, incrédula:

– Não acreditas? – insistiu Amélia.

A outra encolheu os ombros e estendeu o lábio inferior, numa confissão de ignorância.

– Se não andasses sempre com os olhos fechados, já terias visto como eu...

– Mas que podem elas ter?

– Isso queria eu saber.

– Será impressão tua...

– Será. Mas podem contar-se pelos dedos as palavras que disseram hoje uma à outra. E não foi só hoje. Não reparaste?

– Não.

– É o que eu digo. Andas com os olhos fechados. Deixa-me cá com a cozinha e vai lá para dentro. E observa-as...

Nos seus passinhos miúdos, Cândida meteu pelo corredor para o quarto onde estavam as filhas. Ocupadas com o trabalho, não levantaram a cabeça quando a mãe entrou. A telefonia irradiava, sem grande ruído, a *Lucia* de Donizetti. Ouviam-se as notas agudíssimas de um soprano. Mais para sondar o ambiente do que para criticar, Cândida declarou:

– Que voz!... Parece que está a dar cambalhotas!

As filhas sorriram, com um sorriso tão forçado, tão contrafeito, como as acrobacias vocais da cantora. Cândida ficou inquieta. Deu razão à irmã. Algo se passava entre as filhas. Nunca as vira assim, reservadas e distantes. Dir-se-ia que estavam com medo uma da outra. Quis pronunciar uma frase conciliadora, mas a garganta, subitamente seca, não articulou palavra. Isaura e Adriana continuavam a trabalhar. A cantora abandonava a voz num *smorzando* quase quase inaudível. A orquestra deu três acordes rápidos, e a voz do tenor ergueu-se, forte e envolvente.

– Que bem canta o Gigli! – exclamou Cândida, para dizer alguma coisa.

As duas irmãs entreolharam-se, hesitantes, querendo cada uma que fosse a outra a falar. Ambas sentiam a necessidade de responder. Foi Adriana quem disse:

– É verdade. Canta muito bem. Já está é velho.

Feliz por poder, ainda que por minutos, reconstituir os antigos serões, Cândida defendeu o Gigli:

– Isso não quer dizer nada. Ora escuta... Não há outro como ele. E lá por estar velho... Os velhos também têm valor! Ora vejam se há algum que lhe ponha o pé adiante! Valem mais os velhos que muitos novos...

Como se a camisa que tinha no regaço lhe tivesse proposto um problema difícil, Isaura baixou a cabeça. A alusão da mãe ao valor dos velhos e dos novos, se bem que só remotamente pudesse atingi-la, fizera-lhe subir o sangue ao rosto. Como todos os que têm um segredo a esconder, via insinuações e suspeitas em todas as palavras e olhares. Adriana notou-lhe a confusão, adivinhou o motivo, e procurou acabar a conversa:

– As pessoas idosas rabujam sempre contra os mais novos!

– Mas eu não estou a rabujar... – desculpou-se Cândida.

– Bem sei.

Com estas palavras, Adriana fez um gesto de impaciência. Normalmente era calma, quase apática, não tinha, como a irmã, aquele frémito que se adivinhava sob a pele e que denunciava uma vida interior intensa e tumultuosa. Mas agora estava agitada. Todas as conversas a aborreciam e, mais que tudo, o ar eternamente perplexo e aflito da mãe. O tom de humildade com que ela falara tinha-a irritado.

Cândida notou a secura da voz de Adriana e calou-se. Fez-se mais pequena na cadeira, puxou o seu *crochet* e procurou passar despercebida.

De vez em quando, deitava, à socapa, um olhar para as filhas. Isaura ainda não abrira a boca. Estava tão absorta no trabalho que parecia nem dar atenção à música. Em vão, Gigli e Totti dal Monte garganteavam um dueto de amor: Isaura não ouvia; Adriana pouco mais. Só Cândida, embora preocupada, se deixava enlear pela melodia fácil e doce de Donizetti. Daí a pouco, ocupada com as malhas do *crochet* e a marcação do compasso, esquecia as filhas. Despertou-a da distração a voz da irmã, que chamava da cozinha.

– Então? – perguntou Amélia, quando Cândida chegou junto dela.

– Não dei por nada.

– Já esperava...

– Oh, filha... mas isso é imaginação tua!... Quando te dá para a desconfiança!...

Amélia esgazeou os olhos, como se considerasse as palavras da irmã absurdas e, mais do que absurdas, inconvenientes. Cândida não se atreveu a concluir a frase. Com um encolher de ombros que significava o desalento de ver-se interrompida, Amélia declarou:

– Eu verei. Tola fui em pensar que podia contar contigo.

– Mas desconfias de alguma coisa?

– Isso é comigo.

– Devias dizer-me. Elas são minhas filhas e gostaria de saber...

– Saberás a seu tempo!

Cândida teve um assomo de irritação tão inesperado como um acesso de fúria num canário engaiolado:

– Acho que tudo isso são tolices. Manias tuas!...

– Manias? É forte a palavra! Então eu preocupo-me com as tuas filhas e chamas a isso manias?

– Mas, Amélia...

– Não há cá Amélia. Deixa-me com o meu trabalho e vai ao teu. Ainda hás de agradecer-me...

– Podia agradecer-te já, se me dissesses o que se passa. Que culpa tenho eu de não ser tão observadora como tu?!

Amélia olhou a irmã, de soslaio, desconfiada. O tom parecia-lhe zombeteiro. Sentiu que a sua atitude não era razoável e esteve quase a confessar que nada sabia. Tranquilizaria a irmã, e, as duas juntas, viriam talvez a descobrir o motivo do desentendimento de Isaura e Adriana. Mas reteve-a o orgulho. Confessar a sua ignorância depois de deixar supor que alguma coisa sabia, era uma atitude que estava além das suas forças. Costumara-se a ter sempre razão, a falar como um oráculo e nem por sombras estava disposta a ceder o seu papel. Murmurou:

– Está bem. A ironia é fácil. Eu verei sozinha.

Cândida voltou para junto das filhas. Ia inquieta, mais do que da primeira vez. Amélia sabia algo que não queria contar – e que seria? Adriana e Isaura guardavam a mesma distância entre si, mas a mãe teve a sensação de que léguas as separavam. Sentou-se na sua cadeira, pegou no *crochet*, fez precipitadamente duas malhas, e, depois, incapaz de continuar, deixou pender as mãos, hesitou um segundo, e perguntou:

– Que têm vocês?

A esta pergunta direta, Isaura e Adriana tiveram um movimento de pânico. Por momentos, não puderam responder, mas depois falaram ao mesmo tempo:

– Nós? Nada...

Adriana acrescentou:

– Oh, mãe, mas que ideia a sua!...

"É claro, é uma tolice", pensou a mãe. Sorriu, fitou as filhas lentamente, uma por uma, e disse:

– Tens razão, é uma tolice. Coisas que se me meteram na cabeça... Não façam caso.

Agarrou de novo o *crochet* e, mais uma vez, recomeçou o trabalho. Isaura, daí a pouco, levantou-se e saiu. A mãe seguiu-a com os olhos vagos, até ela desaparecer. Adriana curvou-se mais para a camisa. Agora a telefonia baralhava as vozes dos cantores. Devia tratar-se de um final de ato, com muitas pessoas no palco, umas de vozes agudas, outras de vozes graves. O conjunto era confuso e, sobretudo, barulhento. De repente, após um estridor de metais que se sobrepôs ao canto, Cândida chamou:

– Adriana!

– Minha mãe...

– Vai ver o que tem a tua irmã. Pode estar doente...

O gesto de relutância de Adriana não lhe passou despercebido:

– Então? Não vais?

– Vou. Por que não iria?

– Isso queria eu saber.

Os olhos de Cândida brilhavam de uma maneira insólita. Dir-se-ia que estavam molhados de lágrimas.

– Oh, mãe, mas em que está a pensar?

– Não estou a pensar nada, filha, não estou a pensar nada...

– Não há que pensar, acredite. Nós estamos bem.

– Dás-me a tua palavra?

– Dou...

– Ainda bem. Vai lá ver, vai.

Adriana saiu. A mãe deixou cair o *crochet* no regaço. As lágrimas, até aí reprimidas, caíram. Duas lágrimas apenas, duas lágrimas que tinham de cair porque haviam chegado aos olhos e já não podiam voltar atrás. Não acreditara na palavra da filha. Tinha agora a certeza de que entre Isaura e Adriana havia um segredo que nenhuma delas queria ou podia revelar.

A entrada de Amélia cortou-lhe cerce o pensamento. Cândida deitou mão das agulhas e baixou a cabeça.

– As pequenas?

– Estão lá dentro.

– Que estão a fazer?

– Não sei. Se ainda estás disposta a descobrir

podes ir espreitá-las, mas digo-te que perdes o teu tempo. A Adriana deu-me a sua palavra. Não se passa nada entre elas.

Amélia mudou com violência a posição de uma cadeira e respondeu, com voz dura:

– A tua opinião não me interessa. Nunca fui pessoa para espionar, mas se tanto for preciso começarei agora!

– Estás obcecada!

– Não importa que o esteja. Mas, haja o que houver, fica sabendo que não admito palavras como as que me disseste agora!

– Não quis ofender.

– Mas ofendeste.

– Peço desculpa.

– Vêm tarde as desculpas.

Cândida levantou-se. Era um pouco mais baixa que a irmã. Involuntariamente, ergueu-se nas pontas dos pés:

– Se não as aceitas, não te louvo por isso. Tenho a palavra da Adriana.

– Não acredito nela.

– Acredito eu e é quanto basta!

– Queres dizer que nada tenho com a vossa vida, não é? Bem sei que não passo de tua irmã e que a casa não é minha, mas estava longe de pensar que mo fizesses sentir dessa maneira!

– Estás a tirar conclusões erradas das minhas palavras. Não disse tal coisa!

– Para bom entendedor...

– Até os bons entendedores erram, às vezes!...

– Cândida!

– Estás a estranhar-me? A tua desconfiança estúpida fez-me perder a paciência. Acabemos com a discussão. É lamentável ficarmos zangadas por causa disto.

Sem esperar que a irmã respondesse, saiu do quarto, levando as mãos aos olhos. Amélia ficou de pé, imóvel, os dedos crispados no espaldar da cadeira e, ela também, com os olhos húmidos. Uma vez mais teve vontade de dizer à irmã que nada sabia, mas o orgulho reteve-a.

Sim, decerto o orgulho a reteve, mas mais do que ele a reteve o regresso das sobrinhas. Vinham risonhas, mas os seus olhos agudos descobriram que os sorrisos eram falsos, que tinham sido afixados nos lábios, atrás da porta, como máscaras. Pensou: "Elas entendem-se para nos enganarem". E firmou-se mais na sua decisão de descobrir o que havia por detrás dos sorrisos simulados.

XXIV

Caetano remoía ideias de vingança. Sofrera um enxovalho e queria vingar-se. Mil vezes se censurou pela sua cobardia. Devia ter pisado a mulher a pés, como dissera. Devia tê-la esmurrado com os seus punhos grossos e cabeludos, obrigá-la a correr todos os cantos da casa diante do seu furor. Não fora capaz, faltara-lhe a coragem e agora queria vingar-se. Mas queria uma vingança perfeita, que não se limitasse às pancadas. Qualquer coisa mais refinada e subtil, o que não significava que, para complemento, não pudessem vir as brutalidades.

Ao recordar a cena humilhante estremecia de cólera. Procurava manter-se nessa disposição, mas, mal a porta se abria, sentia-se impotente. Quis convencer-se de que era o aspeto débil da mulher que o impedia, quis dar à sua fraqueza ares de comiseração, e atormentava-se, consciente de que nada mais era senão fraqueza. Imaginou meios de aumentar o seu desprezo pela mulher: ela retribuía com um desprezo maior. Passou a dar-lhe menos dinheiro para o governo da casa. Logo desistiu porque era o único prejudicado: Justina apresentava menos comida. Durante dois dias inteiros (chegou a sonhar com isso) pensou em esconder ou retirar de casa o retrato e as recordações da filha. Sabia que era o golpe mais fundo que podia assestar na mulher.

O medo é que o impediu. Não medo da mulher, sim das possíveis consequências do ato. Afigurou-se-lhe que tal ação se parecia muito com um sacrilégio. Tal gesto decerto lhe acarretaria as maiores desgraças: a tuberculose, por exemplo. Com os seus noventa quilos de carne e osso, a sua saúde insultante, temia a tuberculose como o pior dos males e sentia um horror mórbido à simples vista de alguém atacado dessa doença. A mera citação da palavra o arrepiava. Até mesmo quando, agarrado à máquina de compor, copiava os linguados (trabalho em que o cérebro não entrava, pelo menos para a perceção do que lia) e lhe aparecia a palavra horrível, não podia evitar um sobressalto. Isto acontecia tão frequentemente que acabou por convencer-se de que o chefe da oficina, conhecedor da sua fraqueza, lhe mandava tudo o que o jornal publicava acerca de tuberculose. Era fatal que lhe fossem às mãos os relatos das sessões médicas em que a doença era discutida. As misteriosas palavras de que tais relatos estavam repletos, palavras complicadas, de um tremebundo som a grego, e que pareciam inventadas de propósito para assustar as pessoas sensíveis, fixavam-se-lhe no cérebro como ventosas e acompanhavam-no durante horas.

Além deste impraticável projeto, a sua imaginação anémica apenas lhe sugeria ideias só aproveitáveis se vivesse em termos mais amistosos com a mulher. Já lhe tirara tanta coisa, amor, amizade, sossego, e tudo o mais que pode tornar suportável e, quantas vezes, desejável, a vida conjugal, que nada restava. Quase chegou a lamentar ter perdido tão depressa o hábito de a beijar ao entrar e sair de casa, só para o poder fazer agora.

Apesar de todos os fracassos da sua inventiva, não desistia. Obstinava-se na ideia de vingar-se de uma maneira que obrigasse a mulher a cair de joelhos diante dele, desesperada e pedindo perdão.

Um dia supôs ter achado. É verdade que uma simples reflexão lhe mostrou o absurdo da ideia, mas talvez esse mesmo absurdo o seduzisse. Ia desempenhar um papel novo nas relações com a mulher: o de ciumento. A pobre Justina, feia, quase esquelética, não suscitaria zelos ao mais feroz dos Otelos. Contudo, a imaginação de Caetano não foi capaz de produzir coisa melhor.

Enquanto preparava o lance, mostrou-se quase afável para a mulher. Foi ao ponto de acariciar o gato, o que, para o animal, foi a maior das surpresas. Comprou uma moldura nova para o retrato da filha e anunciou que estava pensando em fazer desse retrato uma ampliação. Tocada na corda mais íntima da sua sensibilidade, Justina agradeceu a moldura e louvou a ideia. Mas conhecia bastante o marido para suspeitar de que ele ocultava intenções reservadas. Colocou-se, portanto, na expectativa, à espera do pior.

Concluída toda esta preparação, Caetano deu o golpe. Uma noite, mal saiu do jornal, dirigiu-se a casa. Levava no bolso uma carta que a si próprio dirigira, disfarçando a letra. Usara tinta diferente da sua, escrevera com uma caneta estragada que tornava a caligrafia angulosa e esborratava as letras fechadas. Era uma obra-prima de dissimulação. Nem um perito descobriria a fraude.

Quando meteu a chave na fechadura, o coração pulsou-lhe, agitado. Ia satisfazer o seu desejo de vingança, ia ver a mulher de joelhos a protestar a sua inocência. Entrou devagar. Queria que a surpresa fosse completa. Acordaria a mulher bruscamente, pôr-lhe-ia diante dos olhos a prova da sua culpabilidade. Sorriu no escuro, enquanto seguia pelo corredor na ponta dos pés. À medida que caminhava ia fazendo deslizar a mão pela parede, até que encontrou a ombreira. Com a outra mão apalpou no ar. A porta estava aberta. Sentiu no rosto a atmosfera aquecida do quarto. Com a mão esquerda tateou o interruptor. Tudo estava pronto. Deu ao rosto uma expressão colérica e acendeu a luz.

Justina estava acordada. Esta eventualidade não fora prevista por Caetano. A cólera esvaiu-se, o rosto ficou inexpressivo. A mulher olhou-o surpreendida, sem falar. Caetano sentiu que todo o edifício da sua maquinação se esboroaria se não falasse imediatamente. Recuperou a serenidade, tornou a carregar o sobrecenho e disparou:

– Ainda bem que está acordada. Poupou-me trabalho. Leia isto!

Atirou-lhe a carta. Lentamente, Justina agarrou o sobrescrito. Durante o movimento pensou que estava ali o resultado da insólita mudança do marido. Tirou a carta e fez o possível para lê-la, mas a passagem brusca e recente das trevas para a luz e a má caligrafia não lho permitiram à primeira tentativa. Mudou de posição, esfregou os olhos, ergueu-se sobre um cotovelo. Estas demoras exasperavam Caetano: tudo lhe estava saindo às avessas.

Justina lia a carta. O marido seguia-lhe as transformações fisionómicas com ansiedade. Estupidamente, levantou-se-lhe no cérebro esta ideia: "E se, afinal, fosse verdade?". Não teve tempo para ver onde tal ideia o levaria. Justina deixava-se cair no travesseiro, à gargalhada.

– Você ri? – explodiu Caetano, desorientado.

A mulher não podia responder. Ria como doida, um riso de sarcasmo, ria do marido e de si própria, mais de si própria que do marido. Ria em convulsões, em arrancos, ria como se, ao mesmo tempo, chorasse. Mas os olhos estavam enxutos: só a boca muito aberta, as gargalhadas histéricas e ininterruptas.

– Cala-te! Isto é um escândalo! – exclamou Caetano, caminhando para ela. Hesitava em continuar a comédia mal começada. A reação da mulher tornava impossível a execução do projeto tão bem delineado.

– Cala-te! – repetiu, curvado para ela. – Cala-te!

Agora só uns frouxos de riso sacudiam Justina. Pouco a pouco, acalmava-se. Caetano tentou retomar o fio que se escapara:

– É assim que recebe uma acusação destas? Ainda é pior do que eu supunha!...

A estas palavras, Justina sentou-se bruscamente na cama. O movimento foi tão rápido que Caetano recuou um passo. Os olhos da mulher relampejavam:

– Isto tudo é uma farsa! Não compreendo onde quer chegar!

– Chama a isto farsa, hem? Era o que faltava. Farsa!... Exijo que me dê explicações sobre o que vem nessa carta!

– Peça-as a quem a escreveu!

– É anónima.

– Bem vejo. Eu é que me recuso a dá-las.

– Atreve-se a dizer-me isso?

– Que quer que lhe diga?

– Se é verdade!

Justina fitou-o de uma maneira que ele não pôde suportar. Desviou os olhos e deu com o retrato da filha. Matilde sorria aos pais. A mulher seguiu-lhe o olhar. Depois murmurou, devagar:

– Quer saber se é verdade? Quer que lhe diga se é verdade? Quer que lhe conte a verdade?

Caetano vacilou. Novamente a ideia de há pouco

apareceu através da desorientação que lhe ia no cérebro: "E se fosse verdade?". Justina insistiu:

– Quer saber a verdade?

Num salto, levantou-se da cama. Virou o retrato da filha: Matilde ficou sorrindo para o espelho onde as figuras dos pais se refletiam.

– Quer saber a verdade?

Segurou a camisa de dormir pela bainha e, num movimento rápido, tirou-a. Ficou nua diante do marido. Caetano abriu a boca para dizer nem ele sabia o quê. Não chegou a articular qualquer palavra. A mulher falava:

– Aqui tem! Olhe para mim! Aqui tem a verdade que quer saber. Olhe bem para mim! Não desvie os olhos! Veja bem!

Como se obedecesse às ordens de um hipnotizador, Caetano esgazeava os olhos. Via o corpo moreno e magro, mais escuro pela magreza, os ombros agudos, os seios moles e pendentes, o ventre cavado, as coxas delgadas que se implantavam rigidamente no tronco, os pés grandes e deformados.

– Veja bem – repisava a voz de Justina com uma tensão que anunciava a quebra iminente. – Veja bem. Se nem o senhor me quer, o senhor a quem tudo serve, quem é que me há de querer? Veja bem! Quer que eu continue assim, até me dizer que já viu? Diga, diga depressa!

Justina tremia. Sentia-se rebaixada, não por se mostrar assim nua diante do marido, mas por ter cedido à indignação, por não ter podido responder-lhe com um desprezo silencioso. Agora era tarde e não podia mostrar o que sentia.

Avançou para o marido:

– Então, ficou calado? Foi para isso que inventou esta comédia? Devia sentir-me envergonhada diante de si, neste estado. Mas não sinto. É a maior prova de desprezo que lhe dou!

Caetano, num rompante, saiu do quarto. Justina ouviu-o abrir a porta e descer a escada, em passos rápidos. Depois, sentou-se na cama e começou a chorar, sem ruído, extenuada pelo esforço que fizera. Como que envergonhada da sua nudez, agora que estava sozinha, puxou a roupa para os ombros.

O retrato de Matilde continuava voltado para o espelho e o seu sorriso não se alterara. Um sorriso alegre, o sorriso da criança que vai ao fotógrafo. E o fotógrafo dissera: "Assim mesmo, assim. Atenção! Já está! Ficou bonita". E Matilde saiu para a rua, pela mão da mãe, muito contente por ter ficado bonita.

XXV

A perspetiva de estar ainda três meses a receber da mão da filha os quinhentos escudos que Paulino Morais se comprometera a pagar – aliás, pouco mais de quatrocentos e cinquenta depois de feitos os descontos da lei – não agradou a Anselmo. Quem lhe garantia que o homem, ao fim desses três meses, aumentaria o ordenado? Podia embirrar com a pequena, tomá-la de ponta. Anselmo sabia bem o que isso era, com a sua experiência de trinta anos de escritório. Sabia bem que empregado caído em desgraça nunca mais levanta a cabeça. Aí estava o seu caso a demonstrá-lo. Quantos, mais novos que ele e entrados depois, não lhe tinham passado adiante? Não eram mais competentes e, todavia, subiam.

– Sem falar – dizia à mulher – que a pequena já estava calhada no serviço do escritório antigo e talvez lhe custe a adaptar-se. Já tinha a sua antiguidadezinha e isso ainda conta. É certo que comigo não foi assim, mas ainda há patrões decentes.

– Mas, oh, homem, quem te diz que não é o caso do senhor Morais? E tu esqueces que temos um bom empenho!... A dona Lídia continua a interessar-se pela Claudinha e a Claudinha não é parva nenhuma!...

– Lá isso, tem a quem sair...

– Já vês...

Mas Anselmo não descansava. Tivera ganas de desobrigar a filha do compromisso assumido sem que a sua opinião tivesse sido pedida, e se não o fez foi por ver quanto ela estava entusiasmada com o novo emprego. Claudinha garantira que ia estudar a fundo a estenografia e que, antes de três meses, veriam o ordenado aumentado. Dissera-o com tanta segurança que Anselmo calou os seus agoiros.

Ao serão, enquanto Rosália passajava as meias do marido e Anselmo alinhava números e nomes, uns e outros relacionados com o futebol, a rapariga iniciava-se nos mistérios da escrita abreviada.

Embora não o confessasse, Anselmo enchia-se de admiração pelas habilidades da filha. No escritório onde trabalhava, ninguém sabia estenografia: era um escritório à antiga, sem móveis de aço, e onde só há pouco tempo entrara uma máquina de somar. A aprendizagem de Claudinha animou os serões familiares e foi geral a alegria quando a rapariga ensinou o pai a escrever o nome em estenografia. Rosália também quis aprender, mas levou mais tempo porque era analfabeta.

Passada a novidade, Anselmo dedicou-se ao seu trabalho interrompido: constituir a seleção nacional de futebol, a sua seleção. Descobrira um método simples e seguro: a guarda-redes pôs o jogador que menos bolas deixara entrar no decurso do campeonato; a avançados colocou, coerentemente, os jogadores que mais bolas tinham marcado. Os restantes lugares distribuiu-os de acordo com as suas preferências clubistas, só abdicando delas quando se tratava de jogadores que, segundo as notícias dos jornais, eram insubstituíveis. O trabalho de Anselmo não estava ainda concluído, uma vez que, de semana a semana, as posições dos marcadores de golos se alteravam. No entanto, como as variações, de que tomava nota num gráfico que inventara, não eram muito bruscas, acreditava estar a pique de encontrar a seleção perfeita. Alcançada ela, estava ali para ver o que ia fazer o selecionador.

Quinze dias depois de começar a trabalhar no escritório de Paulino Morais, Maria Cláudia chegou a casa contentíssima. O patrão chamara-a ao gabinete e tivera uma longa conversa com ela. Mais de meia hora. Dissera-lhe que estava satisfeito com o seu trabalho e que esperava que se dessem sempre bem. Perguntara-lhe várias coisas acerca da família, se gostava dos pais, se eles gostavam dela, se viviam sem privações, e mais perguntas de que Maria Cláudia se esquecera.

Rosália viu em tudo isto a ação benfazeja de d. Lídia e declarou que lhe agradeceria logo que a visse. Anselmo apreciou o interesse do senhor

Morais e ficou lisonjeado quando a filha lhe deu conta de que aproveitara uma ocasião propícia para enaltecer os méritos do pai como empregado de escritório. Anselmo começou a acariciar a hipótese sedutora de passar para uma casa importante como a do senhor Morais. Seria uma boa partida para os seus atuais colegas. Infelizmente, acrescentara Claudinha, não havia vagas, nem esperança delas. Para Anselmo, essa circunstância não era obstáculo: a vida tem tantas surpresas, que não seria de espantar se lhe estivesse destinado um futuro confortável. Achava mesmo que a vida lhe devia uma infinidade de coisas e que tinha o direito de esperar o pagamento.

Nessa noite não houve meias passajadas, nem estenografia, nem trabalhos de seleção. Após a narrativa entusiástica de Maria Cláudia, o pai achou convenientes algumas recomendações:

– Precisas ter muito cuidado, Claudinha. Em toda a parte há gente invejosa e eu que o diga. Se começas a subir muito depressa verás que os teus colegas te invejarão. Toma cuidado!...

– Oh, pai, mas são todos tão simpáticos!...

– São agora. Depois, não será assim. Tens de procurar estar de bem com o patrão e com eles. Se não, começam a tecer intrigas e são capazes de te prejudicarem. Eu conheço o meio.

– Pois sim, pai, mas não conhece o meu escritório. É tudo gente de linha. E o senhor Morais é uma excelente pessoa!

– Será. Mas nunca ouviste dizer mal dele?

– Coisas sem importância!

Rosália quis colaborar na conversa:

– Olha que o teu pai tem muita experiência, filha! Se não subiu mais foi só porque lhe cortaram as pernas!

A referência à violenta operação não provocou aquela estranheza que seria perfeitamente justificável se se atendesse à circunstância de os membros inferiores de Anselmo continuarem ligados ao seu possuidor. Um estrangeiro desconhecedor das expressões idiomáticas portuguesas e entendendo à letra tudo o que ouvisse dizer, julgaria estar numa casa de loucos, vendo Anselmo acenar a cabeça gravemente e declarar com profunda convicção:

– É verdade. Foi assim mesmo.

– Ora! Deixem lá! Eu sei fazer as coisas.

Com esta frase, Claudinha encerrou a conversa. O seu sorriso confiante só podia provir do seu conhecimento completo do modo de "fazer as coisas". De que "coisas" se tratava é que ninguém sabia, nem, talvez, mesmo Maria Cláudia. É natural que pensasse que por ser nova e bonita, desembaraçada a falar e a rir, a solução das "coisas" viria com esses atributos. Seja como for, a família descansou na declaração.

O certo é que tais atributos não bastavam. Verificou-o Maria Cláudia. A estenografia não avançava. Estudar pelo livro era muito bom para os rudimentos. Lá para diante a matéria complicava-se e, sozinha, Maria Cláudia não progredia. A cada página surgiam dificuldades intransponíveis. Anselmo quis ajudar.

É verdade que daquilo nada entendia, mas tinha trinta anos de experiência de escritório e uma grande prática. Redigia cartas no mais puro estilo comercial e – que diabo! – a estenografia não tem transcendência nenhuma! Tivesse que não tivesse, baralhou tudo. A filha teve uma crise de nervos. Rosália, despeitada com a derrota do marido, embirrou com a estenografia.

Quem salvou a situação foi Maria Cláudia, o que depunha a seu favor quanto à declarada capacidade de saber fazer as coisas. Anunciou que precisava de um professor que lhe desse umas lições à noite. Anselmo viu logo a despesa suplementar, mas pensou que se tratava de um investimento de capital que daí a pouco mais de dois meses começaria a dar juros. Tomou a seu cuidado arranjar o professor. Claudinha falou-lhe nalgumas escolas de ensino não oficial, todas de nomes imponentes onde a palavra "Instituto" era de regra. O pai não aceitou a sugestão. Primeiro, porque eram caras; segundo, porque julgava não ser possível entrar em qualquer altura do ano; e terceiro, porque ouvira falar em "misturas" e não queria a filha metida nelas. Ao cabo de alguns dias achou o que convinha: um velho professor aposentado, pessoa de respeito junto da qual uma menina de dezanove anos não corria o menor risco. Além de não levar muito dinheiro, tinha ainda a inestimável vantagem de dar lições a horas razoáveis que não obrigavam Claudinha a andar de noite pelas ruas da cidade. Saindo do escritório às seis, a rapariga ia de elétrico até São Pedro de Alcântara onde o professor residia, o que não lhe exigia mais que meia hora. A lição prolongava-se até às sete e meia, quando mal anoitecia. De lá a casa, três quartos de hora. Contando com um quarto de hora para os eventuais atrasos, às oito e meia Claudinha devia estar em casa. Assim foi durante alguns dias. Oito e meia no relógio de pulso de Anselmo e Claudinha a entrar.

Os progressos eram evidentes e foram eles que serviram à rapariga para justificar o seu primeiro atraso: é que o professor, entusiasmado com a sua aplicação, resolvera conceder-lhe mais um quarto de hora, sem aumento de honorários. Anselmo gostou e acreditou, sobretudo porque a filha insistia no pormenor do desinteresse do professor. De acordo com o seu ponto de vista utilitário, não pôde deixar de pensar que, no lugar do professor, faria "render o peixe", mas lembrou-se de que, afinal, ainda há gente boa e séria, o que tem todas as vantagens, sobretudo quando a bondade e a seriedade resultam a favor daqueles que, não sendo bons nem sérios, têm a habilidade necessária para lhes colher os frutos. A habilidade de Anselmo consistira no facto de ter achado um professor assim.

Já lhe pareceu desinteresse excessivo e incompreensível quando a filha começou a entrar em casa às nove horas. Fez perguntas e teve as respostas: Claudinha estivera no escritório até depois das seis e meia acabando um trabalho urgente para o senhor Morais. Estando, como estava, em regime de experiência, não podia dizer que não, nem alegar razões particulares. Anselmo concordou mas desconfiou. Pediu ao gerente que o deixasse sair um bocado mais cedo e foi plantar-se perto do escritório da filha. Das seis às sete menos vinte reconheceu que estava sendo injusto: Claudinha saía, efetivamente, mais tarde. Decerto a prendera novo trabalho urgente.

Esteve quase para desistir da espionagem, mas resolveu seguir a filha, mais por não ter, de momento, outra coisa que fazer, que para esclarecer desconfianças. Seguiu-a até São Pedro de Alcântara e instalou-se numa leitaria defronte da casa do professor. Mal acabara de beber o café que pedira, viu a filha sair. Pagou precipitadamente e foi atrás dela. Encostado a uma esquina, de cigarro na boca e em cabelo, estava um rapaz a quem Claudinha se dirigiu. Anselmo ficou varado quando a viu dar-lhe o braço e seguirem os dois rua abaixo, conversando. Num segundo pensou em intervir. Impediu-o o seu horror ao escândalo. Seguiu-os de longe e quando teve a certeza de que a filha tomava o caminho de casa, saltou para um elétrico e ultrapassou-a.

Rosália, ao abrir a porta, afligiu-se diante do rosto transtornado do marido:

– Que se passa, Anselmo?

Ele foi direito à cozinha e deixou-se cair num banco, sem abrir a boca. Rosália pensou o pior:

– Despediram-te? Ai!...

Anselmo recobrava-se da comoção. Acenou negativamente a cabeça. Depois, numa voz cava, declarou:

– A tua filha tem andado a enganar-nos! Segui-a. Esteve pouco mais de um quarto de hora em casa do professor e depois encontrou-se cá fora com um badameco qualquer!...

– E tu, que fizeste?

– Eu? Não fiz nada. Vim atrás deles. Depois passei-lhes à frente. Ela deve estar a chegar.

Rosália corou até aos cabelos, de fúria:

– Eu, se estivesse no teu lugar, chegava-me a eles... e nem sei o que lhes fazia!...

– Era um escândalo.

– Bem me importava a mim o escândalo! Ele levava duas bofetadas que o punha a dormir, e a ela trazia-a para casa, por uma orelha!...

Anselmo, sem responder, levantou-se e foi mudar de roupa. A mulher seguiu-o:

– Que é que vais dizer-lhe quando ela vier?

O tom era um pouco insolente, pelo menos para os hábitos de Anselmo, costumado como estava a ser rei e senhor em sua casa. Olhou a mulher com olhos agudos e, depois de mantê-la durante alguns segundos sob a intensidade do olhar, respondeu:

– Eu cá me entenderei com ela. E, a propósito, devo dizer-te que não estou habituado a que me falem nesse tom, nem aqui nem em parte nenhuma!

Rosália baixou a crista:

– Mas eu não disse nada...

– O que disseste chegou para me aborrecer!

Reconduzida à sua posição de cônjuge mais fraco, Rosália voltou à cozinha donde vinha um leve cheiro a queimado. Quando se atarefava de roda dos tachos, procurando salvar o jantar, a campainha tocou. Anselmo foi abrir.

– Boa noite, paizinho – disse Claudinha, sorrindo.

Anselmo não respondeu. Deixou que a filha passasse, fechou a porta, e só depois falou, indicando-lhe a casa de jantar:

– Entra para aqui.

A rapariga, surpreendida, obedeceu. O pai mandou-a sentar, e, de pé diante dela, fitou-a com o seu olhar intenso e carregado de severidade:

– Que fizeste tu, hoje?

Maria Cláudia tentou sorrir e ser natural:

– O costume, paizinho. Por que pergunta?

– Isso é comigo. Responde.

– Então... Estive no escritório. Saí já depois das seis e meia e...

– Sim, adiante.

– Depois, fui à lição. Como cheguei tarde, saí também mais tarde que o costume...

– A que horas saíste?

Claudinha estava embaraçada. Demorou a resposta para acertar as horas e disse, por fim:

– Passava um bocadinho das oito...

– É falso!

A rapariga encolheu-se. Anselmo gozou o efeito da sua exclamação. Podia ter dito "É mentira", mas preferira o "É falso" por ser mais dramático.

– Oh, paizinho... – balbuciou a filha.

– Lamento muito o que se passa – disse Anselmo,

em voz comovida. – Não te merecia esse gesto. Vi tudo. Segui-te. Vi-te acompanhada por um valdevinos qualquer.

– Não é um valdevinos – respondeu Claudinha, resoluta.

– Que faz ele, então?

– Anda a estudar.

Anselmo deu um estalido com os dedos que pretendia exprimir a insignificância de semelhante ocupação. Como se isso não bastasse, exclamou:

– Ora!

– Mas ele é muito bom rapaz!

– E por que não veio ainda falar comigo?

– Fui eu que lhe disse que não viesse. Bem sei que o pai é muito esquisito...

Ouviram-se umas leves pancadas na porta.

– Quem é? – perguntou Anselmo.

A pergunta era ociosa porque só havia mais uma pessoa em casa. Pela mesma razão, também a resposta o era, mas nem por isso deixou de ser dada:

– Sou eu. Posso entrar?

Anselmo não respondeu afirmativamente porque não desejaria ser interrompido, mas tinha a consciência de que não lhe era lícito negar a entrada à mulher. Preferiu calar-se e Rosália entrou:

– Então? Já ralhaste com ela?

Se Anselmo alguma vez estivera disposto a ralhar com a filha, não seria neste momento. A intervenção da mulher forçava-o, sem que pudesse dar-se conta do motivo, a passar para o lado da filha:

– Já. Estávamos no fim.

Rosália pôs as mãos na cintura e abanou a cabeça com veemência, ao mesmo tempo que exclamava:

– Parece impossível, Claudinha! Só nos dás desgostos! Agora que estávamos tão contentes com o teu emprego, sais-te com esta!

Maria Cláudia levantou-se, de golpe:

– Oh, mãe, mas, então, eu não hei de casar? E para casar não é preciso namorar, conhecer um rapaz?

Pai e mãe ficaram aturdidos. A pergunta era lógica, mas de resposta difícil. Foi Anselmo quem julgou encontrá-la:

– Um estudante... Que vale isso?

– Pode não valer agora, mas anda a estudar para ser alguém!

Claudinha recobrava a serenidade. Entendia que os pais não tinham razão, que a razão estava toda do seu lado. Insistiu:

– Não querem que eu case? Digam!

– Não é isso, filha – respondeu Anselmo. – O que nós queríamos era ver-te bem!... As tuas qualidades merecem um bom marido!

– Mas o pai nem sequer o conhece?!

– Não conheço, mas é o mesmo. E, além disso – aqui a voz retomou o tom severo –, não tenho que dar-te satisfações. Proíbo-te de te encontrares com esse... com esse estudante!... E, para que não me faças o ninho atrás da orelha, vou passar a acompanhar-te à lição e a trazer-te de lá. Faz-me transtorno, mas tem que ser assim.

– Oh, pai, mas eu prometo...

– Não acredito.

Maria Cláudia inteiriçou-se como se lhe tivessem batido. Enganara muitas vezes os pais, fizera deles gato-sapato quantas vezes quisera, mas agora achava que a tratavam com injustiça. Sentia-se furiosa. Enquanto tirava o casaco, disse:

– É como queira. Mas já o previno de que tem que esperar por mim todos os dias à saída do escritório. O senhor Morais tem sempre trabalhos que me obrigam a ficar depois da hora.

– Está bem. Isso não tem importância.

Claudinha abriu a boca. Pela expressão do rosto parecia que ia contradizer o pai. Mas calou-se, com um sorriso vago.

XXVI

Algumas vezes, desde que começara a viver livremente, Abel perguntara a si mesmo: "Para quê?". A resposta era sempre igual e também a mais cómoda: "Para nada". E se o pensamento insistia: "Não é nada. Assim não vale a pena", acrescentava: "Deixo-me ir. Isto há de ir dar a algum lado".

Bem via que "isto", a sua vida, não ia dar a parte alguma, que procedia como os avarentos que amontoam o ouro só para terem o prazer de o contemplar. No seu caso não se tratava de ouro, mas de experiência, único proveito da sua vida. Contudo, a experiência, não sendo aplicada, é como o ouro imobilizado: não produz, não rende, é inútil. E de nada vale a um homem acumular experiência como se colecionasse selos.

As suas poucas e mal assimiladas leituras de filosofia, ao acaso dos compêndios escolares e das brochuras desenterradas da poeira dos alfarrabistas da Calçada do Combro, permitiam-lhe pensar e dizer que desejava conhecer o sentido oculto da vida. Mas nos dias de desencantamento da sua existência, já lhe acontecera reconhecer que semelhante desejo era uma utopia e que as experiências multiplicadas apenas serviam para tornar mais denso o véu que pretendia afastar. A falta de sentido concreto da sua vida forçava-o, porém, a firmar-se naquele desejo que já deixara de o ser, para se transformar numa razão de viver tão boa ou tão má como qualquer outra. Nesses dias sombrios em que o rodeava o vácuo do absurdo, sentia-se cansado. Procurava atribuir esse cansaço à sua luta diária para assegurar a subsistência, à depressão causada pelas épocas em que os meios de subsistir se reduziam ao mínimo. Sem dúvida, tudo isso importava: a fome e o frio cansam. Mas não era bastante. Costumara-se a tudo, e o que, ao princípio, o chegara a assustar, agora quase se lhe tornara indiferente. Calejara o corpo e o espírito contra as dificuldades e as privações. Sabia que, com maior ou menor facilidade, poderia ver-se livre delas. Aprendera tantas coisas no decurso da vida, que ser-lhe-ia relativamente fácil arranjar uma colocação estável que lhe assegurasse o necessário à vida. Nunca tentara dar esse passo. Não queria prender-se, dizia, e era verdade. Mas não queria prender-se porque, então, seria confessar a inutilidade do que vivera. Que ganhara em fazer tão largo rodeio para, afinal, vir dar ao caminho por onde seguiam aqueles que resolutamente quisera deixar? “Queriam-me casado, fútil e tributável?”, perguntara o Fernando Pessoa. “É isto o que a vida quer de toda a gente?”, perguntava Abel.

O sentido oculto da vida... “Mas o sentido oculto da vida é não ter a vida sentido oculto nenhum.” Abel conhecia a poesia de Pessoa. Fizera dos seus versos uma outra Bíblia. Talvez não os compreendesse completamente, ou visse neles o que lá não estava. De qualquer maneira, e embora desconfiasse de que, em muitos passos, Pessoa troçava do leitor e que, parecendo sincero, o ludibriava, habituara-se a respeitá-lo, até nas suas contradições. E, se não tinha dúvidas acerca da sua grandeza como poeta, parecia-lhe, por vezes, especialmente naqueles dias absurdos de desencanto, que na poesia de Pessoa havia muito de gratuitidade. “E que mal há nisso?” – pensava Abel. – “Não pode a poesia ser gratuita? Pode, sem dúvida, e o mal não é nenhum. Mas, o bem? Que bem há na poesia gratuita? A poesia é, talvez, como uma fonte que corre, é como a água que nasce da montanha, simples e natural, gratuita em si mesma. A sede está nos homens, a necessidade está nos homens, e é só porque elas existem que a água deixa de ser desinteressada. Mas será assim a poesia? Nenhum poeta, como nenhum homem, seja ele quem for, é simples e natural. E Pessoa menos que qualquer outro. Quem tiver sede de humanidade não a irá matar nos versos de Fernando Pessoa: será como se bebesse água salgada. E, contudo, que admirável poesia e que fascinação! Gratuita, sim, mas isso que importa se desço ao fundo de mim mesmo e me acho gratuito e inútil? E é contra esta inutilidade – a inutilidade da vida, que só ela o interessa – que Silvestre protesta. A vida deve ser interessada, interessada a toda a hora, projetando-se para lá e para além. Assistir é nada. Presenciar é estar morto. Era o que ele queria dizer. Não importa que se fique cá e aquém, o que é preciso é que a vida se projete, que não seja um simples fluir animal, inconsciente como o fluir da água na fonte. Mas projetar-se como? Projetar-se para onde? Como e para onde, eis o problema que gera mil problemas. Não basta dizer que a vida deve projetar-se. Para o 'como' e para o 'para onde' encontra-se uma infinidade de respostas. A de Silvestre é uma, a de um crente de uma qualquer religião é outra. E quantas mais? Sem contar que pode a mesma resposta servir a vários, servindo também a cada um outra resposta que não serve aos outros. Afinal, perdi-me no caminho. Tudo estaria bem se não adivinhasse a existência de outros caminhos, ocupado em afastar os obstáculos do meu. A vida que escolhi é dura e difícil. Aprendi com ela. Está na minha mão deixá-la e começar outra. Por que não o faço? Por gostar desta? Em parte. Acho interessante fazer, conscientemente, uma vida que só forçados outros aceitariam. Mas não basta, esta vida não me basta. Qual escolher, então? Ser 'casado, fútil e tributável'? Mas pode ser-se cada uma destas coisas e não se ser as restantes! E depois?"

Depois... depois... Abel sentia-se perplexo. Silvestre acusara-o de inútil e isso aborrecera-o. Ninguém gosta que lhe descubram os pontos sensíveis, e a consciência da sua inutilidade era o calcanhar de Aquiles de Abel. Mil vezes o seu espírito pusera diante de si a pergunta incómoda. "Para quê?" Iludia-a e disfarçava pensando noutro assunto ou especulando no vazio, mas nem por isso ela se sumia: ficava hirta e irónica, esperando o fim do devaneio para mostrar-se implacável como antes. Desesperava-o, sobretudo, não ver nos outros o ar de perplexidade que lhe mostrasse ter iguais na inquietação. A perplexidade nos outros (Abel assim julgava) era o resultado de desgostos íntimos, de faltas de dinheiro, de amores mal correspondidos, tudo menos a perplexidade provocada pela própria vida, a vida sem mais nada. Tempos antes, essa certeza dava-lhe uma consoladora sensação de superioridade. Hoje irritava-o. Tanta segurança, tanto à-vontade perante os problemas secundários, provocavam-lhe um misto de desprezo e inveja.

Silvestre, com as suas recordações, viera agravar o mal. Mas, embora perturbado, Abel reconhecia que a vida do seu hospedeiro fora inútil no que se refere aos resultados: nada do que ele perseguira fora alcançado. Silvestre estava velho, fazendo hoje o que fazia ontem: consertar sapatos. Mas o mesmo Silvestre dissera que, pelo menos, a sua vida lhe ensinara a ver mais longe que a sola dos sapatos que consertava, ao passo que a Abel a vida não fizera mais que dar-lhe o poder de adivinhar a existência de algo oculto, de algo capaz de dar um sentido concreto à sua existência. Mais valera não ter recebido esse poder. Viveria tranquilo, teria a tranquilidade do pensamento adormecido, tal como acontece ao comum das gentes. "O comum das gentes", pensava, "como é estúpida esta expressão! Eu sei lá o que é o comum das gentes! Olho para milhares de pessoas durante o dia, vejo, com olhos de ver, dezenas. Vejo-as graves, risonhas, lentas, apressadas, feias ou belas, vulgares ou atraentes, e chamo-lhes o comum das gentes. Que pensará cada uma delas a meu respeito? Também eu ando lento ou apressado, grave ou risonho. Para algumas serei feio, para outras serei belo, ou vulgar, ou atraente. No fim de contas, também eu faço parte do comum das gentes. Também eu terei, para alguns, o pensamento adormecido. Todos nós ingerimos diariamente a nossa dose de morfina que adormece o pensamento. Os hábitos, os vícios, as palavras repetidas, os gestos repisados, os amigos monótonos, os inimigos sem ódio autêntico, tudo adormece. Vida plena!... Quem há aí que possa declarar que vive plenamente? Todos trazemos ao pescoço a canga da monotonia, todos esperamos, sabe o diabo o quê! Sim, todos esperamos! Mais confusamente uns que outros, mas a expectativa é de todos... O comum das gentes!... Isto, dito assim, com este tom desdenhoso de superioridade, é idiota. Morfina do hábito, morfina da monotonia... Ah, Silvestre, meu bom e puro Silvestre, nem tu imaginas as doses maciças que tens ingerido! Tu e a tua gorda Mariana, tão boa que dá vontade de chorar!" (Remoendo estes pensamentos, Abel não estava longe, ele, de chorar.) "Nem sequer o que penso tem o mérito da originalidade. É como um fato em segunda mão num estabelecimento de obra nova. É como uma mercadoria fora do mercado, embrulhada em papel colorido com um nastro de cor a condizer. Tédio e nada mais. Cansaço de viver, arroto de digestão difícil, náusea."

Quando chegava a este ponto, Abel saía de casa. Se ainda ia a tempo e tinha dinheiro, entrava num cinema. Achava as histórias absurdas. Homens perseguindo mulheres, mulheres perseguindo homens, aberrações mentais, crueldades, e estupidez da primeira à última imagem. Histórias mil vezes repetidas: ele, ela e o amante, ela, ele e o amante, e, pior do que isto, o primarismo com que se reproduzia a luta entre o bem e o mal, entre a pureza e a depravação, entre a lama e a estrela. Morfina. Intoxicação permitida por lei e anunciada nos jornais. Pretexto para passar o tempo, como se a eternidade fosse a vida do homem.

As luzes acendiam-se, os espectadores levantavam-se com o rumor matraqueado dos tampos das cadeiras. Abel deixava-se ficar. Tinham-se calado os fantasmas a duas dimensões que ocupavam as cadeiras. "E eu sou o fantasma a quatro dimensões", murmurava.

Julgando-o adormecido, vinham os empregados afugentá-lo. Cá fora, os últimos espectadores corriam aos lugares vazios dos elétricos. Pares de casados de fresco, muito agarrados... Casais de pequenos burgueses com dezenas de anos de sagrado matrimónio, ela atrás, ele adiante. Não mais que meio passo os separava, mas esse meio passo exprimia a distância irremediável a que se encontravam um do outro. E eram, maduros e burgueses, o retrato antecipado dos noivos cuja aliança de casamento tinha ainda o brilho da novidade.

Abel seguia pelas ruas tranquilas, de raros passantes, com as linhas dos elétricos brilhando paralelamente, as tais paralelas que nunca se encontram. "Encontram-se no infinito! Sim, dizem os sábios que as paralelas se encontram no infinito... Todos nos encontramos no infinito, no infinito da estupidez, da apatia, do marasmo."

– Não queres vir? – perguntava uma voz de mulher, na escuridão. Abel sorria com tristeza.

"Admirável Sociedade que a tudo provê! Como ela não esquece os infelizes solteiros que precisam de regularizar as suas funções sexuais! E também os felizes casados, que gostam de variar por pouco dinheiro! Mãe amorável és tu, oh, Sociedade!"

Nas ruas dos bairros excêntricos, a cada porta caixotes do lixo. Os cães buscam os ossos, os trapeiros farrapos e papéis. "Tudo se aproveita", murmurava Abel. "Na Natureza nada se cria, nada se perde. Adorável Lavoisier, aposto que nunca pensaste que a confirmação do teu princípio está no caixote do lixo!"

Entrava num café. Mesas ocupadas, mesas vazias, criados que bocejam, nuvens de fumo, rumor de conversas, tinido de chávenas – marasmo. E ele sozinho. Saía, angustiado. A tépida noite de abril recebia-o cá fora. Os altos prédios canalizavam-lhe o caminho. Em frente, sempre em frente. Virar à esquerda ou à direita, só quando a rua o decidir. A rua e a necessidade de, cedo ou tarde, ter que ir para casa. E, tarde ou cedo, Abel ia para casa.

Deu em falar pouco. Silvestre e Mariana estranharam-no. Tinham-se habituado a considerá-lo pessoa da casa, quase família, e sentiam-se melindrados, ofendidos na sua confiança. Uma noite, Silvestre entrou-lhe no quarto, com o pretexto de lhe mostrar uma notícia do jornal. Abel estava deitado, com um livro na mão e um cigarro nos lábios. Leu a notícia, que para si não tinha o menor interesse, e devolveu o jornal, murmurando uma frase distraída. Silvestre deixou-se ficar, com os braços apoiados na barra da cama, a olhá-lo. Visto assim, o rapaz parecia mais pequeno e tinha, apesar do cigarro e da barba um pouco crescida, um ar de criança.

– Está a sentir-se preso? – perguntou Silvestre.

– Preso?

– Sim. O tentáculo...

– Ah!...

A exclamação saiu com um tom indefinível, como que de ausência. Abel soergueu o busto, olhou o sapateiro fixamente e acrescentou, devagar:

– Não. Talvez esteja a sentir a falta de um tentáculo. As conversas que temos tido fizeram-me pensar em questões que eu já supunha arrumadas.

– Não acredito que estivessem arrumadas. Ou estariam muito mal arrumadas... Se o Abel fosse o que queria parecer, não lhe teria eu contado a minha vida...

– E não está contente?

– Contente? Pelo contrário. Acho que está preso pelo aborrecimento. Fartou-se da vida, julga que aprendeu tudo, só vê coisas que aumentam o seu aborrecimento. Julga que posso estar contente? Nem tudo é fácil de cortar. É sempre possível deixar um emprego que nos maça ou uma mulher que nos maça ainda mais. Mas o aborrecimento, como é que se há de cortar?

– Já me disse tudo isso por outras palavras. Com certeza, não vai repetir...

– Se entende que estou a incomodá-lo...

– Não, não! Que ideia!...

Abel levantara-se de salto e estendia o braço para Silvestre. O sapateiro, que já fazia um movimento para retirar-se, ficou. Abel sentou-se na borda da cama, o tronco meio voltado para Silvestre. Os dois olhavam-se sem sorrir, como se esperassem qualquer acontecimento importante. O rapaz pronunciou, lentamente:

– Sabe que sou muito seu amigo?

– Acredito – respondeu Silvestre. – Também eu sou muito seu amigo. Mas parece que andamos zangados...

– A culpa é minha.

– Talvez seja minha. O Abel precisa de alguém que o ajude, e eu não sei, não sou capaz...

Abel levantou-se, enfiou os sapatos e dirigiu-se a

uma mala que estava arrumada a um canto. Abriu-a e, apontando para os livros que quase a enchiam, disse:

– Nos piores momentos da minha vida, a ideia de os vender nem sequer me passou pela cabeça. Estão aqui todos os que trouxe de casa, mais os que fui comprando durante estes doze anos. Já os li e já os reli. Aprendi com eles muita coisa. Metade do que aprendi, esqueci, e a outra metade é capaz de estar errada. Certo ou errado, a verdade é que só contribuíram para tornar mais evidente a minha inutilidade.

– Penso que fez bem em lê-los... Quantos levam a vida sem descobrir que são inúteis? No meu entender, só pode ser verdadeiramente útil quem já sentiu que era inútil. Pelo menos, não corre tanto risco de voltar a sê-lo...

– Utilidade, utilidade, só lhe ouço essa palavra. Como posso eu ser útil?

– Cada um tem que descobrir por si. Como a tudo na vida, afinal. Conselhos não servem de nada. Bem gostaria eu de lhos dar se lhe servissem de alguma coisa...

– Também eu gostaria de saber o que está por detrás dessas meias-palavras...

Silvestre sorriu:

– Não tenha medo. Só quero dizer que aquilo que cada um de nós tiver de ser na vida, não o será pelas palavras que ouve nem pelos conselhos que recebe. Teremos de receber na própria carne a cicatriz que nos transforma em verdadeiros homens. Depois, é agir...

Abel fechou a mala. Voltou-se para o sapateiro e repetiu, como se sonhasse:

– Agir... Se todos agirem como nós, então não há verdadeiros homens...

– O meu tempo passou – respondeu Silvestre.

– Por isso lhe é tão fácil censurar-me... Vai um joguinho de damas?

XXVII

Paulino chegara mais tarde, quase às onze horas. Beijou Lídia de raspão e foi sentar-se no sofá predileto, chupando a cigarrilha.

Nessa noite, pela força das circunstâncias, Lídia não estava em camisa de dormir, o que talvez contribuísse para a irritação surda de Paulino. A própria maneira de segurar a cigarrilha entre os dentes, o tamborilar dos dedos no braço do sofá, tudo eram sinais de que não estava satisfeito. Sentada diante dele, num tamborete baixo, Lídia tentava distraí-lo com as bagatelas do seu dia. Há algumas noites já que notava uma transformação no amante. Deixara de a "comer" com os olhos, o que, podendo ser justificado pela larga convivência, poderia também significar que estava perdendo interesse por ela por quaisquer outras razões. O sentimento permanente de insegurança de Lídia fazia-lhe temer sempre o pior.

Pormenores aparentemente insignificantes, pequenas faltas de atenção, palavras um tudo-nada bruscas, um ar distraído uma vez por outra, eram outras tantas preocupações para ela.

Paulino não ajudava a conversa. Havia longas pausas em que nem um nem outro sabiam que dizer. Com mais precisão: só Lídia é que não sabia que dizer; Paulino parecia querer ficar calado. Ela espremia a imaginação para não deixar morrer o diálogo; ele respondia distraidamente. E a conversa, à míngua de assunto, morria como uma candeia à míngua de azeite. Nessa noite, o vestido de Lídia parecia ser mais um motivo de afastamento. Paulino lançava para o ar longas baforadas de fumo, com um sopro impaciente e prolongado. Desistindo de encontrar um assunto capaz de interessá-lo, Lídia, um pouco ao acaso, notou:

– Parece que andas preocupado...

– Uhm...

A resposta era imprecisa: podia significar tudo. Parecia esperar que Lídia concretizasse a suposição. Com o vago medo do desconhecido que se oculta nas casas às escuras e nas palavras imprudentes de que nunca se conhecem as consequências, Lídia acrescentou:

– De há uns dias para cá, sinto-te diferente. Contavas-me sempre as tuas preocupações... Não quero ser indiscreta, repara, mas talvez te fizesse bem dizeres-me...

Paulino fitou-a com um olhar divertido. Chegou mesmo a sorrir. Lídia atemorizou-se com o olhar e o sorriso. Já estava arrependida do que dissera. Vendo-a retrair-se, Paulino acrescentou, para não deixar a oportunidade que ela lhe oferecera:

– Questões de negócios...

– Muitas vezes me disseste que, quando estavas comigo, não pensavas em negócios!...

– Pois disse. Mas, agora, penso...

O sorriso era maldoso. Os olhos tinham a fixidez implacável de quem nota imperfeições ou mazelas. Lídia sentiu-se corar. Tinha o pressentimento de que ia passar-se algo desagradável para si. Paulino, vendo-a silenciosa, insistiu:

– Agora penso. Não quero dizer que tenha deixado de sentir-me bem ao pé de ti, claro, mas há assuntos tão complicados que nos obrigam a pensar neles a toda a hora e seja qual for a companhia.

Por nada deste mundo Lídia desejaria conhecer estes assuntos. Pressentia que só lhe faria mal falar neles e, neste momento, ansiava por uma interrupção, que o telefone tocasse, por exemplo, qualquer acidente que fizesse acabar a conversa. Mas o telefone não tocou, nem Paulino estava disposto a deixar-se interromper:

– Vocês não conhecem os homens. Podemos gostar muito de uma mulher, mas lá por isso não se segue que só pensemos nela.

– É natural. Com as mulheres passa-se o mesmo.

Qualquer diabinho malicioso impelira Lídia a dizer estas palavras. O mesmo diabinho lhe segredava outras mais ousadas e Lídia tinha de dominar-se ou dominá-lo para as não dizer. Agora eram os seus olhos afiados que se fitavam sobre as fealdades de Paulino. Este, um tanto melindrado pela afirmação, respondeu:

– Claro! Era o que faltava, pensar-se sempre na mesma pessoa!

A voz soava a despeito. Fitaram-se desconfiados, quase inimigos. Paulino procurava descobrir até onde Lídia sabia. Esta, por sua vez, tateava na imprecisão das palavras que ouvira, para encontrar-lhes a causa. Subitamente, uma intuição perpassou-lhe no cérebro:

– É verdade!... Isto não vem a propósito, mas tem-me esquecido de dizer-te... A mãe da pequena cá de cima pediu-me que te agradecesse o teu interesse...

A transformação do rosto de Paulino mostrou-lhe que acertara. Sabia, agora, contra quem lutava. Ao mesmo tempo, sentiu um estremecimento de medo. O diabinho ocultara-se em qualquer parte e ela estava desamparada.

Paulino sacudiu a cinza da cigarrilha, e mexeu-se no sofá como se estivesse mal sentado. Tinha o ar de uma criança apanhada a comer marmelada às escondidas da mãe:

– Sim... A pequena é jeitosa...

– Pensas em aumentar-lhe o ordenado?

– Sim... Talvez... Eu tinha falado em três meses... mas a família é pobre, foste tu que me falaste nisso, lembras-te?, e... a Claudinha entende-se bem com o serviço...

– A Claudinha?

– Sim, a Maria Cláudia!...

Paulino absorvera-se na contemplação da cinza que amortecia o fulgor do morrão. Com um sorriso de ironia, Lídia perguntou:

– E a estenografia? Que tal vai?

– Ah, vai muito bem! A pequena aprende com facilidade.

– Acredito, acredito...

O diabinho voltara. Lídia estava segura de que acabaria por vencer, desde que não perdesse a serenidade. Devia, sobretudo, evitar melindrar Paulino, sem consentir, no entanto, que ele descobrisse os secretos temores que a dominavam. Estaria perdida se ele suspeitasse de quanto se sentia insegura.

– A mãe dá-se muito comigo, sabes? Pelo que ela me contou, a pequena portou-se muito mal, aqui há dias...

– Portou-se mal?

A curiosidade de Paulino era tão flagrante que bastaria para convencer Lídia, se esta não estivesse já convencida.

– Não sei em que estás a pensar... – insinuou. Depois, fingindo que só nesse momento a ideia lhe ocorrera, teve uma grande exclamação: – Credo! Não é nada disso! Então, se fosse verdade, pensas que mo viriam contar? És bom de mais, meu querido Paulino!

Talvez Paulino fosse bom de mais. O certo é que pareceu ficar dececionado. Balbuciou:

– Eu não estava a pensar...

– A questão é mais simples. O pai andava desconfiado por causa de ela chegar tarde a casa. Ela desculpava-se: tu que a demoravas com trabalhos urgentes...

Paulino entendeu que devia preencher a pausa:

– Não é bem assim... Aconteceu algumas vezes, realmente, mas...

– Isso compreende-se e não é daí que vem o mal. O pai foi atrás dela e apanhou-a com o namorado!

O diabinho exultava, dava cambalhotas, morria de riso. Paulino ficou sombrio. Mordeu a cigarrilha com força e resmungou:

– São terríveis, estas meninas modernas...

– Oh, querido, estás a ser injusto! Então, que há de fazer a pobre pequena? Esqueces-te de que ela tem dezanove anos!... Que há de fazer uma rapariga com dezanove anos? O príncipe encantado é sempre um rapaz da mesma idade, bonito e elegante, que diz palavras patetas mas encantadoras. Esqueces-te de que também já tiveste dezanove anos?

– Quando eu tinha dezanove anos...

E mais não disse. Ficou a mastigar a cigarrilha, resmungando palavras incompreensíveis. Estava despeitado, furioso. Durante todo este tempo, fizera o seu rapapé em volta da nova datilógrafa e agora descobria que ela, sim, que ela lhe comia as papas na cabeça. Claro que não avançara de mais, muitas atenções, alguns sorrisos, conversas inteligentemente conduzidas a sós no gabinete, depois das seis... Não fizera qualquer proposta, claro... A rapariga era muito nova e tinha pais... Com o tempo, talvez... As suas intenções eram boas, claro... Queria ajudar a pequena e a família que era pobre...

– Mas isso será verdade?

– Bem digo eu que és bom de mais. Estas coisas não se inventam. Quando acontecem, até há o cuidado de escondê-las. E, se eu as sei, é porque a mãe tem toda a confiança em mim... – interrompeu-se e acrescentou, apreensiva: – Espero que não fiques muito aborrecido. Seria lamentável que começasses a antipatizar com a pequena. Conheço bem os teus escrúpulos em questões desta natureza, mas peço-te que não a prejudiques!

– Está bem! Fica descansada.

Lídia levantou-se. Não convinha insistir no assunto. Lançara a perturbação no delicioso *flirt* de Paulino e acreditava que ela bastaria para acabar, de vez, com o devaneio. Preparou o café, vigiando a elegância dos seus movimentos. Ela mesma serviu Paulino. Sentou-se-lhe no colo, passou-lhe um braço pelas costas e deu-lhe o café a beber, como a uma criança. O assunto Maria Cláudia estava arrumado. Paulino bebeu o café, sorrindo aos afagos que a amante lhe fazia na nuca. De súbito, Lídia mostrou-se muito interessada na cabeça dele:

– Que usas tu agora no cabelo?

– É um preparado novo.

– Notei pelo cheiro. Mas, espera...

Olhou-lhe fixamente a calva e acrescentou, risonha:

– Oh, querido, tu tens mais cabelo!...

– Palavra?

– Juro-te.

– Dá cá um espelho!

Lídia saltou-lhe do colo e correu ao toucador.

– Aqui tens. Ora vê!...

Entortando os olhos para apanhar a imagem que o espelho refletia, Paulino murmurou:

– Sim... Parece que tens razão...

– Repara! Aqui e aqui!... Não vês estes cabelos pequeninos? É cabelo a nascer!

Paulino entregou-lhe o espelho, sorrindo:

– O preparado é bom. Bem me tinham dito. Tem vitaminas, sabes?

– Ah, sim?

Com grande cópia de pormenores, Paulino explicou a composição do preparado e o modo de aplicação. Desta maneira, o serão, que começara mal, acabou bem. Não foi tão longo como de costume. Atendendo ao estado de Lídia, Paulino saiu antes da meia-noite. Por meias-palavras, um e outro lamentaram as abstinências a que tal estado obrigava. Compensaram-se, mutuamente, com beijos e palavras ternas.

Depois de ele sair, Lídia voltou ao quarto. Começava a arrumá-lo quando ouviu no andar de cima, sobre a sua cabeça, um leve bater de saltos. O som ouvia-se com clareza. Ia e vinha, desaparecia e voltava. Enquanto o ouviu, Lídia ficou imóvel, os punhos cerrados, a cabeça ligeiramente erguida. Depois, duas pancadas mais fortes (a queda de uns sapatos) e o silêncio.

XXVIII

Ao seu longo epistolário de queixas e lamentações, Carmen juntou mais uma carta. Lá longe, em Vigo, na sua terra, os pais ficariam estarrecidos e lacrimosos ao lerem o estendal sempre renovado das desditas da filha presa em mãos de estrangeiro.

Condenada ao uso de uma língua estranha, só nas cartas podia explicar-se em termos que ela própria entendia completamente. Relatou tudo o que se passara desde a última carta, demorando-se na doença do filho e dando à cena lamentável da cozinha um tom mais compatível com a sua dignidade. Recuperado o sangue-frio, pensou que se portara de uma maneira indecorosa. Pôr-se de joelhos diante do marido era para si a pior das ignomínias. Quanto ao filho... O filho esqueceria, era ainda uma criança. Mas o marido não esqueceria e isso era o que mais lhe custava.

Escreveu também ao primo Manolo. Não o fez sem hesitar. Tinha a vaga ideia de que cometia uma traição e reconheceu que a sua carta para ele não vinha a propósito. Afora breves missivas de parabéns pelo seu aniversário, boas festas pela Páscoa e pelo Natal, nada mais recebera dele. Sabia, contudo, como lhe ia correndo a vida. Os pais punham-na ao corrente do que acontecia no clã familiar, e o primo Manolo, com a sua fábrica de escovas, dava larga matéria. Triunfara na vida. Pena era que se conservasse solteiro: assim, a fábrica, depois da sua morte, teria de contentar tantos herdeiros que pouco ficaria a cada um. Salvo se ele preferisse um desses herdeiros em prejuízo dos outros. Era livre de dispor dos seus bens e tudo podia acontecer. Todos estes factos eram longamente explanados nas cartas de Vigo. Manolo ainda estava novo, tinha apenas mais seis anos que Carmen, mas o Henriquinho devia ir-se fazendo lembrado. Carmen nunca dera importância a estas sugestões, nem havia processo eficaz de o filho se fazer lembrar. Manolo não o conhecia. Vira-o muito pequeno quando viera a Lisboa com os pais de Carmen, em passeio. Carmen soubera (dissera-lho a mãe) que o primo declarara não ter gostado de Emílio. Naquela altura, casada de pouco tempo, não dera importância, mas agora via bem que o primo Manolo tinha razão. Diziam os portugueses que "de Espanha, nem bom vento, nem bom casamento...". Pois "de Portugal, nem bom marido, nem...". Carmen não dispunha de imaginação bastante para inventar uma rima que correspondesse a um malefício lusitano, mas tinha bem presentes todos os malefícios que proliferavam para cá da fronteira.

Escritas as cartas, ficou mais aliviada. As respostas não tardariam e, com elas, a consolação. Porque Carmen nada mais queria senão que a lamentassem. O dó de Manolo a compensaria da pequena deslealdade que cometera para com o marido. Imaginava o primo no escritório da fábrica, de que conservava uma lembrança. Um monte de cartas, encomendas e faturas sobre a secretária. A carta dela estava ao de cima. Manolo abria-a, lia-a com muita atenção, lia-a outra vez. Depois pousava-a diante de si, ficava uns momentos com a expressão de quem recorda acontecimentos agradáveis, e, imediatamente, afastava todos os papéis, puxava uma folha (com o nome da fábrica em letras maiúsculas) e começava a escrever.

Com estas recordações, principiaram as saudades a minar o coração de Carmen. Saudades de tudo o que deixara, da sua cidade, da casa dos pais, do portão da fábrica, da doce fala galega que os portugueses não conseguiam imitar. Lembrando tudo isto, punha-se a chorar. Decerto há muito tempo já que as saudades a ralavam, mas, assim como vinham assim iam, empurradas pelo tempo cada vez mais pesado. Tudo se esfumava, a memória mal conseguia captar as imagens desvanecidas do seu passado. Mas agora tudo lhe aparecia com nitidez. Por isso chorava. Chorava o bem que perdera e que nunca mais reaveria. Lá, estaria com a sua gente, amiga entre amigos.

Ninguém, nas suas costas, a escarneceria pela sua fala, ninguém lhe chamaria "galega" com o tom desprezador com que lhe chamavam aqui. Sim, seria galega na sua terra de galegos, onde "galego" não era sinónimo de "moço de fretes" nem de "carvoeiro".

– *¡Ah, disgraciada, disgraciada!...*

O filho mirava-a com olhos de espanto. Com uma teimosia inconsciente, resistira às tentativas da mãe para o cativar de novo, resistira às pancadas e aos bruxedos. Cada pancada, cada reza, o empurravam para o pai. O pai era calmo, tranquilo, a mãe era excessiva em tudo, no ódio e no amor. Mas agora ela chorava e Henrique, como todas as crianças, não podia ver chorar e muito menos sua mãe. Chegava-se para ela, consolava-a como podia, sem palavras. Beijava-a, encostava o seu rosto ao rosto molhado de lágrimas e, daí a pouco, choravam os dois. Então, Carmen contava-lhe longas histórias da Galiza, substituindo, quase sem dar por isso, o português pelo galego.

– Não percebo, mãe!...

Ela caía em si, traduzia para a detestada língua portuguesa aquelas lindas histórias que só tinham beleza e sabor na sua língua natal. Depois mostrava-lhe fotografias, o retrato do avô Filipe e da avó Mercedes, uma outra onde aparecia o primo Manolo com mais familiares. Henrique já vira tudo isto, mas a mãe insistia. Mostrando uma onde se via um canto do jardim da casa dos pais, disse:

– Aqui brinquei *muchas veces* com o primo Manolo...

Tornara-se uma obcecação a lembrança de Manolo. Por caminhos escondidos, o pensamento chegava sempre a ele, e Carmen ficava toda confusa quando descobria que durante muito tempo nele estivera pensando. Era uma tolice. Tanto tempo tinha passado... Estava velha, apesar dos seus trinta e três anos. E estava casada, também. Tinha a sua casa, um marido, um filho. Ninguém tem o direito, nesta situação, de ter semelhantes pensamentos.

Arrumava as fotografias, mergulhava nas ocupações domésticas, aturdia-se. Mas o pensamento voltava: a sua terra, os pais, Manolo depois de tudo, como se a recordação da sua figura e da sua voz tivesse sido afastada e por isso chegasse mais tarde.

À noite, na cama, ao lado do marido, tinha longas insónias. A saudade da vida passada tornara-se imperiosa, como que exigia uma ação imediata da sua parte. Enleada nos pensamentos que a levavam para longe, tornou-se mais calma. O seu temperamento fogoso abrandou, uma doce serenidade lhe entrou no coração. Emílio estranhou a transformação, mas não fez qualquer reparo. Pensou que seria uma mudança de tática para captar novamente o amor do filho. Supôs ter acertado, ao notar que Henrique se dividia, agora, entre ele e a mãe. Dir-se-ia que até os pretendia reconciliar. Com uma ingénua, e talvez inconsciente, habilidade, procurava interessar ambos nos seus assuntos. Os resultados eram desanimadores. Quer o pai quer a mãe, sempre prontos a responder-lhe quando se dirigia a cada um, fingiam-se distraídos quando tentava generalizar a conversa. Henrique não compreendia. Amara pouco o pai, mas descobrira que podia amá-lo sem reservas; durante algum tempo receara a mãe, mas agora a mãe chorava e ele reconhecia que nunca deixara de a amar. Amava ambos e via que eles se afastavam cada vez mais um do outro. Por que não falavam? Por que se olhavam, às vezes, como se não se conhecessem ou como se se conhecessem de mais? Por que aqueles serões silenciosos, onde a voz infantil parecia andar perdida, como uma floresta imensa e sombria que abafava todos os ecos e donde tinham fugido todos os pássaros? Para muito longe haviam fugido as aves amorosas, a floresta ficara petrificada, sem a vida que só o amor gera.

Lentos passaram os dias. O serviço postal encaminhara através do país e para lá da fronteira as cartas de Carmen. Talvez pela mesma via (quem sabe se pelas mesmas mãos?) as respostas começavam o seu caminho. Cada hora, cada dia, as aproximava mais. Carmen nem sabia o que esperava. Compaixão? Boas palavras? Sim, e delas precisava. Não estaria tão só ao lê-las, era como se em volta estivessem os seus verdadeiros parentes. Via-lhes os rostos compassivos que se debruçavam para ela e lhe incutiam coragem. Nada mais devia esperar. Mas, talvez porque se lembrara de escrever a Manolo, esperava mais. Os dias passaram. A sua ansiedade fazia-a esquecer que a mãe não era muito pronta a escrever, que a sua correspondência com ela tinha largos intervalos. Já cuidava que estava esquecida...

Amarrado à sua rotina de caixeiro de praça, vendo cada dia mais longe o dia da libertação, Emílio deixava passar o tempo. Anunciara que se iria embora e não dava um passo. Falecia-lhe a coragem. Quase a passar a soleira da porta para nunca mais voltar, alguma coisa o prendia. Da sua casa fugira o amor. Não odiava a mulher, mas estava fatigado de infelicidade. Tudo tem um limite: pode suportar-se a infelicidade até aqui, mas não até ali. E, no entanto, não partia. A mulher deixara de fazer aquelas cenas exasperantes, tornara-se mansa e tranquila. Nunca mais subira a voz, nunca mais se queixara da sua negra vida. Pensando nisto, Emílio assustava-se à hipótese de que ela pretendesse reconstruir a vida do lar. Já se sentia demasiadamente preso para desejar tal eventualidade. Mas Carmen falava-lhe apenas quando não podia deixar de o fazer. Nada permitia, pois, pensar num desejo de reconciliação. Que ela conseguira atrair o filho era evidente, mas daí a querer captá-lo a ele ia uma grande distância que não parecia disposta a transpor. A transformação intrigava-o: Henrique voltara ao convívio da mãe, por que esperava ela para recomeçar as cenas tempestuosas? Posta a pergunta e não encontrada a resposta, Emílio encolhia os ombros com indiferença e entregava-se ao tempo como se ele pudesse dar-lhe a coragem que lhe faltava.

Até que chegou uma carta. Emílio não estava em casa, Henrique fora a um recado. Quando a recebeu das mãos do carteiro e reconheceu a caligrafia da mãe, Carmen teve um estremecimento:

– Não traz mais nenhuma?

O carteiro olhou o maço que tinha na mão e respondeu:

– É só essa.

Só esta! Carmen teve vontade de chorar. Via nesse momento que estivera esperando carta de Manolo, não só dele, mas principalmente dele. E a carta não vinha. Com uma lentidão que intrigou o carteiro, fechou a porta. Que loucura, a sua! Não pensara! Não estava nos seus cinco sentidos quando escrevera ao primo! Ocupada com estes pensamentos já esquecera que tinha nas mãos a carta da mãe. Mas sentiu nos dedos, de súbito, o contacto do papel. Murmurou, em galego:

– *Miña nai...*

Num gesto rápido, abriu o sobrescrito. Duas folhas grandes, escritas de alto a baixo com a letra cerrada e miudinha que tão bem conhecia. O corredor estava escuro, não conseguiu ler. Correu para o quarto, acendeu a luz, sentou-se na borda da cama, tudo isto rapidamente, como se tivesse medo que a carta se lhe evaporasse das mãos. Os olhos molhados de lágrimas não conseguiam distinguir as palavras. Nervosa, enxugou-os, assoou-se, e pôde, enfim, saber o que a mãe lhe dizia.

Sim, vinha tudo o que esperava. A mãe lamentava-a mais uma vez, mais uma vez dizia que não era por culpa sua, que bem a avisara... Sim, já sabia tudo isto, já lera estas mesmas palavras noutras cartas... Mas não diziam mais nada? Não tinham outra coisa a dizer-lhe? Não?... Mas... Que querem dizer? Ah, mãe querida, mãe querida!...

Ali estava. Ia partir. Ia passar um tempo a casa dos pais. Um mês, talvez dois meses. Levaria Henrique. Eles pagavam as passagens. Seria... O que seria, não o sabia bem Carmen. As lágrimas saltaram e ela já não pôde ler mais. Seria uma felicidade, sem dúvida. Dois meses, talvez três, longe desta casa, ao lado dos seus, com o filho junto de si.

Limpou os olhos e continuou a ler. Notícias da casa, da família, o nascimento de um sobrinho. Depois, beijos e abraços. Na margem da carta, em letra mais apertada, um *post scriptum*. A campainha da porta tocou. Carmen não ouviu. Tornou a tocar. Carmen já lera aquelas linhas finais, mas nada ouvia. Ali estava a explicação: Manolo mandava dizer que não escrevia porque esperava que ela fosse a Vigo. A campainha estridulava impaciente e inquieta. Como se voltasse do fundo do tempo, Carmen ouviu-a, enfim. Foi abrir. Era o filho. Henrique ficou perplexo, a mãe chorava e ria ao mesmo tempo. Viu-se preso nos braços dela, sentiu-lhe os beijos e ouviu:

– Vamos ver o avô Filipe e a avó Mercedes. Vamos passar um tempo com eles. Vamos, vamos, meu filho!

Quando Emílio chegou, à noite, Carmen mostrou-lhe a carta. Nunca ele se interessara pela correspondência da mulher e era delicado bastante para não ir remexer nas cartas, às escondidas. Suspeitava dos queixumes, adivinhava que fazia figura de tirano naquela correspondência, mas não queria lê-la. E

Carmen, embora não lhe desagradasse que o marido soubesse o que dele se dizia, apenas lhe mostrou o trecho da carta em que a mãe lembrava a viagem: era preciso que ele consentisse e a leitura do resto poderia levá-lo, por despeito, a recusar. Emílio notou a falta de uma margem que tinha sido cortada à tesoura. Não perguntou por quê. Devolveu a carta, sem palavras.

– Então?

Não respondeu logo. Via, ele também, dois meses, talvez três, de solidão. Via-se livre, só, na casa vazia. Podia sair quando quisesse, entrar quando quisesse, dormir no chão ou na cama. Via-se a fazer todas as coisas que desejava – e eram tantas que não conseguia agora lembrar-se de nenhuma. Um sorriso distendeu-lhe os lábios. Desde esse momento começava a sentir-se livre, caíam à sua volta as cadeias que o amarravam. Lá fora esperava-o uma vida ampla, plena, onde cabiam todos os sonhos e todas as esperanças. Que não fossem mais que três meses, isso que importava? Talvez depois chegassem os seus dias de coragem...

– Então? – insistiu a mulher, pressentindo uma negativa no silêncio.

– Então?!... Acho bem.

Apenas estas duas palavras. Pela primeira vez há muitos anos, havia três pessoas satisfeitas naquela casa. Para Henrique era a perspetiva das férias, o comboio "pouca-terra-pouca-terra", todo o maravilhoso de que as viagens se rodeiam para as crianças. Para Emílio e para Carmen, a libertação do pesadelo que os ligava um ao outro.

O jantar foi tranquilo. Houve sorrisos e palavras amáveis. Henrique estava contente. Até os pais pareciam felizes. A própria luz da cozinha parecia mais clara. Tudo era mais claro e puro.

XXIX

Da cena noturna em que Justina se mostrou nua pela primeira vez ao marido, nunca se falou. Caetano por cobardia, Justina por orgulho. Dela ficou apenas uma frieza maior. Caetano, depois de sair do jornal, ia passar o resto da noite e a manhã noutra cama. Só voltava a casa para almoçar. Deitava-se e dormia toda a tarde. Entendiam-se, quando precisavam de entender-se, por monossílabos e frases curtas. Nunca a aversão mútua fora tão completa. Caetano evitava a mulher, como se receasse que ela lhe aparecesse, subitamente, despida. Justina, essa, não evitava olhá-lo, mas fazia-o com desprezo, quase com insolência. Ele sentia o peso daquele olhar e fervia de cólera impotente. Sabia que muitos homens batem nas mulheres e que uns e outras acham o ato natural. Sabia que, para muitos, isso era considerado uma manifestação de virilidade, tal como tantos entendem que é um sintoma de virilidade o aparecimento de doenças venéreas. Mas, se podia gabar-se dos seus males de Vénus, não podia vangloriar-se de ter alguma vez sovado a mulher. Não por questão de princípios, embora gostasse de afirmá-lo, mas por pura cobardia. Intimidava-o a serenidade de Justina, só uma vez quebrada e em condições que lhe faziam vergonha. Revia a cena, trazia constantemente diante dos olhos a figura esquálida e nua, ouvia-lhe as gargalhadas que pareciam soluços. A reação da mulher, por inesperada, acentuara-lhe o complexo de inferioridade que desde há muito sofria em relação a ela. Por isso a evitava. Por isso estava em casa o mínimo tempo possível, por isso fugia de se deitar ao lado dela. E havia ainda outra razão. Sabia que quando se deitasse na cama onde a mulher estivesse, não poderia impedir-se de a possuir. Quando pela primeira vez teve consciência disto, assustou-se. Quis reagir, chamou-se estúpido, enumerou todas as razões que deviam impossibilitá-lo: o corpo sem graça, a repulsa de outros tempos, o desprezo. Mas quantas mais acrescentava, mais furioso se lhe acendia o desejo. Para o abafar, esgotava-se fora de casa, mas nunca o conseguia. Vazio, oco, com as pernas moles e os olhos fundos, mal chegava a casa e sentia o cheiro peculiar do corpo de Justina, logo a vaga do desejo se enrolava no mais secreto do seu ser. Era como se tivesse suportado uma longa abstinência e visse, pela primeira vez, depois dela, uma mulher ao alcance do braço. Quando se deitava, depois do almoço, o calor dos lençóis atormentava-o. Uma peça de roupa da mulher, abandonada numa cadeira, atraía-lhe os olhos. Mentalmente, dava ao vestido vazio, à meia dobrada, o contorno e o movimento do corpo vivo, da perna tensa e vibrante. A imaginação arquitetava formas perfeitas que nem de longe correspondiam à realidade. E se Justina, nesse momento, passava no quarto, precisava de apelar para toda a sua capacidade de resistência, para não saltar da cama e arrastá-la. Vivia obcecado pela mais baixa sensualidade. Tinha sonhos eróticos como um adolescente. Extenuava as suas amantes de ocasião e insultava-as porque elas não o acalmavam. Como uma mosca teimosa, constantemente o picava o desejo. Como uma borboleta a que a luz paralisa os movimentos de um lado do corpo e por isso descreve círculos mais e mais apertados até se queimar na chama, circulava à volta da mulher, atraído pelo seu cheiro, pelas suas formas toscas que o amor não moldara.

Justina não suspeitava do efeito que a sua presença produzia no marido. Via-o nervoso, excitável, mas atribuía esse estado ao dobrado desprezo com que o tratava. Como quem brinca com um animal perigoso sabendo o perigo que corre, mas não fugindo dele por curiosidade, queria ver até onde o marido era capaz de aguentar. Queria medir-lhe a altura da cobardia. Abrandou o seu desprezo silencioso e passou a falar mais para mais oportunidades ter de o mostrar. Em todas as suas palavras, em todas as inflexões de voz, mostrava ao marido quanto o considerava indigno.

Caetano reagia de maneira imprevisível para ela. Transformara-se no tipo de amante masoquista. Os insultos, as vergastadas no seu orgulho de homem e de marido, levavam-no aos paroxismos do desejo. Justina brincava com o fogo sem o ver.

Uma noite, incapaz de resistir mais tempo, Caetano, logo que saiu do jornal, correu a casa. Combinara um encontro, mas esqueceu-o. A mulher que o esperava não podia satisfazê-lo. Como se tivesse enlouquecido mas guardasse ainda na memória o local onde lhe restituiriam a razão, correu para casa. Meteu-se num táxi vagabundo e prometeu ao motorista uma boa gorjeta se o levasse depressa. Pelas ruas desertas da cidade, o automóvel galgou em poucos minutos a distância. A gorjeta foi generosa; mais ainda, perdulária. Ao entrar em casa Caetano lembrou-se, de repente, de que da última vez que entrara àquela hora saíra corrido. Durante um breve segundo esteve lúcido. Viu o que ia fazer, temeu as consequências. Mas ouviu o respirar pausado de Justina, sentiu a tepidez do quarto, palpou sobre a colcha o corpo estendido, e, como uma vaga que o mar levanta das profundezas, ergueu-se nele o furor sexual.

Foi às escuras. Ao primeiro contacto, Justina reconheceu o marido. Meia imersa no sono, fez uns movimentos atabalhoados para defender-se. Mas ele dominou-a, esmagou-a contra o colchão. Ela ficou estendida, imóvel, alheia, impossibilitada de reagir, como se estivesse sonhando um daqueles pesadelos em que a Coisa monstruosa, desconhecida e por isso horrível, cai sobre nós. Conseguiu, por fim, soltar um braço. Apalpando nas trevas, acendeu o candeeiro da cabeceira. E viu o marido. O rosto dele aterrava. Os olhos salientes, o lábio inferior mais descaído que de costume, o rosto vermelho e suado, um rito animal torcendo-lhe a boca. Justina não gritou porque a garganta apertada de pavor não podia emitir o menor som. Súbito, a máscara de Caetano teve como que um estorcegão que a tornou irreconhecível. Era o rosto de um ser diferente, de um homem arrancado à animalidade pré-histórica, de uma besta selvagem encarnada num corpo humano.

Então, com um brilho frio no olhar, Justina cuspiu-lhe na cara. Caetano, aturdido, ainda fremente, ficou a olhar para ela. Não compreendia bem o que se passara. Passou a mão pelo rosto e olhou-a. A saliva, ainda tépida, pegara-se-lhe aos dedos. Abriu-os: a saliva ligava-os em fios brilhantes que se tornavam mais e mais delgados, até se quebrarem. Caetano compreendeu. Compreendeu, enfim. Foi como a chicotada imprudente que faz erguer o tigre já domado sobre as patas traseiras, as garras estendidas, os dentes afiados. A mulher fechou os olhos e esperou. O marido não se movia. Justina começou a descerrar as pálpebras, a medo, e imediatamente sentiu que o marido a empolgava de novo. Tentou desviar-se, mas todo o corpo dele a dominava. Quis manter-se fria, como da primeira vez, mas da primeira vez ficara fria naturalmente, não o estivera por ação da vontade. Agora, só à força de vontade o conseguia. Mas a vontade entrou de fraquejar. Forças poderosas, até aí adormecidas, se erguiam dentro de si. Ondas rápidas e envolventes a percorriam. Qualquer coisa como uma luz viva perpassava e perpassava dentro da sua cabeça. Soltou uma exclamação inarticulada. A vontade afundava-se no pego do instinto. Sobrenadou ainda um momento, agitou-se e desapareceu. Como louca, Justina correspondia ao amplexo do marido. O seu corpo magro quase desaparecia debaixo do corpo dele. Vibrava, estorcia-se, furiosa também agora, também agora subjugada pelo instinto cego. Houve como que um estertor simultâneo e os corpos rolaram, enlaçados e palpitantes.

Depois, movidos pela mesma repugnância, afastaram-se. Em silêncio, cada qual para seu lado, recuperavam o fôlego. A respiração arquejante de Caetano abafava a da mulher. Dela, apenas uns últimos estremecimentos assinalavam a presença.

Fizera-se o vácuo no cérebro de Justina. Tinha os membros doridos e moles. O cheiro forte do corpo do marido impregnara-lhe a pele. Gotas de suor deslizavam-lhe pelas axilas. E uma lassidão profunda impedia-a de mover-se. Sentia ainda o peso do corpo do marido. Lentamente, estendeu o braço e apagou a luz. Pouco a pouco, a respiração de Caetano tornou-se mais regular. Saciado, deslizou para o sono. Justina ficou sozinha. Os estremecimentos cessaram, o cansaço diminuiu. Só o cérebro continuava vazio de raciocínio. Pedaços de ideias começaram a erguer-se devagar. Sucediam-se uns aos outros, incompletos, sem continuidades, sem um fio que os ligasse entre si. Justina queria pensar no que acontecera, queria agarrar uma daquelas ideias fugidias que apareciam e se sumiam como feijões que a fervura levanta e logo faz desaparecer. Era cedo, porém. Nem ela o conseguiria tão depressa, porque foi o espanto que se apossou dela repentinamente. Tão absurdo se lhe figurava o que se passara minutos antes, que admitiu que sonhara. Mas o seu corpo pisado, uma estranha sensação de plenitude indefinível, localizada em certas regiões do corpo, a desmentiam. Foi então, só então, que o espanto a absorveu ou ela se absorveu nele.

Por todo o resto da noite, não dormiu. Ficou a olhar o escuro, desorientada, incapaz de raciocinar. Sentia vagamente que as suas relações com o marido tinham sofrido uma alteração. Estava como se tivesse passado das trevas para a luz intensa, cega, de momento, para os objetos que a rodeavam, adivinhando-lhes os contornos, mas vendo-os como um borrão indistinto. Ouviu todas as horas que o relógio bateu. Assistiu ao recuo da noite e à aproximação da manhã. Tons azulados começaram a espalhar-se no quarto, aqui e além. O vão da porta que dava para o corredor desenhou-se na penumbra com uma tonalidade opalescente. Ao mesmo tempo que a manhã, ouviam-se no prédio rumores imprecisos. Caetano dormia, estendido de costas, uma perna destapada até à virilha, uma perna branca e mole como a barriga de um peixe.

Reagindo contra o torpor que lhe prendia os membros, Justina ergueu-se. Ficou sentada, as costas curvadas, a cabeça pendida. Todo o corpo lhe doía. Levantou-se com cuidado para não acordar o marido, vestiu a bata e saiu do quarto. Continuava sem poder ligar duas ideias, mas, por detrás desta impossibilidade, o pensamento involuntário, aquele que se processa e desenvolve sem dependência da vontade, principiava a trabalhar.

Escassos segundos gastou Justina para chegar à casa de banho. Um momento bastou para que ela erguesse a cabeça e fitasse o espelho. Viu-se e não se reconheceu. O rosto que tinha na sua frente não lhe pertencia ou estivera oculto até aí. Em volta dos olhos, um círculo escuro tornava-os mais mortiços. As faces pareciam chupadas. Os cabelos em desordem lembravam a agitação da noite. Mas este aspeto não era novo para si: sempre que a diabetes se agravava, o espelho mostrava-lhe aquela aparência. O que diferia era a expressão. Devia estar indignada e estava calma, devia sentir-se ofendida e sentia-se como se tivesse perdoado uma injúria.

Sentou-se num banco da *marquise*. O sol entrava já pelos vidros superiores e riscava a parede de um filete de luz rosada que ia alargando e aclarando. No ar vivo da manhã passavam gritos de andorinhas. Levada por um impulso irrefletido, voltou ao quarto. O marido não se mexera. Dormia de boca aberta, os dentes muito brancos na face enegrecida pela barba. Aproximou-se devagar e curvou-se para ele. Aquele rosto inerte só de longe lembrava o rosto convulsionado que vira. Lembrou-se de que lhe cuspira e teve medo, um medo que a fez recuar. Caetano fez um movimento. A roupa que o cobria deslizou sobre a perna que se fletia e deixou-lhe o sexo à mostra. Uma onda de nojo subiu do estômago de Justina. Fugiu do quarto. Só então o último laço que lhe prendia o pensamento se desatou. Como se quisesse recuperar o tempo que perdera, o cérebro começou a girar rapidamente, até se fixar num pensamento único e obsidiante: "Que vou eu fazer? Que vou eu fazer?".

Não mais desprezo, não mais indiferença: agora era ódio o que sentia. Odiava o marido e odiava-se a si mesma. Lembrava-se de que se lhe entregara com a mesma fúria com que ele a possuíra. Deu uns passos indecisos na cozinha, como se estivesse num labirinto. Por toda a parte, portas fechadas e caminhos sem saída. Se tivesse podido conservar-se indiferente, ser-lhe-ia permitido apresentar-se como vítima da força bruta. Bem sabia que, como mulher casada, não teria o direito de recusar-se, mas a passividade seria a sua maior recusa. Ter-se-ia deixado possuir, não se teria entregado. E entregara-se. O marido vira que ela se entregara; consideraria isso uma vitória e agiria como vencedor. Imporia a lei que entendesse e rir-lhe-ia na cara quando ela quisesse rebelar-se. Um momento de desvario – e todo o trabalho de anos se desmoronara. Um momento de cegueira – e a força mudara-se em fraqueza.

Tinha que pensar no que devia fazer. E pensar depressa, antes que ele acordasse. Pensar, antes que fosse tarde de mais. Pensar, agora que o ódio estava vivo e a sangrar. Cedera uma vez, não queria ceder outra. Mas a recordação das sensações começou a perturbá-la. Nunca, até essa noite, subira ao mais alto cume do prazer. Mesmo quando vivia as relações normais com o marido, jamais experimentara aquela aguda sensação que faz temer a loucura e desejá-la. Nunca se sentira lançada, como naquele momento, no redemoinho do prazer, rotos todos os laços, ultrapassadas todas as fronteiras. O que para as demais mulheres seria a ascensão, era, para si, a queda.

Um toque de campainha cortou-lhe o pensamento. Correu à porta, nas pontas dos pés. Atendeu o leiteiro e voltou à cozinha. O marido não acordara.

Tornava-se, agora, clara a situação. Tinha de escolher entre o prazer e o domínio. Calando-se, aceitaria a derrota em troca de outros momentos como o que vivera, desde que o marido estivesse disposto a conceder-lhos. Falando, arriscar-se-ia a que lhe lançasse no rosto a maneira como ela retribuíra. Era fácil pôr estas duas alternativas, mas difícil escolher uma delas. Há pouco sentira nojo, mas, agora, marulhavam dentro de si, como as ondas do mar dentro de um búzio, as recordações do êxtase sexual. Falar, seria perder a possibilidade da repetição. Calar-se, seria sujeitar-se às condições que o marido quisesse impor. Justina oscilava entre os dois polos: o desejo acordado e a vontade de domínio; um excluía a outra.

Qual escolher? Mais: até onde lhe era possível escolher? Dominando – como poderia resistir ao desejo, depois de o ter conhecido? Submetendo-se – como suportaria a submissão imposta por um homem que desprezava?

O sol daquela manhã de domingo entrava pela janela como um rio de luz. Do lugar onde estava sentada, Justina via as pequenas nuvens brancas de contornos esfarrapados que corriam no céu limpo. Bom tempo. Claridade. Primavera.

Do quarto veio um murmúrio abafado. A cama estalou. Justina estremeceu, sentindo o rosto em fogo. A linha de pensamento que vinha desenredando quebrou-se. Ficou paralisada, à espera. Os estalidos continuavam. Aproximou-se da porta do quarto e espreitou: o marido estava de olhos abertos e viu-a. Impossível voltar atrás. Em silêncio, entrou. Em silêncio, Caetano olhou-a. Justina não sabia o que ia dizer. Todo o raciocínio a abandonara. O marido sorriu. Ela não teve tempo para descobrir o que o sorriso queria significar. Quase sem dar por que falava, disse:

– Faça de conta que nada se passou esta noite. Por mim, farei o mesmo.

O sorriso desapareceu dos lábios de Caetano. Uma ruga funda se cavou entre as sobrancelhas.

– Talvez não seja possível – respondeu.

– Conhece muitas mulheres lá fora, pode divertir-se com elas...

– E se eu quiser usar dos meus direitos de marido?

– Não poderei recusar-me, mas há de cansar-se...

– Compreendo... Parece que compreendo... Por que não procedeu assim esta noite?

– Se o senhor tivesse alguma dignidade, não faria essa pergunta! Já se esqueceu de que lhe cuspi na cara?

O rosto de Caetano endureceu. As mãos que se apoiavam na colcha cerraram-se com força. Pareceu ir levantar-se, mas deixou-se ficar. Com uma voz lenta e sarcástica, respondeu:

– Já me tinha esquecido, já. Lembrei-me agora. Mas também me lembro de que só me cuspiu uma vez...

Justina compreendeu a insinuação e ficou calada.

– Então? Não responde? – perguntou o marido.

– Não. Tenho vergonha, por si e por mim.

– E eu? Eu, que tenho sofrido o seu desprezo?

– É digno dele.

– Quem é você para desprezar-me?

– Nada, mas desprezo-o.

– Por quê?

– Comecei a desprezá-lo logo que o conheci, e só o conheci depois de estar casada. O senhor é um vicioso.

Caetano encolheu os ombros, impaciente:

– Isso são ciúmes.

– Ciúmes, eu? Deixe-me rir! Só se tem ciúmes de quem se ama e eu não o amo. Gostei de si, talvez, mas durou pouco tempo. Quando a minha filha esteve doente, que importância lhe ligou? Todo o tempo era pouco para as amantes!...

– Está a dizer disparates.

– Pense o que quiser. Só quero que se convença de que o que se passou esta noite, não se repetirá.

– Veremos...

– Que quer dizer?

– Disse-me que sou um vicioso. É possível. Suponha que, por qualquer motivo, passei a interessar-me por si...

– Dispenso o interesse. E, de resto, há quantos anos não sou para si uma mulher?

– Parece que tem pena...

Justina não respondeu. O marido olhava-a com uma expressão maligna:

– Tem pena?

– Não! Seria pôr-me ao nível das mulheres que você conhece!

– Lembro-lhe que, com elas, é mais difícil. Já pensou que me bastaria puxá-la por um braço? Sou seu marido...

– Infelizmente para mim.

– Está a ser inconveniente, repare. O facto de eu ter ficado indiferente quando me cuspiu, não quer dizer que esteja na disposição de aturar-lhe todas as impertinências, ouviu?

– Ouvi, mas não me mete medo. Já me ameaçou de que me pisaria a pés e não tremi.

– Não me provoque!

– Não me assusta!

– Justina!

Discutindo, ela tinha-se aproximado. Estava à beira da cama, e olhava o marido, de cima. Num relance, o braço direito dele moveu-se e prendeu-a por um pulso. Não a puxou, mas manteve-a segura. Justina sentiu um tremor em todo o corpo. Os joelhos batiam um no outro como se estivessem prestes a vergar-se. Caetano murmurou, com a voz rouca:

– Tens razão... Sou um vicioso. Bem sei que não gostas de mim, mas, desde que te vi na outra noite, fiquei doido. Estás a ouvir-me?... Fiquei doido. Se não tivesse vindo esta noite, morria!...

Mais do que as palavras, o tom com que foram pronunciadas atordoou Justina. Tentou libertar o pulso, desesperada, sentindo que o marido a puxava lentamente:

– Deixe-me! Deixe-me!

As suas débeis forças cediam. Já toda se inclinava para ele, já sentia nos ouvidos as palpitações do coração. Mas deu com os olhos no retrato da filha, viu-lhe o doce e obstinado sorriso. Firmou-se na borda da cama e resistiu. Viu que o marido ia prendê-la com a outra mão. Furtou o corpo e cravou os dentes nos dedos que a seguravam. Com um berro, Caetano largou-a.

Ela correu para a cozinha. Sabia agora tudo, sabia agora o motivo... Assim, se não tivesse cedido ao impulso que a levara a mostrar-se nua ao marido, nada se teria passado. A Justina de hoje seria a Justina de ontem. Falara – e que resultara daí? A consciência certa e segura de que tudo se modificara. Se não cedera desta vez, fora apenas por um acaso fortuito. O retrato da filha de nada teria valido, se o diálogo não lhe tivesse dado forças para resistir e também porque só há poucas horas... "Quer dizer, se ele não insistir, se deixar passar um dia, dois dias, se, depois desses dois dias fizer uma tentativa, não resistirei..."

Justina preparava a refeição, com o pensamento longe do que fazia. E pensava: "Ele é um vicioso, por isso o desprezei. Continua a ser um vicioso, por isso o desprezo ainda. E, desprezando-o, entreguei-me, e sei que, chegada a oportunidade, me entregarei outra vez. Será isto o casamento? Terei de concluir, ao fim de tudo, ao fim de todos estes anos, que posso ser tão viciosa como ele? Se eu o amasse... se o amasse não falaria eu em vício. Acharia tudo natural, entregar-me-ia sempre como hoje. Mas, será possível, não amando, sentir o que senti? Não o amo e ia enlouquecendo de prazer. Os outros também viverão assim? Haverá, entre eles, apenas o ódio e o gozo? E o amor? Então, aquilo que só o amor deveria dar, também o dá este desejo animal? Ou, no fim de contas, será o amor apenas o desejo?".

– Justina! Quero levantar-me. Onde está o pijama?

Levantar-se, já? Iria passar toda a manhã junto dela? Talvez quisesse sair... Foi ao quarto, abriu o guarda-fato e entregou o pijama ao marido. Ele recebeu-o sem palavras. Justina nem sequer o olhou. No fundo do coração continuava a desprezá-lo e cada vez mais, mas não tinha coragem de o encarar. Voltou à cozinha, a tremer: "É medo o que sinto. Tenho medo dele. Eu! Tenho medo dele! Se mo dissessem ontem, teria rido...".

De mãos nas algibeiras, arrastando os sapatos, Caetano passou para a casa de banho. A mulher respirou: temera qualquer familiaridade e não estava preparada para recebê-la.

Caetano, na casa de banho, assobiava um fado melodioso. Pôs-se diante do espelho, interrompeu o assobio para apalpar a cara e esfregar a barba dura. Depois, enquanto armava a máquina de barbear, retomou o fado. Ensaboou-se e pôs de parte o assobio para barbear-se com segurança. Dava já a última passagem quando ouviu a voz da mulher, perto da porta fechada:

– O café está pronto.

– Está bem, filha. Já vou.

Para ele, a conversa com a mulher não contara. Sabia que vencera. Mais ou menos resistência, até dava a sua graça. Veria a d. Justina como tinha de pagar com língua de palmo todas as desconsiderações que lhe fizera. Apanhara-a. Como diabo não se lembrara de que a melhor forma de vergá-la era, justamente, aquela? Lá se ia o desprezo, lá se ia o orgulho partido em bocadinhos! Sem contar que ela gostara, a marota! Cuspira-lhe na cara, sim senhor, mas até isso pagaria. Havia de fazer-lhe o mesmo, uma vez, pelo menos. Quando ela começasse com o "ai-ai! ai-ai" e a rebolar-se, toma lá que já almoçaste! Sempre estava para ver o que ela fazia. Talvez se zangasse, talvez, mas seria só depois...

Caetano estava contente. Nem as borbulhas do pescoço rebentavam à passagem da lâmina. Acalmara os nervos, enfim. Andara a sabujar em volta da mulher, bem o reconhecia, mas agora tinha-a na mão. Ainda que a antiga repugnância voltasse, o que seria certo, não lhe recusaria "a assistência técnica que todo o marido deve dar à sua esposa".

O uso da palavra técnica nesta frase fê-lo sorrir: "Assistência técnica! Tem piada!...".

Lavou-se com grande desperdício de água e sabão. Enquanto se penteava, ia pensando: "Não há dúvida de que fui um grande tanso. A carta anónima estava-se mesmo a ver que não dava resultado nenhum..."

Interrompeu-se. Abriu a janela, devagar, e espreitou para fora. Não ficou surpreendido por ver Lídia: fora mesmo por causa dela que se interrompera. Lídia olhava para baixo e sorria. Caetano seguiu-lhe o olhar e viu no quintal do rés do chão direito, da casa do sapateiro, o hóspede correndo atrás de uma galinha, enquanto Silvestre, encostado ao muro, de cigarro na boca, dava grandes palmadas nas coxas:

– Oh, Abel! Você não é capaz de agarrar o bicho! Ai, que não temos canja para o almoço!

Lídia deu uma risada. Abel olhou para cima e sorriu:

– Desculpe... Quer dar-me uma ajuda?

O riso de Lídia soou mais alto:

– Só servia para o atrapalhar...

– Mas não é caridoso estar a rir-se da minha triste figura!

– Não estou a rir-me do senhor. Rio-me da galinha... – interrompeu-se para saudar: – Bom dia, senhor Silvestre! Bom dia, senhor...

– Abel... – disse o rapaz. – Não digo os apelidos porque estamos muito longe para apresentações.

A galinha, a um canto, sacudia-se e cacarejava.

– Está a fazer pouco de si – notou o sapateiro.

– Sim? Pois vou obrigá-la a fazer rir aquela senhora.

Caetano não quis ouvir mais. Fechou a janela. Os cacarejos agudos da ave perseguida começaram outra vez. Sorrindo, Caetano sentou-se na borda da retrete, enquanto ordenava os pensamentos: "Não deu resultado, a carta... Não deu, mas esta vai dar...". Estendeu a mão para a janela, na direção de Lídia, e murmurou:

– Vais-mas pagar, tu também... Ou eu não me chame Caetano.

XXX

As diligências de Amélia esbarraram na defensiva obstinada das sobrinhas. Tentou fazê-las confessar a bem, lembrou-lhes a antiga harmonia, o perfeito entendimento que antes existira entre todas. Isaura e Adriana levaram o caso a rir. Demonstraram-lhe, com todas as razões possíveis, que não estavam zangadas, que só a preocupação de as ver constantemente felizes a fizera imaginar coisas que nem por sombras existiam.

– Todas nós temos os nossos aborrecimentos, tia – dizia Adriana.

– Bem sei. Até eu os tenho. Mas não julguem que me enganam. Tu ainda falas, ainda ris, a Isaura nem isso. Era preciso que eu fosse cega, para não ver.

Desistiu de saber por elas, diretamente, a razão da frieza que as separava. Via que havia entre ambas uma espécie de pacto para a iludir e à irmã. Mas, se a esta a aparência bastava, Amélia só se daria por satisfeita com a realidade. Sem disfarces, passou a vigiá-las. Obrigou as sobrinhas a um estado de tensão vizinho do pânico. A menor frase obscura dava-lhe oportunidade para insinuações. Adriana suportava-as gracejando, Isaura recolhia-se ao silêncio, como se receasse que das palavras mais inocentes a tia concluísse o que não devia.

– Não dizes nada, Isaura? – perguntava Amélia.

– Não tenho nada para dizer...

– Dantes, nesta casa, toda a gente se entendia. Todas falavam, todas tinham que dizer. Chegámos a um tal ponto que já nem a telefonia ouvimos!

– Não ouve porque não quer, tia.

– Para quê, se estamos todas a pensar noutra coisa?!

Não fosse a atitude da sobrinha e talvez abandonasse a sua ideia. Mas Isaura parecia inferiorizada por qualquer pensamento oculto que a atormentava. Amélia resolveu abandonar Adriana e concentrou toda a sua vigilância na outra. Quando ela saía, seguia-a. Voltava desiludida. Isaura não falava a ninguém no caminho, não se desviava do percurso que a levava à loja para onde trabalhava, não escrevia cartas e não as recebia. Nem sequer ia já à biblioteca onde alugava os livros:

– Nunca mais leste, Isaura.

– Não tenho tempo.

– Tens tanto tempo como tinhas antigamente. Trataram-te mal na biblioteca?

– Que ideia?!

Logo que ouvira a pergunta acerca da sua atual indiferença pelos livros, Isaura corara. Baixou a cabeça e evitou encontrar os olhos da tia. Esta notou-lhe a confusão e acreditou ter ali o fio da meada. Foi à biblioteca a pretexto de conhecer o horário das leituras no local. Queria ver os empregados. Saiu como entrara: os empregados eram dois velhotes calvos e desdentados e uma senhora nova. A sua suspeita foi ao ar como fumo e desvaneceu-se como ele. Sentindo que todas as portas se lhe fechavam, virou-se para a irmã. Cândida fez-se desentendida:

– Lá vens tu outra vez com as tuas ideias!...

– Venho e não desisto. Bem vejo que tu serves de capa às tuas filhas. Ao pé delas és toda meiguices, mas não me enganas. Bem te oiço, de noite, suspirar...

– Penso noutras coisas. Coisas antigas...

– O tempo dos suspiros por essas coisas antigas já passou. Os desgostos que tu tens também eu os tenho. Mas arrumei-os. E tu também os arrumaste. O que te faz suspirar são coisas modernas, são as pequenas...

– Oh, mulher, tu estás doente de mania! Quantas vezes já nos zangámos nós? E não fizemos as pazes? Ainda no outro dia...

– Ora, aí está. Nós zangamo-nos e fazemos as pazes. Elas não estão zangadas, não, mas não me queiras convencer...

– Eu não quero convencer-te seja do que for. Se te dá muito gosto continuar a fazer essa figura disparatada, continua. Estás a estragar a nossa vida. Corria tudo tão bem...

– Não é por culpa minha se tudo corre mal. No que me diz respeito, faço o que posso para que tudo corra bem. Mas – assoava-se com força para disfarçar a comoção – o que eu não posso ver é as pequenas assim!...

– A Adriana anda bem-disposta!... Ainda ontem, quando contou o caso do chefe que tropeçou na passadeira...

– Isso é disfarce. E a Isaura, também anda bem-disposta?

– São dias...

– São dias, são! E não são poucos! Vocês combinaram-se. Tu sabes o que se passa!

– Eu?!

– Sim, tu! Se não soubesses, andarias tão preocupada como eu.

– Mas mesmo há bocado disseste que eu suspiro de noite!...

– Apanhei-te!

– És muito esperta. Enganas-te se julgas que eu sei de alguma coisa... De resto, tudo isto são minhocas que se meteram dentro da tua cabeça!...

Amélia ficou indignada. Minhocas?! Quando a bomba rebentasse, ver-se-ia quem é que tinha as minhocas. Mudou de tática. Deixou de atormentar as sobrinhas com perguntas e insinuações. Fez-se desinteressada e esquecida. Notou logo que a tensão abrandara. A própria Isaura já sorria aos exageros da irmã, que trazia sempre uma história para contar. A atitude de Isaura mais a convenceu de que havia um mistério. Fora preciso sentir-se menos premida pela suspeita e pela perseguição para mostrar melhor cara. Parecia querer ajudá-la a esquecer. Mas Amélia não esquecia. Recuara para saltar melhor e mais longe.

Conservava-se indiferente, ouvido aberto a todas as palavras e não reagindo a elas por mais estranhas que fossem. Acreditou que, pedaço aqui, pedaço acolá, acabaria por desenredar a meada toda. Começou a rebuscar no passado todos os elementos que lhe pudessem servir. Tentou lembrar-se de quando "aquilo" principiara. Tinha a memória já fraca e embotada, mas forcejou, ajudada pelo calendário, até que veio a descobrir. "Aquilo" começara na noite em que ouvira as sobrinhas a falar no quarto e Isaura a chorar. Fora um pesadelo, dissera Adriana. Adriana é que dissera, logo a história era com Isaura. Que teriam elas dito? Sabia que as raparigas contam tudo umas às outras, pelo menos assim fora no seu tempo. Uma de duas: ou Isaura chorara por alguma coisa que Adriana lhe contara, e então o caso era com esta, ou chorara por alguma coisa que ela própria dissera e assim se explicava que Adriana tivesse querido disfarçar. Mas, sendo o caso com Adriana, como pudera esta manter o sangue-frio?

Estes pensamentos levaram-na a voltar a sua atenção para Adriana. Sempre lhe parecera que aquela alegria soava a falso, que não era mais que um disfarce. Isaura calava-se, Adriana é que disfarçava. A não ser que o disfarce pretendesse somente ocultar Isaura. Amélia desesperava-se neste beco sem saída.

Depois, começou a pensar que Adriana estava quase todo o dia fora das suas vistas. Não podia ir ao escritório como fora à biblioteca. Talvez lá estivesse a chave do mistério. Mas, se era lá que estava a explicação por que é que só ao fim de dois anos... A observação não tinha consistência: as coisas alguma vez têm de acontecer e o não terem acontecido ontem não quer dizer que não aconteçam hoje ou amanhã. Assentou, portanto, que a "história" era com Adriana e se relacionava com o escritório. Se viesse a provar-se que estava enganada, tentaria por outro lado. Provisoriamente, punha Isaura de parte. Só não conseguia perceber as lágrimas desta. Acontecimento grave deveria ter sido, para a obrigar a chorar naquela noite e a manter-se silenciosa e triste depois. Acontecimento grave... Amélia não via bem, ou não queria ver, o que poderia ter sido. Adriana era uma rapariga, uma mulher, e um acontecimento grave na vida de uma mulher e que faz chorar a irmã dessa mulher só pode ser... Achou a ideia absurda e quis afastá-la. Mas tudo agora lhe trazia achegas para tornar a ideia consistente. Primeiro: Adriana estava todo o dia fora de casa; segundo: fazia serões, lá de vez em quando; terceiro: todas as noites se fechava na casa de banho... Foi quase de chofre que Amélia deu por que, desde aquela noite, Adriana nunca mais se fechara na casa de banho. Outrora, era sempre a última e sempre se demorava. Agora, se nem sempre era a primeira, também raras vezes se deixava ficar para o fim. E, quando tal acontecia, repetia Amélia, era por pouco tempo. Ora, toda a gente sabia que Adriana tinha um "diário", uma criancice a que ninguém ligava importância, e que era na casa de banho que o escrevia. Estaria nele a explicação de toda esta embrulhada? E como conseguir a chave para abrir a gaveta?

Cada uma das quatro mulheres tinha uma gaveta apenas sua. Todas as outras estavam franqueadas: bastava puxá-las. Vivendo na dependência umas das outras, servindo-se das mesmas roupas de cama e das mesmas toalhas, seria absurdo fechar gavetas. Mas cada uma delas possuía as suas recordações. Amélia e Cândida, velhas cartas, fitas de ramos de noivado, fotografias amarelecidas, uma que outra flor seca, talvez um anel de cabelo. As gavetas particulares eram, assim, uma espécie de santuário onde cada uma, quando estava sozinha e a saudade apertava, ia rezar as suas recordações. Cada uma das velhas poderia, olhando a sua, dizer, com poucas probabilidades de erro, o que continha a gaveta da outra. Mas nenhuma delas seria capaz de adivinhar o que continham as gavetas das duas mais novas. Na gaveta de Adriana havia, pelo menos, o "diário", e Amélia tinha a certeza de que ali encontraria a explicação. Antes de pensar na forma de ler o manuscrito, já lhe pesava a violação que teria de cometer. Pensou no que sentiria se soubesse que lhe tinham devassado os segredos, os pobres segredos que não seriam mais que recordações de factos que toda a gente conhecia. Pensou que seria um abuso intolerável. Mas pensou, também, que prometera descobrir o segredo das sobrinhas, e não seria agora, promessa feita e a um passo de a cumprir, que recuaria. Acontecesse o que acontecesse, era preciso saber. As dificuldades eram grandes. Como se não bastasse a convicção de que os segredos de cada uma eram invioláveis, que nenhuma se atreveria a pôr mão em gaveta que não lhe pertencesse, Adriana trazia sempre as chaves consigo. Enquanto estava em casa guardava-as na carteira e era impossível tirá-las, abrir a gaveta e ler o que houvesse para ler sem que ninguém desse conta. Esquecer-se Adriana das chaves era pouco provável. Tirar-lhas, de forma que ela se convencesse de que as tinha perdido? Era o mais fácil, mas talvez desconfiasse e encravasse a fechadura de qualquer maneira. Só havia uma solução: mandar fazer uma chave igual. Para consegui-la era preciso copiar e para copiar teria de levá-la ao serralheiro. Não haveria outro processo? Fazer um desenho, sem dúvida. Mas, como?

Amélia forçou a imaginação. Tratava-se de achar uma oportunidade, não mais que uns escassos minutos, para desenhar as chaves. Fez várias tentativas, mas no último instante aparecia alguém. Tantas contrariedades aumentaram-lhe a ânsia de saber. A gaveta fechada fazia-a estremecer de impaciência. Já perdera os escrúpulos que até aí sentira. Era necessário saber, quaisquer que fossem as consequências. Se Adriana praticara algum ato de que pudesse envergonhar-se, o melhor era saber-se antes que fosse tarde de mais. "Tarde de mais", eis o que assustava Amélia.

Teimou e conseguiu. As primas de Campolide vieram visitá-las, para retribuição da visita em tempos feita por Cândida e Amélia. Era um domingo. Estiveram toda a tarde, tomaram chá, conversaram muito. Foram, uma vez mais, dobadas as recordações. Eram sempre as mesmas, todas o sabiam, mas todas faziam cara de ouvi-las pela primeira vez. Nunca Adriana estivera tão exuberante e nunca a irmã fizera tão grande esforço para parecer contente. Cândida, iludida pela alegria das filhas, esquecera tudo. Só Amélia não esquecia. Quando lhe pareceu oportuno, levantou-se e foi ao quarto das sobrinhas. Com o coração agitado e as mãos trémulas, abriu a carteira de Adriana e tirou as chaves. Eram cinco. Reconheceu duas, a da porta da rua e a da porta da escada. Das restantes, duas eram de tamanho médio e a outra pequena. Hesitou. Não sabia qual delas seria a da gaveta, ainda que lhe parecesse que devia ser uma das duas quase iguais. A gaveta estava a poucos passos. Podia experimentar, mas temeu qualquer ruído que atraísse a sobrinha. Resolveu desenhar as três. Não o fez sem dificuldade. O lápis escorregava-lhe dos dedos e não queria seguir exatamente o contorno das chaves. Fizera-lhe o bico comprido e fino para tornar o desenho mais fiel, mas as mãos tremiam-lhe tanto que esteve quase a desistir. Da sala ao lado vinham as risadas de Adriana: era a história da passadeira que as primas ainda ignoravam. Todas riram muito e o riso abafou o pequeno estalido da carteira ao fechar-se.

Nessa noite, depois do jantar, enquanto a telefonia, que fora ligada em consequência da boa disposição que restara da tarde, murmurava um Noturno de Chopin, Amélia exprimiu o seu contentamento por ver as sobrinhas tão amáveis uma para a outra.

– Estás a reconhecer que era cisma tua, ora vês? – sorriu Cândida.

– Vejo...

XXXI

Já com a sua mesada na malinha, bem dobradas as notas no porta-moedas ensebado, a mãe de Lídia bebia uma chávena de café. Pousara sobre a cama o *tricot* com que ocupava os serões. Vinha sempre duas vezes por mês: uma, pelo dinheiro; outra, pela amizade. Conhecedora dos hábitos de Paulino Morais, só aparecia em dias ímpares da semana: terça, quinta ou sábado. Sabia que não era desejada, nesses ou em quaisquer outros, mas não podia deixar de vir. Para viver "de cabeça levantada" precisava do subsídio mensal. Pois que tinha uma filha em boa situação económica, mal pareceria que a abandonassem. E porque estava certa de que Lídia, por si, não daria um passo para a auxiliar, fazia-se lembrada. E também para que ela não julgasse que só o interesse a levava a aparecer, duas semanas, mais ou menos, depois de receber o dinheiro, ia saber do estado da filha. Das duas visitas, a mais suportável era a primeira, porque tinha um objetivo real. A segunda, não obstante o afetuoso interesse manifestado, aborrecia mãe e filha.

Lídia estava sentada no sofá, com um livro aberto sobre os joelhos. Interrompera a leitura para servir o café e não a recomeçara ainda. Fitava a mãe sem a menor sombra de amizade no olhar. Fitava-a friamente, como a uma desconhecida. A mãe não dava pelo olhar, ou estava tão habituada que não se impressionava. Bebia o café em golinhos, na atitude de compostura que sempre observava em casa da filha. Rapou com a colher o açúcar depositado no fundo da chávena, único gesto menos delicado que se permitia e que tinha justificação na sua gulodice.

Lídia baixou os olhos para o livro, num movimento que parecia significar ter atingido o limite da sua capacidade de observação de uma pessoa desagradável. Não gostava da mãe. Sabia-se explorada, mas não estava aí o motivo da inimizade. Não gostava da mãe porque sabia que ela não a amava como filha. Várias vezes pensara em afastá-la. Não o fazia porque temia cenas desagradáveis. Pagava a sua tranquilidade por um preço que, embora alto considerado em si mesmo, não era excessivo para o que lhe proporcionava. Duas vezes por mês tinha de receber a visita da mãe, e habituara-se. As moscas também importunam e, no entanto, não há nada a fazer senão habituarmo-nos a elas...

A mãe levantou-se e foi colocar a chávena no toucador. Voltou a sentar-se e pegou no *tricot*. A linha já estava enxovalhada e o trabalho avançava a passo de tartaruga. O progresso era tão lento que Lídia ainda não conseguira descobrir a que destinava o trabalho. Suspeitava mesmo de que a mãe só pegava no *tricot* enquanto estava em sua casa.

Tentou absorver-se na leitura, depois de ter deitado um olhar ao relógio de pulso para calcular o tempo que estaria ainda acompanhada. Decidira não abrir a boca senão para as despedidas. Sentia-se aborrecida. Paulino caíra na antiga distração, não obstante toda a boa vontade que empregava para agradar-lhe. Beijava-o com convicção, o que só fazia quando entendia necessário. Os mesmos lábios podem beijar de diversas maneiras e Lídia conhecia-as todas. O beijo apaixonado, o beijo que não é apenas lábios mas também língua e dentes, era reservado para as grandes ocasiões. Nos últimos dias fizera largo uso dele, vendo que Paulino se afastava ou, pelo menos, o parecia.

– Que tens tu, filha? Há que tempos estás a olhar para essa página, e ainda não acabaste?!

A voz era melíflua e insinuante, tal como a do empregado que vai agradecer a gratificação do Natal. Lídia encolheu os ombros e não respondeu:

– Parece que estás preocupada!... Algum desentendimento com o senhor Morais?

Lídia ergueu a cabeça e perguntou, com ironia:

– E se fosse?

– Era uma imprudência, filha. Os homens são muito esquisitos e, por dá cá aquela palha, aborrecem-se. Nunca sabe a gente como há de lidar com eles...

– A mãe parece ter muita experiência...

– Vivi vinte e dois anos com o teu falecido pai: queres maior experiência?

– Se viveu vinte e dois anos com o pai e não conheceu outro homem, como é que pode falar em experiência?

– São todos iguais, filha. Visto um, estão vistos todos.

– Como sabe? Se só conheceu um?!

– Basta abrir os olhos e ver.

– Tem bons olhos, mãe.

– Lá isso... Não é por me gabar, mas basta-me olhar para um homem para ficar a conhecê-lo!

– Sabe mais do que eu, pelo que ouço. E do senhor Morais, o que pensa?

A mãe pousou o *tricot* e foi eloquente:

– Foi a Providência que te apareceu, filha. Um homem assim, nem que tu o trouxesses nas palminhas lhe pagarias tudo o que lhe deves. Basta olhar para a casa que tens! E as joias! E os vestidos! Alguma vez encontraste quem te tratasse desta maneira? O que eu sofri...

– Já conheço os seus sofrimentos.

– Dizes isso de um modo... Parece que não acreditas. Era preciso que não fosse mãe para não sofrer. Qual é a mãe que não gosta de ver os filhos em boa situação?

– Sim! Qual é? – repetiu Lídia, trocista.

A mãe retomou o trabalho e não respondeu. Fez

duas malhas, vagarosamente, como se tivesse o pensamento noutro lado. Depois, tornou à conversa:

– Tu deste a entender que havia qualquer desentendimento, ahn? Vê lá o que fazes!...

– Que preocupação a sua, mãe! Se há ou não desentendimento, é comigo!

– Não acho bem que penses assim. Ainda se...

– Por que não acaba? Ainda se, o quê?

A linha deu tais voltas que parecia estar cheia de nós. Pelo menos, a mãe curvou-se toda para o trabalho como se lhe tivesse aparecido o nó górdio ressuscitado.

– Então? Não responde?

– Queria eu dizer... Queria eu dizer que... Ainda se tu achasses uma situação melhor!...

Lídia fechou o livro, de estalo. Sobressaltada, a mãe desfez uma carreira de malhas.

– Seria preciso que eu tivesse por si muito respeito, para não a pôr fora desta casa! Respeito, não tenho nenhum, pode ficar ciente, mas, mesmo assim, não faço o que disse, nem sei por quê!

– Credo, filha! Que disse eu, para te inflamares dessa maneira?

– Ainda mo pergunta? Ponha-se no meu lugar!

– Oh, filha, mas que exaltação a tua! Parece que ainda me censuras. É só pelo teu bem que eu digo isto!

– Faça favor de se calar.

– Mas...

– Já lhe pedi que faça o favor de se calar!

A mãe choramingou:

– Parece impossível que me trates desta maneira. Eu, tua mãe!... Eu, que te criei e acarinhei. É para isto que uma mãe está guardada!...

– Se eu fosse uma filha como todas as outras filhas, e a mãe como todas as outras mães, teria razão para queixar-se.

– E os meus sacrifícios? Os meus sacrifícios?...

– Está bem paga por eles, se os fez. Está numa casa que o senhor Morais paga, está sentada numa cadeira que ele comprou, bebeu do café que ele bebe, tem na mala dinheiro que ele me deu. Acha pouco?

A mãe choramingou mais:

– Oh, filha, que coisas tu estás a dizer! Até me sinto envergonhada!...

– Estou vendo, estou vendo. A mãe só se sente envergonhada quando as palavras são ditas em voz alta. Pensadas só, não fazem vergonha!

Rapidamente, a mãe enxugou os olhos e respondeu:

– Não fui eu que te obriguei a esta vida. Se a tens, é porque queres!

– Muito obrigada. Desconfio, pelo rumo que a conversa está a tomar, que esta será a última vez que a mãe põe os pés nesta casa!...

– Que não é tua!

– Muito obrigada, mais uma vez. Minha ou não, quem manda nela sou eu. E se eu disser: "saia daqui", a mãe sai mesmo.

– Talvez venhas um dia a precisar de mim!

– Não lhe irei bater à porta, descanse! Nem que

eu tenha de morrer de fome, não irei pedir-lhe um tostão do dinheiro que me tem levado.

– E que não é teu!

– Mas que é ganho por mim. Aí tem! Eu é que ganho esse dinheiro, sou eu! Ganho-o com o meu corpo. Para alguma coisa me havia de servir ter um corpo bonito. Para sustentá-la!

– Não sei o que me prende aqui, que não saio!...

– Quer que lhe diga? É o medo. É o medo de perder a galinha dos ovos de oiro. A galinha sou eu, os ovos estão no seu porta-moedas, o ninho é aquela cama, e o galo... Sabe quem é o galo?

– Que indecências!

– Deu-me hoje para dizer indecências. A verdade, às vezes, parece indecência. Tudo está bem enquanto não se começam a dizer indecências, enquanto não se começam a dizer verdades!

– Vou-me embora!

– Pois vá. E não volte, que talvez me encontre disposta a dizer mais indecências!

A mãe embrulhou e desembrulhou o *tricot*, sem se decidir a levantar-se. Fez um esforço para contemporizar:

– Mas, filha, tu hoje não estás boa. Isso são nervos. Eu não te quis melindrar, e tu foste logo às do cabo. Vocês, se calhar, andam arrufados, e tu ficaste assim. Mas isso passa, verás que isso passa!...

– A mãe parece feita de borracha. Por mais socos que lhe deem, volta sempre à mesma posição. Ainda não compreendeu que quero que se retire?

– Pois sim. Amanhã telefono para saber como estás. Isso passa.

– Perde o seu tempo.

– Oh, filha, tu...

– Já disse o que tinha a dizer. Faça favor de sair.

A mãe reuniu as suas coisas, agarrou na carteira e dispôs-se a retirar-se. No pé em que a conversa ficava, não lhe restavam muitas esperanças de poder voltar. Tentou abrandar a filha pela comoção:

– Nem tu imaginas o desgosto que me deste...

– Acredito, acredito. Está a ver que se lhe acaba o rendimentozinho, não é? Tudo acaba neste mundo...

Interrompeu-se ao ouvir abrir a porta da escada. Levantou-se e foi ao corredor:

– Quem é?... Ah, és tu, Paulino?! Não te esperava hoje...

Paulino entrou. Vinha de gabardina e não tirou o chapéu. Ao dar com os olhos na mãe de Lídia, exclamou:

– Que está a senhora a fazer aqui?

– Eu...

– Eu, eu, nada! Saia!

A frase saiu-lhe quase gritada. Lídia interveio:

– Mas que modos são esses, Paulino? Não parece teu! Que se passa?

Paulino olhou para ela, furioso:

– Ainda mo pergunta? – Virou-se para o lado e explodiu: – Ainda aí está? Não lhe disse já para sair?... Ou, espere... Já agora fica sabendo a linda prenda de filha que tem. Sente-se!

A mãe de Lídia deixou-se cair na cadeira.

– E a senhora sente-se também! – ordenou Paulino à amante.

– Não estou costumada a que me falem nesse tom. Não quero sentar-me.

– Como queira.

Tirou o chapéu e a gabardina e atirou-os para cima da cama. Depois virou-se para a mãe de Lídia e começou:

– A senhora é testemunha da forma como eu tenho tratado a sua filha...

– Sim, senhor Morais.

Lídia interrompeu:

– Afinal, o assunto é comigo ou com a minha mãe?

Paulino fez meia-volta, como se o tivessem picado. Deu dois passos para Lídia, esperando que ela recuasse. Lídia não recuou. Paulino estendeu-lhe uma carta que tirara da algibeira:

– Está aqui a prova de que a senhora me engana!

– O senhor está doido!

Paulino deitou as mãos à cabeça:

– Doido? Doido? Ainda por cima me chama doido? Leia, leia o que aí diz!

Lídia abriu a carta e leu-a em silêncio. O rosto não se lhe alterou. Quando chegou ao fim, perguntou:

– Acredita no que se diz nessa carta?

– Se acredito... Claro que acredito!

– Então, por que espera?

Paulino olhou para ela como se não tivesse percebido. A frieza de Lídia desnorteava-o. Maquinalmente, dobrou a carta e guardou-a. Lídia olhava-o a direito, nos olhos. Constrangido, virou-se para a outra que abria a boca, de espanto:

– Imagine que a sua filha andava a enganar-me com um vizinho, o hóspede do sapateiro, um rapazola qualquer!...

– Oh, Lídia, parece impossível! – exclamou a mãe, horrorizada.

Lídia sentou-se no sofá, traçou a perna, tirou da caixa um cigarro e pô-lo na boca. Movido pelo hábito, Paulino aproximou-lhe o isqueiro aceso.

– Obrigada. – Expeliu o fumo com força e disse: – Não sei por que esperam. O senhor declarou que acreditava no que essa carta diz, a mãe vê-me acusada de estar ligada a um rapaz que, suponho, não tem eira nem beira. Por que esperam para se irem embora?

Paulino aproximou-se dela, mais calmo:

– Diz-me se é verdade ou mentira.

– Nada tenho a acrescentar ao que já disse.

– É verdade, está visto que é verdade! Se não fosse verdade protestarias e...

– Se quer que lhe diga o que penso, dir-lhe-ei: esta carta é um pretexto!

– Um pretexto, para quê?

– Sabe-o melhor que eu.

– Queres dizer que fui eu que a escrevi?

– Há pessoas que não olham a meios para atingir os seus fins...

– Isso é uma refinada mentira! – gritou Paulino. – Eu seria incapaz de uma ação dessas!

– Talvez...

– Irra! Queres, por força, fazer-me perder a paciência!

Lídia esmagou a ponta do cigarro no cinzeiro e levantou-se, fremente:

– O senhor entra aqui como um selvagem, acusa-me de uma idiotice qualquer, e espera que eu fique indiferente?

– Então, é mentira?

– Não julgue que lhe respondo. Tem de acreditar, ou não acreditar, no que a carta diz, e não em mim. Já disse que acreditava, não disse? Por que espera, então? – Riu bruscamente e acrescentou: – Os homens que se julgam enganados, matam ou deixam a casa. Ou, então, fingem que não sabem. Que fará o senhor?

Paulino deixou-se cair no sofá, sucumbido:

– Mas diz-me só se é mentira...

– O que tinha a dizer, está dito. Espero que não leve muito tempo a resolver.

– Pões-me numa situação!...

Lídia voltou-lhe as costas e afastou-se para a janela. A mãe seguiu-a e cochichou:

– Por que é que não lhe dizes que é mentira?... Ele ficava descansado...

– Deixe-me!

A mãe tornou a sentar-se, olhando o homem com ar de comiseração. Paulino, derreado no sofá, batia com os punhos cerrados na cabeça, sem achar saída no labirinto em que o tinham metido. Recebera a carta depois do almoço e pouco lhe faltara para ter uma congestão depois de a ler. A carta não vinha assinada. Não indicava o local dos encontros, o que o impedia de apanhar Lídia em flagrante, mas alargava-se em descrições e pormenores e convidava-o a proceder como um homem. Depois de a ter relido (estava no seu gabinete do escritório da Companhia, fechado por dentro para não ser incomodado) pensou que a carta tinha o seu lado bom. A frescura e a mocidade de Maria Cláudia traziam-no um pouco atordoado. Constantemente inventava pretextos para chamá-la ao gabinete, de tal forma que já dera pelas murmurações dos empregados. Como todo o patrão que se preza, tinha um empregado de confiança que lhe dava conhecimento de tudo o que se fazia e dizia na casa. Passou a implicar com os murmuradores e redobrou de atenções para Maria Cláudia. A carta caía como sopa no mel. Uma cena violenta, dois insultos, e adeus, por aqui me vou, com novas inclinações! Decerto havia obstáculos: a própria juventude de Maria Cláudia, os pais... Pensara reunir os dois proveitos no mesmo saco: conservar Lídia que era um bom bocado de mulher e caçar Claudinha que prometia vir a ser ainda melhor. Mas isto fora antes de receber a carta. A denúncia era formal e obrigava-o a tomar uma atitude. O pior é que ainda não estava muito seguro de Claudinha e temia ficar sem Lídia. Não lhe sobrava tempo, nem disposição, para procurar amantes. Mas a carta estava ali, diante dele. Lídia enganava-o com um pobretão que andava por quartos alugados: era o pior dos insultos, o insulto à sua virilidade. Mulher nova, homem velho, amante novo. Ofensa como esta, não podia suportá-la. Chamou Claudinha ao gabinete e conversou com ela a tarde inteira. Não lhe falou na carta. Apalpou o terreno com mil cuidados e não ficou descontente. Depois de a rapariga sair, releu a carta e resolveu tomar as providências radicais que o caso exigia. Daí a cena.

Mas Lídia reagia de maneira imprevista. Punha-lhe, com a maior frieza, o dilema: pegar ou largar, reservando-se, ainda, o direito de proceder como entendesse no caso de ele se decidir pelo "pegar". Mas por que não respondia ela? Por que não dizia sim ou não?

– Lídia! Por que não me dizes sim ou não?

Ela olhou-o, sobranceira:

– Ainda aí vai? Julguei que já tinha resolvido.

– Mas é um disparate... Nós éramos tão amigos...

Lídia sorriu, um sorriso de ironia e tristeza.

– Vês, como sorris? Responde ao que te pergunto, vá!

– Se eu lhe responder que é verdade, que fará?

– Eu... Não sei... Ora essa! Deixo-te!

– Muito bem. E já se lembrou de que, se eu lhe responder que é mentira, está sujeito a receber outras cartas? Quanto tempo julga que poderia aguentar? Quer que eu esteja aqui, às suas ordens, até ao momento em que deixar de acreditar em mim?

A mãe acudiu:

– Oh, senhor Morais, então não se vê logo que é mentira? Basta olhar para ela!

– Cale-se, mãe!

Paulino abanou a cabeça, perplexo. Lídia tinha razão. A pessoa que escrevera a carta, vendo que nada se havia passado, escreveria outras, talvez ainda mais pormenorizadas, mais completas. Seria talvez insolente, classificá-lo-ia com os piores epítetos que se podem dar a um homem. Quanto tempo poderia aguentar? E quem lhe garantia que Claudinha estaria disposta a fazer de segunda? Num gesto rápido e violento, levantou-se:

– Está resolvido. Vou-me embora, e é já!

Lídia empalideceu. Apesar de tudo o que dissera, não esperava que o amante a deixasse. Fora sincera, e imprudente, reconhecia-o agora. Respondeu, com uma falsa serenidade:

– Como queira.

Paulino vestiu a gabardina e agarrou o chapéu. Quis acabar com honra para a sua dignidade de homem. Declarou:

– Fique sabendo que cometeu a pior das ações. Não lhe merecia isso. Passe muito bem.

Dirigiu-se para a porta, mas Lídia deteve-o:

– Um momento... As coisas que lhe pertencem nesta casa, e são quase todas, estão à sua disposição. Pode mandar buscá-las quando quiser.

– Não quero nada. Pode ficar com elas. Ainda tenho dinheiro para pôr casa a outra mulher. Boa noite.

– Boa noite, senhor Morais – disse a mãe de Lídia. – Eu acho...

– Cale-se, mãe!

Lídia aproximou-se da porta do corredor e disse

para Paulino que já estava com a mão no trinco para sair:

– Desejo-lhe as maiores felicidades com a sua nova amante. Tenha cuidado não o obriguem a casar com ela!...

Sem responder, Paulino saiu. Lídia voltou a sentar-se no sofá. Acendeu novo cigarro. Fitou a mãe com desdém e disse:

– Por que espera? Acabou-se o dinheiro. Saia! Bem lhe dizia eu que tudo acaba neste mundo...

A mãe, com uma expressão de dignidade ofendida, avançou para ela. Abriu a mala, tirou o dinheiro do porta-moedas e pô-lo em cima da cama:

– Aqui tens. Talvez te venha a fazer falta...

Lídia nem se moveu:

– Guarde o dinheiro! Já! Pela mesma forma que ganhei esse, posso ganhar mais. Saia!

Como se não desejasse outra coisa, a mãe guardou o dinheiro e saiu. Não ia contente consigo própria. A última frase da filha lembrara-lhe que poderia continuar a contar com aquele auxílio se não tivesse sido tão agressiva. Se se tivesse posto do lado dela, se se tivesse mostrado mais carinhosa... Mas muito pode o amor filial... Por isso, ia esperançada de que, mais cedo ou mais tarde, poderia voltar...

A pancada da porta ao fechar-se sobressaltou Lídia. Estava só. O cigarro ardia lentamente entre os dedos. Estava só como três anos antes, quando conhecera Paulino Morais. Acabara-se. Era preciso recomeçar. Recomeçar. Recomeçar...

Devagar, duas lágrimas brilharam-lhe nos olhos. Oscilaram um momento, suspensas da pálpebra inferior. Depois, caíram. Só duas lágrimas. A vida não vale mais que duas lágrimas.

XXXII

Homem de pouca persistência, Anselmo depressa se cansou de custodiar a filha. Aborreciam-no, sobretudo, as duas esperas: a partir das seis até que a filha saísse, e enquanto ela estava com o professor de estenografia. No primeiro dia, tivera o gosto de ver fugir o estudante, à sua aproximação. No segundo, igual prazer. Mas, depois, o rapaz nunca mais aparecera e Anselmo aborrecera-se da sua função de anjo da guarda. A filha, talvez por ressentimento, não dizia palavra durante o percurso. Também isto o incomodava. Tentava conversar, fazia perguntas – e recebia respostas breves que lhe tiravam a vontade de continuar. Além de que, costumado como estava à realeza doméstica, parecia-lhe pouco digna a missão que determinara a si mesmo. Mal comparado e com o devido respeito, era assim como se o Presidente da República andasse pelas ruas a vigiar o trânsito. Anselmo só pedia um pretexto para acabar com a vigilância: uma promessa da filha de que se portaria como menina respeitosa. Ou qualquer outra coisa.

O pretexto apareceu e não foi a promessa. Claudinha, no fim do mês, entregou-lhe cerca de 750$00, o que significava que o patrão lhe aumentara o ordenado para 800$00. Por inesperado, este aumento alegrou toda a família, e, particularmente, Anselmo. Estando, como estavam, provados os méritos de Claudinha, achou-se na "obrigação moral" de ser magnânimo. E como a sua periclitante situação económica só lhe permitia ser magnânimo de coração, foi-o: anunciou à filha que ia deixar de a acompanhar. O reconhecimento de Claudinha foi bastante moderado. Julgando que ela não tivesse compreendido bem, repetiu a declaração. O reconhecimento não aumentou. Apesar da ingratidão, Anselmo cumpriu a sua palavra, mas, para se certificar de que a filha não iria fazer mau uso da liberdade que lhe concedia, seguiu-a alguns dias, de longe. Nem a sombra do rapaz apareceu.

Sossegado, Anselmo regressou ao seu ramerrão diário que tanto queria. Quando Claudinha chegava a casa, já ele estava instalado diante dos seus mapas de estatística desportiva. Começara, também, a elaborar um álbum de fotografias de jogadores, para o que comprava, todas as semanas, uma revista de aventuras para rapazes, revista essa que, para aumentar as vendas, incluía, em cada número, um *hors-texte* colorido com a efígie de um jogador de futebol. Ao comprar a revista, encontrava sempre maneira de dizer que era para um filho, e levava-a para casa enrolada numa folha de papel, para que os vizinhos não lhe descobrissem a fraqueza. Deu-se à despesa de comprar números atrasados, o que lhe permitiu, de uma assentada, ver-se possuidor de algumas dezenas de retratos. O aumento do ordenado de Claudinha foi providencial. Rosália atreveu-se a protestar contra o desperdício, mas Anselmo, regressado à sua autoridade, fê-la calar-se.

Por fim, todos estavam satisfeitos: Claudinha livre, Anselmo ocupado e Rosália como de costume. A máquina familiar retomara o seu curso normal, o qual só veio a ser excitado quando Rosália, num serão, lançou a suspeita:

– Estou cá desconfiada de que há novidade com a dona Lídia...

Pai e filha fitaram-na com pontos de interrogação nos olhos.

– Tu não sabes nada, Claudinha? – insistiu a mãe.

– Eu? Eu não sei nada...

– Uhm!... Talvez não queiras é dizer...

– Já disse que não sei nada!

Rosália enfiou o ovo de passajar na meia que ia coser. Fê-lo com lentidão, como se quisesse atiçar a curiosidade do marido e da filha, e acrescentou:

– Ainda não notaram que o senhor Morais não vem cá abaixo há mais de oito dias?

Anselmo não notara e disse-o logo. Claudinha já notara e também o disse. Mas acrescentou:

– O senhor Morais tem andado adoentado. Disse-mo ele...

Algo dececionada, Rosália não achou que a doença fosse razão bastante:

– Tu é que podias saber, Claudinha...

– Saber o quê?

– Se estão zangados. É o que eu desconfio...

Claudinha encolheu os ombros, enfastiada:

– Ora! Vou agora perguntar uma coisa dessas?!...

– E isso que tinha? Deves favores à dona Lídia, é natural que te interesses!

– Que favores devo eu à dona Lídia? Se os devo, é ao senhor Morais!

– Oh, filha – acudiu Anselmo –, se não fosse a dona Lídia tu não tinhas essa colocação!...

A rapariga não respondeu. Virou-se para a telefonia e começou a procurar um emissor que estivesse transmitindo música a seu gosto. Fixou-se num programa publicitário. Um cantor, de voz do tipo "quente", narrava, em música chocha e chocho verso, as suas desditas amorosas. Talvez por sentir-se abrandada pela cançoneta, Claudinha declarou, ao calar-se o cantor:

– Está bem. Se quiserem, posso tentar saber. De resto – acrescentou, depois de uma pausa longa –, se eu perguntar, o senhor Morais diz-me...

Claudinha tinha razão. Quando, no dia seguinte, chegou a casa, já sabia tudo. Não a esperavam tão cedo: pouco passava das sete e meia. Depois de beijar os pais, anunciou:

– Pronto! Já sei.

Antes de a deixar continuar, o pai quis saber por que vinha ela tão cedo.

– Não fui à lição – respondeu.

– Então, vens tarde...

– Fiquei lá para o senhor Morais me contar.

– E então? E então? – perguntou Rosália, sôfrega.

Claudinha sentou-se. Parecia um pouco nervosa. O lábio inferior tremia ligeiramente. O peito arfava, o que podia atribuir-se ao cansaço da caminhada.

– Então, filha? Estamos cheios de curiosidade!...

– Zangaram-se. O senhor Morais recebeu uma carta anónima onde se dizia...

– O quê? O quê? – perguntaram marido e mulher, excitados pela interrupção.

– ... que a dona Lídia o enganava.

Rosália bateu com as mãos nas coxas:

– Bem me queria a mim parecer!

– O pior é o resto – continuou Claudinha.

– Que resto?

– A carta dizia que ela o enganava com o hóspede do senhor Silvestre.

Anselmo e Rosália foram às nuvens, de espanto.

– Que pouca-vergonha! – exclamou Rosália. – Parece impossível, a dona Lídia fazer uma coisa dessas!...

Anselmo contradisse:

– A mim, não me parece impossível. Que é que se pode esperar de uma pessoa com aquela vida? – e mais baixo, para que a filha não ouvisse: – Isto é tudo o mesmo gado...

Apesar da surdina, Claudinha ouviu. Pestanejou rapidamente, mas fez-se desentendida. Rosália murmurava ainda:

– Parece impossível...

Estabeleceu-se um silêncio incómodo. Claudinha acrescentou depois:

– O senhor Morais mostrou-me a carta... Disse-me que não tem ideia nenhuma de quem lha mandou.

Anselmo entendeu conveniente condenar as cartas anónimas: classificou-as de infames. Mas Rosália saltou do lado, com a santa indignação de quem defende uma causa justa:

– Se não fossem elas, ficava muita coisa escondida! Que bonito continuar o senhor Morais a fazer a triste figura de enganado?!

Caminhava-se para a decisão que o acontecimento exigia. Anselmo concordou:

– Sim, se eu estivesse na mesma situação, também gostaria de que me avisassem...

Escandalizada com a hipótese, a mulher interrompeu:

– Que ideia fazes tu de mim? Ao menos, respeita a tua filha!

Claudinha levantou-se e foi para o quarto. Rosália, ainda aborrecida, observou:

– Que conversa a tua, homem! Essas coisas não se dizem.

– Bom. Está bem. Vê lá quando jantamos.

A decisão foi adiada. Claudinha regressou do quarto e, daí a pouco, jantava-se. Durante a refeição não se falou noutro assunto. Aliás, Claudinha guardava o mais absoluto silêncio, como se a conversa fosse demasiado escabrosa para intervir nela. Rosália e Anselmo apreciaram o caso de todos os lados, exceto de um, do tal que exigia a decisão. Um e outro sabiam-na necessária mas, tacitamente, reservaram-na para mais tarde. Rosália declarou que desde o primeiro dia não gostara do hóspede do sapateiro e obrigou o marido a lembrar-se de que nessa altura notara a sua má apresentação.

– A mim, o que me faz confusão – disse Anselmo – é que a dona Lídia tenha ido na conversa de um vagabundo que anda por quartos alugados... Que diabo podia ela esperar?

– Não faz confusão nenhuma. Ainda há bocado disseste que não se pode esperar outra coisa de pessoas com a vida dela!...

– É isso, é...

No fim do jantar, Claudinha declarou que lhe doía a cabeça e que ia deitar-se. Postos agora à vontade, marido e mulher olharam um para o outro, menearam a cabeça e abriram a boca, ao mesmo tempo, para falar. Fecharam-na, cada um esperando que o outro falasse. Anselmo tomou, enfim, a palavra:

– Isto é que são umas croias, hem?

– Gente sem-vergonha...

– Eu, a ele, não o censuro. É homem, aproveitou... Mas ela, com tudo o que é bom em casa?!

– Bons vestidos, boas peles, boas joias...

– É o que eu te digo: quem dá uma cabeçada, dá duas, dá três... Está-lhe na massa do sangue. Só estão bem a pensar na pouca-vergonha!

– Ainda se fosse só a pensar!...

– E logo com o hóspede do sapateiro, nas barbas do senhor Morais!

– É preciso não ter vergonha nenhuma!

Tudo isto era necessário dizer-se, porque a decisão só podia vir depois de bem definidas as culpas. Anselmo pegou na faca e começou a reunir as migalhas. Como se deste trabalho dependesse a segurança dos alicerces do prédio, a mulher observava-o com atenção:

– Visto isso – começou Anselmo, depois de concluir a apanha –, há que tomar uma atitude...

– Pois há...

– Temos que agir.

– Também acho...

– A Claudinha não pode continuar a dar-se com essa mulher. Seria um mau exemplo.

– Nem eu consentia! Estava, até, para te falar nisso.

Anselmo levantou a travessa e arrastou novas migalhas. Juntou-as às primeiras e declarou:

– E, quanto a nós, as conversas com essa desvergonhada acabaram. Nem bom dia, nem boa tarde. Faz-se de conta que não existe.

Estavam de acordo. Rosália começou a juntar os pratos sujos da refeição e Anselmo tirou o álbum da gaveta do aparador. O serão foi curto. As emoções fatigam. Marido e mulher recolheram ao quarto onde continuaram a apreciação severa do procedimento de Lídia. E a conclusão foi esta: há mulheres que mereciam desaparecer da face da terra, há mulheres cuja existência é uma nódoa alastrando no meio das pessoas honestas...

Claudinha não dormia. E não era a alegada e verídica dor de cabeça que lhe tirava o sono. Recordava a conversa com o patrão. As coisas não se tinham passado tão simplesmente como contara aos pais. Não tivera a menor dificuldade em saber, mas o que se seguira é que não podia ser facilmente contado. Nada de grave se passara, nada que, vendo bem, não pudesse e não devesse ser contado. Mas era difícil. Nem tudo o que parece, é, nem tudo o que é, o parece ser. Mas entre o ser e o parecer há sempre um ponto de entendimento, como se ser e parecer fossem dois planos inclinados que convergem e se unem. Há um declive, a possibilidade de escorregar nele, e, assim acontecendo, chega-se ao ponto em que, ao mesmo tempo, se contacta com o ser e o parecer.

Claudinha perguntara e soubera. Não logo, porque Paulino tinha muito que fazer e não lhe podia dar, imediatamente, as explicações pedidas. Teve de esperar pelas seis horas. Os colegas saíram, ela ficou. Paulino chamou-a ao gabinete e mandou-a sentar-se no *maple* reservado aos clientes importantes da casa. O *maple* era baixo e bem estofado. Claudinha, que nunca se resignara à recente moda das saias compridas, ficou com a saia subida até aos joelhos. A flacidez do estofo mantinha-a como num regaço. O patrão passeou duas vezes pelo gabinete até ir encalhar numa esquina da secretária. Tinha um fato cinzento-claro e uma gravata amarela que o rejuvenesciam. Acendeu uma cigarrilha – e o ar já abafado do gabinete tornou-se mais pesado. Daí a algum tempo estaria asfixiante. Passaram longos minutos antes que Paulino falasse. O silêncio, apenas interrompido pelo tiquetaque de um solene relógio de caixa alta, tornava-se constrangedor para Maria Cláudia. O patrão parecia estar à vontade. Já a cigarrilha ia em meio, quando ele falou:

– Quer saber, então, o que se passa?

– Reconheço, senhor Morais – fora assim mesmo que Maria Cláudia respondera –, reconheço que não tenho, talvez, o direito... Mas a minha amizade pela dona Lídia...

Falara deste modo, como se soubesse de antemão que as razões da ausência de Paulino só podiam resultar de uma zanga. Talvez estivesse sob a impressão das palavras da mãe, que não achara outro motivo. A sua resposta seria tola se, afinal, não tivesse havido desentendimento.

– E a sua amizade por mim não conta? – perguntou Paulino. – Se é apenas a amizade por ela que a leva a falar-me no assunto, não sei se deva...

– Fiz mal em perguntar. Não tenho nada com a vida do senhor Morais. Peço que me desculpe...

Esta manifestação de desinteresse poderia servir a Paulino de pretexto para não explicar o que se passara. Mas Paulino esperava as perguntas de Maria Cláudia. Preparara-se, até, para responder-lhes.

– Repare que ainda não respondeu ao que lhe perguntei. É só a amizade que tem por ela que a leva a querer saber? Não conta, porventura, a amizade que tenha por mim? Não é minha amiga?

– O senhor Morais tem sido muito bom...

– Também sou bom para os outros empregados e, contudo, não me disponho a contar-lhes a minha vida particular, nem os mando sentar nesse *maple*...

A rapariga não respondeu. A observação embaraçara-a. Baixou a cabeça ao sentir que corava. Paulino simulou não reparar. Puxou uma cadeira e sentou-se defronte de Claudinha. Depois, contou o que se passara. A carta, a discussão com Lídia, o rompimento. Omitiu as passagens que lhe eram desfavoráveis e apresentou-se com a dignidade que a referência a essas passagens teria fatalmente comprometido. Por algumas hesitações no relato, Maria Cláudia ficou a suspeitar de que a atitude mais digna não teria sido a dele. Mas quanto ao fundo da questão, não havia que duvidar, lida a carta que Paulino lhe mostrou:

– Estou arrependida de lhe ter perguntado, senhor Morais. Realmente, vejo que não tinha o direito...

– Tinha-o mais do que julga. Sou muito seu amigo, e entre amigos não pode haver segredos.

– Mas...

– É claro que não lhe vou pedir que me conte os seus. Os homens confiam sempre mais nas mulheres que elas neles, e é por isso que lhe contei tudo. Tenho confiança em si, a mais completa das confianças... – curvou-se para diante, com um sorriso: – Fica, então, existindo um segredo entre nós. Os segredos aproximam, sabe?

Por única resposta, Maria Cláudia sorriu. Fez o que todas as mulheres fazem quando não sabem que responder. A pessoa a quem o sorriso é dirigido pode interpretá-lo como quiser:

– Gostei de vê-la sorrir. Na minha idade gosta-se sempre de ver sorrir os novos. E a Claudinha é tão nova...

Novo sorriso de Maria Cláudia. Paulino interpretou:

– E não é só nova... Também é bonita...

– Muito obrigada, senhor Morais.

Desta vez o sorriso não veio isolado e as palavras de agradecimento estremeceram.

– Não vale a pena corar, Claudinha. O que eu disse é a pura verdade. Não conheço ninguém assim tão bonita...

Para dizer alguma coisa, já que o sorriso não bastaria, a rapariga disse o que deveria ter calado:

– A dona Lídia era muito mais bonita do que eu!...

Assim mesmo: "era". Como se Lídia tivesse morrido, como se já não contasse para a conversa se não como simples termo de comparação...

– Não queira comparar. Digo-lho eu, como homem... A Claudinha é diferente. É nova, é bonita, tem um não-sei-quê que me impressiona...

Paulino era pessoa delicada. Tão delicado que disse "com licença" antes de estender a mão para retirar um cabelo que caíra sobre o ombro de Claudinha. Mas a mão não seguiu o mesmo trajeto no regresso. Aflorou a face da rapariga, tão devagar que parecia uma carícia, tão lentamente que parecia não querer afastar-se. Claudinha ergueu-se precipitadamente. A voz de Paulino, súbito enrouquecida, ouviu-se:

– Que tem, Claudinha?

– Nada, senhor Morais. Tenho de ir-me embora. Já é tarde.

– Ainda não são sete horas.

– Mas tenho de ir.

Fez um movimento para avançar, mas Paulino barrava-lhe a passagem. Olhou para ele, trémula e assustada. Ele tranquilizou-a. Passou-lhe a mão pelo rosto, como o faria um avô afetuoso, e murmurou:

– Tontinha! Eu não lhe faço mal. Só quero o seu bem...

Tal e qual lhe diziam os pais: "Só queremos o teu bem...".

– Ouviu? Só quero o seu bem!

– Tenho que ir, senhor Morais.

– Mas acredita no que acabei de lhe dizer?

– Acredito, sim, senhor Morais.

– É minha amiga?

– Sim, senhor Morais.

– Dar-nos-emos sempre bem?

– Assim espero, senhor Morais.

– Ótimo!

Passou-lhe novamente a mão pelo rosto e recomendou:

– O que lhe disse fica entre nós, não é verdade? É um segredo. Se quiser, pode contar a seus pais... Mas, se lhes contar, não se esqueça de dizer que eu só deixei aquela mulher porque ela se portou indignamente. Seria incapaz de deixar uma pessoa que eu estimasse, sem uma razão forte. É verdade que, de há algum tempo para cá, não me sentia bem ao pé dela. Creio que já gostava menos dela. Pensava noutra pessoa, numa pessoa que conheço há poucas semanas. Fazia-me mal lembrar-me de que essa pessoa estava tão perto de mim e não podia falar-lhe. Compreende, Claudinha? Era em si que eu pensava!...

De mãos estendidas, avançou para a rapariga e segurou-a pelos ombros. Claudinha sentiu os lábios de Paulino afagarem-lhe a cara, procurarem-lhe a boca. Sentiu o hálito do tabaco, os beiços gulosos que a devoravam. Não teve forças para reagir. Quando ele a largou, sentou-se no *maple*, exausta. Depois, sem o olhar, murmurou:

– Deixe-me ir embora, senhor Morais...

Paulino respirou fundo, como se se tivesse libertado bruscamente de um constrangimento que lhe apertasse os pulmões, e disse:

– Hei de fazer-te muito feliz, Claudinha!...

Em seguida, abriu a porta do gabinete e chamou o contínuo. Mandou-o trazer o casaco da menina Claudinha. O contínuo era o seu homem de confiança, de tanta confiança que pareceu não notar a perturbação de Maria Cláudia, assim como não pareceu espantar-se quando viu o patrão ajudá-la a vestir o casaco.

Nada mais. Fora isto que Maria Cláudia não contara em casa. Doía-lhe muito a cabeça e o sono não vinha. Deitada de costas, os braços fletidos e as mãos atrás da nuca, pensava. Impossível não compreender o que Paulino queria. Impossível fechar os olhos à evidência. Estava ainda no declive do "parecer", mas tão próxima do "ser" como uma hora da hora seguinte. Sabia que não reagira como devia, não só durante aquela conversa mas também desde o primeiro dia, desde o momento em que, sozinha com Paulino, em casa de Lídia, lhe vira os olhos vorazes que a despiam. Sabia que, do rompimento, só a carta não era obra sua. Sabia que chegara àquele ponto não pelo que fizera, mas pelo que não fizera. Sabia tudo isto. Só não sabia se queria ocupar o lugar de Lídia. Porque toda a questão se resumia agora em querer ou não querer. Se tivesse contado tudo aos pais, já no dia seguinte não iria ao escritório. Mas não quisera contar. E por que não contara? Vontade de resolver o caso com as suas próprias forças? As suas forças tinham-na conduzido àquela situação. Retraimento de quem quer ser independente? E por que preço?

Havia já alguns momentos que Maria Cláudia distinguiu no andar de baixo um ruído de saltos de sapatos. A princípio não deu atenção, mas o ruído não cessava e acabou por lhe interromper o pensamento. Estava intrigada. Súbito, ouviu a porta abrir-se, o girar de uma chave na fechadura, e, após breve silêncio, uma pessoa que descia. Lídia saía de casa. Maria Cláudia olhou o relógio luminoso da mesa de cabeceira. Onze menos um quarto. Que ia Lídia fazer àquela hora para a rua? Mal acabara de formular a pergunta, achou a resposta. Sorriu friamente, mas logo descobriu quanto o sorriso era monstruoso. Veio-lhe uma repentina vontade de chorar. Tapou a cabeça com a roupa para abafar os soluços. E ali, quase sufocada pela falta de ar e pelas lágrimas, tomou a firme decisão de contar tudo aos pais no dia seguinte...

XXXIII

Quando, ao fim de muitos passos e despesas, Emílio pôde chegar a casa com toda a documentação de que a mulher e o filho precisavam para partir, Carmen quase saltou de alegria. Tinham-lhe parecido anos aqueles dias de espera. Receara qualquer contratempo que a forçasse a adiar a viagem para além do que a sua impaciência podia suportar. Mas agora nada havia a temer. Com uma curiosidade infantil, folheou e refolheou o passaporte. Leu-o de ponta a ponta. Tudo estava em ordem, faltava marcar o dia da partida e avisar os pais. Por sua vontade, iria já no dia seguinte, enviaria um telegrama. Mas havia que preparar as malas. Emílio ajudou-a, e os serões que esse trabalho ocupou foram dos mais felizes que a família viveu. Sem má intenção, Henrique lançou uma nuvem no geral contentamento, quando declarou que tinha pena de que o pai não os acompanhasse.

Mas o empenho e a boa vontade de Carmen e Emílio em convencê-lo de que o facto não tinha a menor importância, fê-lo esquecer a pequena sombra. Se os pais estavam alegres, também ele o devia estar. Se os pais não choravam enquanto separavam as roupas e os objetos de uso pessoal, seria absurdo que ele chorasse. Ao fim de três serões tudo ficou pronto. As malas já tinham as etiquetas de madeira com o nome de Carmen e o local do destino. Emílio comprou os bilhetes e disse à mulher que depois se fariam as contas, quando ela regressasse. É claro que havia contas a fazer, visto que os sogros se tinham comprometido a pagar as passagens e que Emílio tivera de pedir dinheiro emprestado para as comprar. Carmen respondeu que, logo que chegasse, lhe mandaria o dinheiro, para que ele não tivesse dificuldades. Marido e mulher apuraram todas as delicadezas, de tal maneira que as últimas horas viveu-as Henrique na alegria de ver os pais reconciliados, faladores como nunca os vira antes.

Foi no dia anterior ao da partida que Carmen soube do acontecido em casa de Lídia. A pretexto de lhe desejar boa viagem, Rosália passou uma boa parte da manhã a contar-lhe a zanga de Paulino. Relatou os motivos, censurou o procedimento de Lídia e, por sua conta e risco, insinuou que talvez não fosse esta a primeira vez que ela abusava da boa-fé do senhor Morais. Foi pródiga em louvores ao patrão da filha, à sua delicadeza e à nobreza do seu procedimento. E não se esqueceu de acrescentar que, logo no primeiro mês, Claudinha tivera aumento de ordenado.

No momento, Carmen apenas mostrou o espanto natural em quem ouvisse tão deplorável história. Acompanhou Rosália na censura, secundou-a nas lamentações acerca dos costumes imorais de certas mulheres e, tal como a vizinha, orgulhou-se, no seu foro íntimo, de não ser como elas. Depois de Rosália sair, notou que continuava a pensar no caso, o que estaria bem se não tivesse que partir no dia seguinte e se esse facto não devesse impedi-la de outras preocupações. Que lhe importava que a d. Lídia, de quem, aliás, não tinha razões de queixa (antes pelo contrário, sempre foi muito delicada e sempre deu dez tostões ao Henriquinho por um simples recado), que lhe importava que ela tivesse praticado tão feia ação?

A ação, em si, não importava, mas sim as suas consequências. Depois do que acontecera, Paulino não podia voltar a casa de Lídia: seria uma vergonha para ele. E, sem saber como, Carmen achou-se na mesma situação que Paulino, ou quase. Não havia entre si e o marido nenhum escândalo público, mas havia toda a vida passada em comum, vida difícil e desagradável, repleta de ressentimentos e inimizades, de cenas violentas e reconciliações penosas. Paulino fora-se embora, decerto de uma vez para sempre. Ela ia-se embora também, mas voltaria daí a três meses. E se não voltasse? E se ficasse na sua terra, com o seu filho e a sua família?

Quando admitiu esta possibilidade, quando pensou que poderia nunca mais regressar, sentiu uma vertigem. Era simples. Calar-se-ia, partiria com o filho, e, quando chegasse a Espanha, escreveria uma carta ao marido, dando-lhe notícia da sua decisão. E depois? Depois, recomeçaria a sua vida, de princípio, como se tivesse nascido agora. Portugal, Emílio, o casamento, teriam sido um pesadelo que durara anos e anos. E talvez pudesse... Seria necessário o divórcio, evidentemente... Talvez... Mas foi aqui que Carmen se lembrou de que não poderia ficar sem o consentimento do marido. Partia com a sua autorização, só com a sua autorização poderia continuar.

Estes pensamentos turvaram-lhe a alegria. Com eles ou sem eles partiria, mas a tentação de não regressar tornava-lhe a alegria quase dolorosa. Voltar, depois de três meses de liberdade, não seria o pior dos castigos? Condenar-se para o resto da vida a sofrer a presença e as palavras, a voz e a sombra do marido, não seria o inferno depois de ter reconquistado o paraíso? Teria de lutar constantemente para conservar o amor do filho. E quando o filho (a imaginação de Carmen pulava por cima dos anos), e quando o filho casasse, teria de viver ainda pior porque viveria sozinha com o marido. Tudo estaria resolvido se ele consentisse no divórcio. Mas se, por capricho ou má vontade, a obrigasse a regressar?

Todo o dia estes pensamentos a atormentaram. Até os momentos felizes da sua vida de casada, que os tivera, lhe tinham esquecido. Via apenas o olhar frio e irónico de Emílio, o seu silêncio carregado de censuras, o seu ar de fracassado que não se importa de mostrar-se como tal e que faz do fracasso um cartaz que toda a gente pode ler.

A noite chegou sem que ela tivesse avançado um passo nas respostas às perguntas que continuamente se lhe erguiam no espírito. Tão silenciosa se mostrou, que o marido quis saber o que a apoquentava. Que nada – respondeu. Estava apenas um pouco excitada por causa da proximidade da partida. Emílio compreendeu e não insistiu. Também ele se sentia excitado. Daí a poucas horas estaria livre. Três meses de solidão, de liberdade, de vida plena...

No dia seguinte foi a partida. Toda a vizinhança sabia e quase toda veio às janelas. Carmen despediu-se dos vizinhos com quem estava em boas relações e entrou para o automóvel com o marido e o filho. Chegaram à estação pouco antes de o comboio partir. Foi apenas o tempo de arrumar a bagagem, ocupar os lugares e fazer as despedidas. Henrique mal teve tempo de chorar. O comboio sumiu-se na boca do túnel, deixando uma fumarada branca que se desfazia no ar, como um lenço de despedida engolido pela distância...

Foi o primeiro dia de liberdade. Emílio vagueou pela cidade durante horas. Percorreu sítios onde nunca estivera, almoçou numa taberna de Alcântara, com um ar tão feliz que o taberneiro cobrou-lhe o dobro do preço da refeição. Não protestou e deu gorjeta. Voltou de automóvel para a Baixa, comprou tabaco estrangeiro e, ao passar perto de um restaurante caro, achou estúpido ter almoçado numa taberna. Foi ao cinema, nos intervalos bebeu café, travou conversa com um desconhecido que lhe disse, a propósito do café, sofrer horrivelmente do estômago.

Quando a fita acabou, seguiu uma mulher. Na rua, perdeu-a de vista e não se importou. Ficou parado no passeio, a sorrir para o monumento aos Restauradores. Pensou que com um simples pulo ficaria em cima da pirâmide, mas não deu o pulo. Esteve mais de dez minutos a olhar o sinaleiro e a ouvir o apito. Achava tudo divertido, e via as pessoas e as coisas como se as estivesse vendo pela primeira vez, como se tivesse recuperado a vista após muitos anos de cegueira. Um rapaz que tentava convencer os transeuntes a tirar o retrato dirigiu-se-lhe, e ele não recusou. Pôs-se em posição e, ao sinal do fotógrafo, caminhou para a frente com passo firme e um sorriso nos lábios.

Foi jantar ao restaurante caro. A comida era boa e o vinho também. Ficou com pouco dinheiro depois de todas estas despesas extraordinárias, mas não se arrependeu. Não se arrependia de nada. Não fizera mal de que devesse arrepender-se. Era livre, não tão livre como as aves, que essas não têm obrigações a cumprir, mas pelo menos tanto quanto podia esperar. Quando saiu do restaurante, todos os reclames luminosos do Rossio flamejavam. Olhou-os, um por um, como estrelas de Anunciação. Lá estava a máquina de costura, os dois relógios, o copo de vinho do Porto que se esvaziava sem que ninguém o bebesse, a carruagem que não sai do mesmo sítio, com dois cavalos, um azul e o outro branco. E estavam também, cá em baixo, as duas fontes com mulheres de rabo de peixe e cornucópias tão avarentas que só deitam água. E a estátua ao imperador Maximiliano do México, e as colunas do Teatro Nacional, e os automóveis rolando no asfalto, e os gritos dos vendedores de jornais, e o ar puro da liberdade.

Voltou a casa tarde, um pouco cansado. Os escassos candeeiros iluminavam, sem convicção, a rua. Todas as janelas estavam fechadas e sem luz. A sua, também.

Ao abrir a porta, sentiu a estranha impressão do silêncio. Andou de quarto em quarto, deixando atrás de si as lâmpadas acesas e as portas abertas, como uma criança. Não tinha medo, naturalmente, mas a imobilidade das coisas, a ausência das vozes familiares, um ambiente indefinível de expectativa, produziam-lhe uma sensação de mal-estar. Sentou-se na cama de que seria o único ocupante durante aqueles três meses, e acendeu um cigarro. Estaria sozinho durante os meses de maio, junho, julho e, talvez, parte de agosto. Era o melhor tempo para gozar a liberdade. Sol, calor, ar livre. Iria à praia todos os domingos, estender-se-ia ao sol como um lagarto que acaba de acordar do sono de inverno. Veria o céu azul, sem nuvens. Daria largos passeios pelo campo. As árvores de Sintra, o Castelo dos Mouros, as praias do litoral próximo. Tudo isto sozinho. Tudo isto e o mais que viesse a fazer e que não podia agora imaginar, porque perdera o hábito da imaginação. Estava como a ave que, vendo a porta da gaiola aberta, hesita em dar o salto que a lançará fora das grades.

O silêncio da casa rodeava-o como uma mão fechada. A realização dos projetos, quaisquer que eles fossem, exigia dinheiro. Tinha de trabalhar muito e isso roubar-lhe-ia tempo. Mas trabalharia com mais vontade e se nalguma coisa tivesse que limitar-se seria na alimentação. Arrependia-se do jantar caro e do tabaco estrangeiro. Fora o primeiro dia, era natural que se excedesse. Outros, no seu lugar, teriam feito pior.

Levantou-se e foi apagar as luzes. Voltou a sentar-se. Estava perplexo, como alguém a quem tivesse saído a sorte grande e não soubesse o que fazer ao dinheiro. Descobriu que tendo desejado tanto a liberdade, não sabia agora como gozá-la completamente. Os projetos de há pouco pareciam-lhe mesquinhos e frívolos. Afinal, queria fazer sozinho o que já fizera com a família. Afinal, iria percorrer os mesmos lugares, sentar-se sob as mesmas árvores, deitar-se sobre a mesma areia. Não podia ser. Tinha de fazer alguma coisa de mais importância, alguma coisa que pudesse lembrar depois do regresso da mulher e do filho. E que podia ser? Orgias? Pândegas? Aventuras com mulheres? Tivera tudo isso nos anos de solteiro e não sentia vontade de recomeçar. Sabia que esses excessos deixam sempre um travo amargo de arrependimento e desgosto. Repeti-los seria sujar a sua libertação. Mas, além de passeios e de luxúria, nada mais via com que ocupar os três meses que tinha diante de si. Queria algo mais elevado e digno, e não sabia o quê.

Acendeu novo cigarro. Despiu-se e deitou-se. Na cama apenas estava uma almofada: era como se estivesse viúvo, ou solteiro, ou divorciado. E pensou: "Que vou eu fazer amanhã? Tenho que ir à loja. De manhã dou uma volta. Preciso de umas boas encomendas. E à tarde? Vou ao cinema? Ir ao cinema é perder tempo: não há aí filme que preste. Se não vou ao cinema, onde irei? Passear, claro. Passear a qualquer parte. Mas, onde? Lisboa é uma cidade onde só pode viver quem tiver muito dinheiro. Quem o não tiver tem que trabalhar para ocupar o tempo e ganhar para comer. O meu dinheiro não é muito... E à noite? Que vou eu fazer à noite? Outra vez cinema... Bonito! Querem ver que vou passar os dias metido num cinema, como se não houvesse mais nada que ver e fazer?! E o dinheiro? Não é por estar sozinho que posso deixar de comer e de pagar a renda da casa. Estou livre, não há dúvida, mas para que serve a liberdade, se não tenho os meios de beneficiar dela? Se continuo a pensar desta maneira, acabo por desejar que eles voltem...".

Sentou-se na cama, enervado: "Ambicionei tanto este dia... Gozei-o completamente até chegar a casa, mas foi só entrar e vieram-me logo estes pensamentos idiotas. Ter-me-ia transformado ao ponto de me parecer com as mulheres a quem os maridos batem, e que, apesar disso, não podem passar sem eles? Seria estúpido. Seria absurdo. Seria cómico levar tantos anos a desejar a liberdade e, logo ao fim do primeiro dia, sentir vontade de correr atrás de quem ma impedia". Aspirou uma fumaça e murmurou:

– É o hábito, claro. Também o tabaco faz mal à saúde e não o largo. No entanto, podia deixar de fumar se o médico me dissesse: "O tabaco mata-o". O homem é um animal de hábitos, evidentemente. Esta indecisão é consequência do hábito. Ainda não me habituei à liberdade...

Tranquilizado por esta conclusão, tornou a deitar-se. Atirou a ponta do cigarro para o cinzeiro. Não acertou. A ponta rolou sobre o mármore da mesa de cabeceira e caiu no chão. Para provar a si mesmo que estava livre, não se levantou para a apanhar. O cigarro ardeu lentamente, queimando a madeira do soalho. O fumo subia devagar, o morrão escondia-se sob a cinza. Emílio puxou a roupa para o pescoço. Apagou a luz. A casa tornou-se mais silenciosa. "É o hábito... o hábito da liberdade... Um homem esfomeado morrerá se lhe derem muita comida de uma só vez. É preciso habituá-lo... é preciso habituar-lhe o estômago... é preciso..." O sono chegou de golpe.

Já a manhã ia alta quando acordou. Esfregou demoradamente os olhos e sentiu fome. Ia abrir a boca para chamar, mas, de repente, lembrou-se de que a mulher partira, de que estava sozinho. De um salto, saiu da cama. Descalço, correu a casa toda. Ninguém. Estava só, como desejara. E não pensou, como ao deitar-se, que não sabia de que modo gozar a liberdade. Pensou apenas que estava livre. E riu. Riu alto.

Lavou-se, fez a barba, vestiu-se, pegou na mala e saiu para a rua, tudo isto como se estivesse sonhando.

A manhã estava clara, o céu limpo, o sol quente. Os prédios eram feios e feias as pessoas que passavam. Os prédios estavam amarrados ao chão e as pessoas tinham um ar de condenadas. Emílio riu outra vez. Era livre. Com dinheiro ou sem dinheiro, era livre. Ainda que nada mais pudesse fazer que repetir os passos já dados e ver o que vira, era livre.

Empurrou o chapéu para trás como se o incomodasse a sombra. E seguiu rua fora, com um brilho novo no olhar e um pássaro a cantar no coração.

XXXIV

Chegara, enfim, o dia em que se desvendariam os segredos. Depois de tecer prodígios de diplomacia, Amélia convenceu a irmã a acompanhar Isaura à loja das camisas. Que o dia estava bonito, que lhe faria bem o ar livre e o sol, que era um crime ficar metida entre quatro paredes, enquanto, lá fora, a primavera parecia ter endoidecido de alegria. Nos elogios à primavera, atingiu o lirismo. Tão eloquente foi que a irmã e a sobrinha troçaram-na um pouco. Perguntaram-lhe se não queria sair também, já que estava tão inspirada. Desculpou-se com o jantar e empurrou-as para a porta. Com receio de que alguma delas voltasse atrás, seguiu-as da janela com a vista. Cândida era muito esquecida, quase sempre deixava ficar qualquer coisa.

Estava, agora, sozinha em casa: a irmã e a sobrinha demorar-se-iam umas boas duas horas, e Adriana chegaria mais tarde. Foi buscar as chaves que tinha escondido e voltou ao quarto das sobrinhas. A cómoda tinha três gavetas pequenas: a do meio era a que pertencia a Adriana.

Ao aproximar-se, Amélia sentiu uma vergonha súbita. Ia praticar uma ação censurável, bem o sabia. Ainda que essa ação lhe permitisse saber o que tão cuidadosamente as sobrinhas escondiam, como poderia, caso fosse obrigada a falar, dizer que violara a gaveta? Conhecida a violação, todas ficariam a temer novas devassas, e ela, Amélia, reconhecia que todas a detestariam por isso. Saber naturalmente, por acaso ou de qualquer maneira mais digna, não afetaria a sua autoridade moral, mas usar uma chave falsa, agir de má-fé afastando as pessoas que a poderiam impedir, era o cúmulo da indignidade.

Com as chaves na mão, Amélia debatia-se entre o desejo de saber e a consciência da indignidade do gesto. E quem lhe garantia que não iria descobrir algo que mais valia dever ficar ignorado? Isaura andava bem-disposta, Adriana continuava alegre, Cândida tinha, como sempre, uma confiança total nas filhas, fossem quais fossem os seus pensamentos. A vida das quatro parecia querer entrar nos antigos trilhos, calma, tranquila, serena. A violação dos segredos de Adriana não iria tornar impossível a tranquilidade? Desvendados os segredos, não se chegaria ao irremediável? Não se voltariam todas contra si? E, ainda que fossem grandes as culpas da sobrinha, chegariam as suas boas intenções para desculpar o atentado contra o direito que assiste a cada um de querer só para si os seus segredos?

Todos estes escrúpulos já tinham assaltado Amélia e tinham sido repelidos. Mas, agora que bastava um pequeno movimento para abrir a gaveta, voltavam mais fortes que antes, com a última e desesperada energia do que vai morrer. Olhou as chaves que mantinha na palma da mão aberta. Enquanto pensava notou, inconscientemente, que a chave mais pequena não podia servir. O orifício da fechadura era demasiado largo para ela.

Os escrúpulos continuavam a atropelar-se, cada qual querendo chegar mais depressa e ser mais convincente que os outros, e, contudo, vinham já sem força e sem esperança. Amélia pegou numa das chaves maiores e introduziu-a na fechadura. O tinido do metal, o ranger da chave na caixa, fizeram desaparecer os escrúpulos. A chave não servia. Sem se lembrar de que ainda lhe faltava experimentar uma, obstinou-se com aquela. Assustou-se ao sentir que ela se encravava. Começaram a aparecer-lhe na testa pequenas gotas de suor. Puxou a chave com força, aos sacões, já presa de um pânico irracional. Com um puxão mais violento conseguiu tirá-la. Era, sem dúvida, a outra. Mas Amélia, depois do esforço, estava tão fraca, tão cansada, que precisou de sentar-se na beira da cama das sobrinhas. As pernas tremiam-lhe. Ao cabo de alguns minutos, levantou-se, mais calma. Meteu a outra chave. Devagar, girou-a. O coração começou a bater com mais força, em palpitações tão fortes que a atordoavam. A chave servia. Agora, era impossível recuar.

A primeira coisa que sentiu, ao abrir a gaveta, foi um intenso perfume de sabonete de alfazema. Antes de retirar os objetos que a enchiam, procurou fixar as respetivas posições. À frente, estavam dois lenços com monograma bordado que reconheceu imediatamente: haviam pertencido ao cunhado, ao pai de Adriana. No lado esquerdo, um maço de fotografias antigas, atadas com um elástico. No lado direito, uma caixa preta, sem fecho, com guarnições de prata. Dentro, havia algumas contas de um colar, um alfinete de peito a que faltavam duas pedras, um botão de flor de laranjeira (lembrança do casamento de alguma rapariga conhecida) e pouco mais. Ao fundo, uma caixa maior, fechada. Desprezou as fotografias: eram demasiado antigas para poderem interessá-la. Com cuidado, para não alterar a posição dos diferentes objetos, retirou a caixa maior. Abriu-a com a chave mais pequena e viu o que procurava: o "diário". E mais ainda: um maço de cartas atadas com uma fita verde, já desbotada. Não desfez o laço; conhecia aquelas cartas, todas de 1941 e 1942. Restos de um namoro falhado de Adriana, o seu primeiro e único namoro. Achou disparatado conservarem-se ainda aquelas cartas, dez anos passados sobre o rompimento.

Amélia pensou tudo isto enquanto tirava o "diário" da caixa. Exteriormente, não podia encontrar-se nada mais banal e prosaico. Era um vulgar caderno de apontamentos, como os que usam os estudantes.

Obedientemente, Adriana escrevera na capa, com a sua mais bela letra, além do nome completo na linha a esse fim destinada, a palavra GL«UR em maiúsculas enfeitadas com um arzinho gótico, ao mesmo tempo pueril e aplicado. Devia ter mordido a língua enquanto as desenhara, como alguém que empregasse todo o seu saber caligráfico. A primeira página tinha a data de 10 de janeiro de 1950, mais de dois anos antes.

Amélia começou a ler, mas logo notou que nada de interessante ali havia. Saltou dezenas de páginas, todas elas escritas na mesma letra vertical e angulosa, e foi parar ao último dia em que a sobrinha escrevera. Às primeiras linhas, sentiu que tinha achado. Adriana falava de um homem. Não indicava o nome, empregava a palavra "ele" para designá-lo. Era um colega, isso compreendia-se bem, mas nada deixava suspeitar da falta grave que Amélia esperava. Leu as páginas anteriores. Queixas de indiferença, assomos de revolta contra a fraqueza de amar uma pessoa que se concluía não ser digna, tudo entremeado com pequenos acontecimentos da vida doméstica, apreciações sobre música ouvida, enfim, nada de positivo, nada que justificasse as suspeitas. Até que chegou ao ponto em que Adriana falava da visita que a mãe e a tia haviam feito em 23 de março às primas de Campolide. Amélia leu atentamente: o dia aborrecido... o lençol bordado... a confissão da fealdade... o orgulho... a comparação com Beethoven, que também era feio e não foi amado... "Se eu vivesse no tempo dele era capaz de lhe beijar os pés, e aposto que nenhuma mulher bonita o faria." (Pobre Adriana! Ela teria amado Beethoven, ter-lhe-ia beijado os pés, como se ele fosse um deus!...) O livro de Isaura... o rosto de Isaura, contente e dolorido... a dor que causava prazer ou o prazer que causava dor...

Amélia leu e releu. Tinha o pressentimento vago de que estava ali a explicação do mistério. Já não pensava na existência de uma falta grave. Adriana gostava de um homem, sem dúvida, mas esse homem não a amava... "Como há de ele querer fazer-me ciúmes, se não sabe que gosto dele?" Ainda que Adriana, naquela noite, tivesse falado do seu amor à irmã, não poderia dizer mais do que ali estava escrito. E ainda que, temendo uma indiscrição, não escrevesse no "diário" tudo o que se passava, não diria que "ele" não a amava! Por menos sincera que fosse ao escrever, não ocultaria a verdade toda. Ocultando-a, para nada lhe serviria o "diário". E um "diário" é um desabafo. Ora, o único desabafo ali existente era a mágoa de um amor não correspondido e, ainda por cima, ignorado. Onde estava, então, o motivo da frieza, do afastamento das duas irmãs?

Amélia continuou a ler, recuando no tempo. Sempre as mesmas queixas, os aborrecimentos profissionais, a história de uma soma errada, música, nomes de músicos, as rabugices das velhotas, a *sua* rabugice quando da questão do ordenado... Corou ao ler as apreciações da sobrinha a seu respeito: "Tia Amélia está hoje mais rabugenta...". Mas logo a seguir comoveu-se. "Gosto da tia. Gosto da mãe. Gosto da Isaura." E, outra vez, Beethoven, a máscara de Beethoven, o deus de Adriana... E, sempre constante e inútil, constantemente inútil, "ele"... Mais páginas para trás: dias, semanas, meses. Os queixumes desapareciam. Agora, era o amor que nascia e duvidava de si mesmo, cedo de mais para duvidar "dele". Para trás da página em que "ele" aparecia pela primeira vez, apenas banalidades.

Com o caderno aberto sobre os joelhos, Amélia sentia-se lograda e, ao mesmo tempo, satisfeita. Nada havia, pois, de mal. Um amor escondido, dobrado sobre si mesmo, falhado como o amor que o maço de cartas atadas com a fita verde recordava. Sendo assim, onde estava o segredo? Onde estava a razão das lágrimas de Isaura e do disfarce de Adriana?

Folheou o caderno até encontrar, de novo, a página do dia 23 de março: Isaura tinha os olhos vermelhos... parecia que tinha chorado... nervosa... o livro... o prazer-dor ou a dor-prazer...

Estaria aqui a explicação? Guardou o caderno dentro da caixa. Fechou-a. Fechou a gaveta. Dali nada mais poderia tirar. Adriana, afinal, não tinha segredos. Mas havia um segredo. Onde?

Todos os caminhos estavam tapados. O livro... Qual fora o último livro que Isaura lera? A memória de Amélia recusou-se, fechou também todas as portas. Depois abriu-as e, de rompante, apareceram nomes de autores e títulos de romances. Nenhum era o que interessava. A memória mantinha uma porta fechada, uma porta de que não se encontrava a chave.

Amélia recordava tudo. O pequeno livro embrulhado, sobre a mesa da telefonia. Isaura dissera o que era e quem era o autor. Depois (lembrava-se bem) tinham ouvido a *Dança dos mortos*, de Honegger. Lembrava-se da música burlesca em casa dos vizinhos e da discussão com a irmã.

Mas... talvez Adriana tivesse escrito no "diário"! Tornou a abrir a gaveta, procurou e achou o dia. Lá estavam Honegger e "ele". Nada mais.

Fechada novamente a gaveta, olhou as chaves na palma da mão. Sentia-se envergonhada. Cometera, ela sim, uma falta grave. Conhecia o que não era para saber-se: o amor frustrado de Adriana.

Saiu do quarto, atravessou a cozinha, abriu a janela da *marquise*. O sol continuava alto e luminoso. Luminoso o céu, luminoso o rio. Longe, os montes da Outra Banda, azulados pela distância. Um nó de tristeza lhe apertou a garganta. Assim era a vida, a sua vida, triste e apagada. Também ela tinha agora um segredo para guardar e calar. Apertou as chaves com força. Defronte, havia uns prédios mais baixos. Sobre o telhado de um deles, ao sol, preguiçavam dois gatos. Com mão firme e decidida, lançou, uma após outra, as chaves.

Sob aquele tiroteio inesperado, os gatos fugiram. As chaves rolaram pelo telhado e caíram no algeroz. Acabara-se. E foi só neste instante que Amélia pensou que ainda lhe restava uma probabilidade: abrir a gaveta de Isaura. Mas não: seria inútil. Isaura não tinha "diários", e ainda que os tivesse... Sentiu-se subitamente cansada. Voltou à cozinha, sentou-se num banco e chorou. Estava vencida. Jogara e perdera. E ainda bem que perdera. Não sabia, não queria saber. Mesmo que se lembrasse do título do romance, não iria buscá-lo à biblioteca para o ler. Faria tudo para não se lembrar, e se a porta fechada da memória se abrisse, tornaria a fechá-la com todas as chaves que pudesse encontrar, menos com as falsas que atirara fora... Chaves falsas... segredos violados... Não! Envergonhada, estava-o de mais para repetir o ato.

Enxugou os olhos e levantou-se. Tinha que preparar a refeição. Isaura e a mãe não tardariam e ficariam surpreendidas com o atraso. Foi à casa de jantar buscar um utensílio de que precisava. Sobre a telefonia estava o exemplar do *Rádio-Nacional* da semana. Lembrou-se de que já há muito tempo não ouviam música com ouvidos de ouvir. Pegou no jornal, abriu-o e procurou o programa do dia. Notícias, palestras, música... de repente, os olhos fixaram-se-lhe numa linha, como que fascinados. Leu e releu três palavras. Três palavras só: um mundo. Devagar, pousou o jornal. Os olhos continuaram a fixar um ponto perdido no espaço. Parecia esperar uma revelação. E a revelação chegou.

Rapidamente, tirou o avental, calçou os sapatos, vestiu o casaco de sair. Abriu a sua gaveta particular, tirou uma pequena joia, um alfinete de ouro, antigo, que representava uma flor-de-lis. Num pedaço de papel escreveu: "Precisei de sair. Façam o jantar. Não se assustem, que não é nada grave. Amélia".

Quando regressou, já perto da noite, tão cansada

que mal podia arrastar as pernas, trazia um embrulho que foi guardar no seu quarto. Recusou-se a explicar a razão por que saíra de casa.

– Mas tu vens tão cansada!... – notou Cândida.

– Pois venho.

– Houve alguma novidade?

– É segredo, por enquanto.

Sentada numa cadeira, olhou a irmã, sorrindo. Sorrindo, olhou Isaura e Adriana. E era tão doce o olhar, tão afetuoso o sorriso, que as sobrinhas se comoveram. Repetiram as perguntas, mas ela, em silêncio, acenava a cabeça negativamente, com o mesmo olhar e o mesmo sorriso.

Jantaram. Depois, foi o serão. Pequenos trabalhos, longos minutos. Um inseto da madeira roendo algures. A telefonia silenciosa.

Perto das dez horas, Amélia levantou-se.

– Já te vais deitar? – perguntou a irmã.

Sem responder, ligou a telefonia. A casa encheu-se de sons, uns sons de órgão que nasciam e fluíam como uma torrente inesgotável. Cândida e as filhas levantaram a cabeça, surpreendidas. Algo na expressão de Amélia as intrigou. O mesmo sorriso, o mesmo olhar. Depois, como uma catedral que desaba, o órgão calou-se, após um final de uma eloquência barroca. Silêncio de segundos. O locutor anunciou o número seguinte.

– A *Nona*! Oh, que bom, tia! – exclamou Adriana, batendo as palmas como uma criança.

Todas se acomodaram melhor nas cadeiras. Amélia saiu da sala e voltou daí a momentos, quando já começara o primeiro andamento. Trazia o embrulho que pousou em cima da mesa. A irmã olhou-a interrogativamente. Tirou da parede um dos retratos que a decoravam. Devagar, como se cumprisse um rito, desembrulhou o que trouxera. A música, um pouco esquecida, prosseguia. O estalar do papel incomodava. Mais um movimento, o papel que escorrega para o chão – e apareceu a máscara de Beethoven.

Dir-se-ia um final de ato. Mas o pano não caiu. Amélia olhou Adriana e explicou, enquanto pendurava a máscara na parede:

– Ouvi-te dizer, em tempos, que gostavas de ter a máscara dele... Quis fazer-te uma surpresa!...

– Oh, minha querida tia!

– Mas... mas o dinheiro? – perguntou Cândida.

– Isso não importa – respondeu a irmã. – É segredo.

A esta palavra, Adriana e Isaura olharam a tia furtivamente. Mas nos olhos dela não havia já suspeitas. Havia apenas uma imensa ternura, uma ternura que transparecia através de algo que se assemelharia a lágrimas, se tia Amélia fosse pessoa para chorar...

XXXV

– O Abel demora-se. Queres ir jantar?

– Não. Espera-se mais um bocado.

Mariana suspirou:

– Pode ser que ele não venha. Dois à espera de um...

– Se não viesse jantar, teria avisado. Se não quiseres esperar, come tu. O meu apetite não é grande.

– Nem o meu...

Ouvindo abrir a porta, os dois tiveram um sobressalto. Quando Abel apareceu:

– Então? – perguntou Silvestre.

– Nada.

– Não conseguiu nada?

O rapaz puxou um banco e sentou-se:

– Fui ao escritório. Disse ao contínuo que era um cliente e que queria falar com o administrador Morais. Mandaram-me entrar para uma sala e, daí a pouco, chegou ele. Assim que eu disse ao que ia, tocou a campainha, e quando o contínuo apareceu mandou-o acompanhar-me à porta. Ainda quis falar, explicar-me, mas ele virou-me as costas e saiu. No corredor, cruzei-me com a pequena do segundo andar: olhou-me com ar de desprezo. Enfim, fui posto na rua.

Silvestre deu um soco na mesa:

– Esse tipo é um canalha!

– Foi o que ele me chamou há bocado quando lhe telefonei para casa. Chamou-me canalha e desligou.

– E agora? – perguntou Mariana.

– Agora? Se ele não fosse um velho, dava-lhe duas bofetadas. Assim, nem isso posso fazer...

Silvestre levantou-se e percorreu a cozinha em passos agitados:

– Esta vida... Esta vida é um monturo! Porcaria, porcaria e nada mais! Não há, então, remédio?

– Receio bem que não. Farei apenas aquilo que devo...

Silvestre estacou:

– O que deve? Não percebo...

– É simples. Não posso continuar aqui. Toda a gente na vizinhança sabe o que aconteceu. Parecerá o cúmulo do descaramento a minha permanência. Além disso, é natural que ela não se sinta bem sabendo-me aqui e sabendo o que os vizinhos dizem.

– O quê? Quer-se ir embora?

Abel sorriu, um sorriso um pouco cansado:

– Se quero ir-me embora? Não, não quero, mas devo. Já arranjei quarto. Amanhã farei a mudança... Não olhem para mim dessa maneira, por favor!...

Mariana chorava. Silvestre avançou para ele, pôs-lhe as mãos sobre os ombros, quis falar e não conseguiu.

– Então... então... – disse o rapaz.

Silvestre forçou um sorriso:

– Se eu fosse mulher também chorava. Mas como não sou... como não sou...

Virou-se bruscamente para a parede, como se não quisesse que Abel lhe visse o rosto. O rapaz levantou-se e fê-lo voltar-se:

– Então? Vamos chorar todos? Seria uma vergonha...

– Tenho tanta pena de que se vá embora! – soluçou Mariana. – Já estávamos habituados. Era como se fizesse parte da família!...

Abel ouvia-a, comovido. Olhou um e outro e perguntou, devagar:

– Sinceramente, acham que devo ficar?

Silvestre hesitou um segundo, e respondeu:

– Não.

– Oh, Silvestre – exclamou a mulher – por que não dizes que sim? Talvez ele ficasse!...

– És tonta. O Abel tem razão. Vai-nos custar muito, mas que havemos de fazer?

Mariana enxugou os olhos e assoou-se com força. Tentou sorrir:

– Mas venha cá de vez em quando fazer-nos uma visita, sim, senhor Abel?

– Só se me prometer uma coisa...

– O quê? prometo tudo!...

– Que põe de parte, de uma vez para sempre,

o senhor Abel, e passa a tratar-me por Abel, sem a senhoria. Está combinado?

– Está combinado.

Sentiam-se, ao mesmo tempo, felizes e tristes. Felizes por se amarem, tristes por se separarem. Foi o último jantar em comum. Outros haveria, por certo, mais tarde, quando tudo se acalmasse e Abel pudesse voltar, mas seriam diferentes. Já não seria a reunião de três pessoas que vivem debaixo do mesmo teto, que dividem as alegrias e as tristezas entre si, como o pão e o vinho. A sua única compensação estava no amor, não o amor obrigatório do parentesco, tantas vezes um fardo imposto pelas convenções, mas o amor espontâneo que de si mesmo se alimenta.

Findo o jantar, enquanto Mariana lavava a loiça, Abel foi arrumar as suas malas com Silvestre. Depressa o trabalho se concluiu. O rapaz estendeu-se em cima da cama, com um suspiro.

– Aborrecido? – perguntou o sapateiro.

– Não é caso para menos. Já basta para nos atormentar o mal que fazemos conscientemente... Como vê, o simples facto de existirmos pode ser um mal.

– Ou um bem.

– Neste caso, não foi. Se eu não tivesse vindo morar para a sua casa, talvez isto não tivesse sucedido.

– Talvez... Mas, se a pessoa que escreveu a carta estava decidida a escrevê-la, arranjaria maneira de fazer a denúncia. O Abel serviu tão bem, para o efeito, como qualquer outro.

– Tem razão. Mas logo aconteceu comigo!...

– Consigo, que tem tido o maior cuidado, que corta todos os tentáculos!...

– Não brinque.

– Não estou a brincar. Cortar tentáculos não basta. O Abel vai-se embora amanhã. Desaparece, cortou o tentáculo. Mas o tentáculo ficará aqui, na minha amizade por si, na transformação da vida da dona Lídia.

– É o que eu lhe dizia há pouco. O simples facto de existirmos pode ser um mal.

– Para mim foi um bem. Conheci-o e fiquei seu amigo.

– E que ganhou com isso?

– A amizade. Acha pouco?

– Não, decerto...

Silvestre não respondeu. Puxou a cadeira para junto da cama e sentou-se. Tirou da algibeira do colete a onça e as mortalhas e fez um cigarro. Olhou Abel através da nuvem de fumo que se ergueu e murmurou, como que a brincar:

– O seu mal, Abel, é não amar.

– Sou seu amigo e a amizade é uma forma do amor.

– De acordo...

Seguiu-se outro silêncio, durante o qual Silvestre não deixou de fitar o rapaz.

– Em que está a pensar? – perguntou este.

– Nas nossas velhas discussões.

– Não vejo que relação...

– Tudo se relaciona... Quando lhe disse que o seu mal era não amar, supôs que me referia ao amor por uma mulher?

– Foi o que pensei. Efetivamente, gostei de muitas, mas não amei nenhuma. Estou seco.

Silvestre sorriu:

– Aos vinte e oito anos? Deixe-me rir! Espere pela minha idade!

– Seja. Afinal, referia-se ou não ao amor por uma mulher?

– Não.

– Então?

– A outra espécie de amor. Nunca lhe aconteceu, ao passar na rua, sentir um desejo súbito de abraçar as pessoas que o cercam?

– Se eu quisesse ser gracioso, diria que só me apetece abraçar as mulheres, e não é sempre, nem a todas... Mas, espere... Não se zangue. Nunca me aconteceu isso, palavra de honra.

– Aí é que está o amor em que eu falava.

Abel ergueu-se sobre os cotovelos e fitou o sapateiro, curiosamente:

– Dava um ótimo apóstolo, sabe?

– Não creio em Deus, se é aí que quer chegar. Talvez me julgue piegas...

O rapaz protestou:

– De modo algum!

– Talvez esteja a pensar que isto são efeitos da velhice. Se assim é, sempre fui velho. Sempre assim pensei e senti. E se nalguma coisa hoje acredito, é no amor, neste amor.

– É... é belo ouvir-lhe dizer isso. Mas é uma utopia. E uma contradição também. Pois não disse que a vida é um monturo e uma porcaria?

– Não me desdigo. A vida é um monturo e uma porcaria porque uns tantos assim a quiseram. Esses tiveram, e têm, continuadores.

Abel sentou-se na cama. A conversa começava a interessá-lo:

– Também desejaria abraçar esses?

– Não levo a pieguice a esse ponto. Como poderia eu amar os responsáveis pelo desamor entre os homens?

A frase, tão carregada de sentido, acordou uma reminiscência em Abel:

– *Pas de liberté pour les ennemis de la liberté...*

– Não compreendo. Parece francês, mas não percebo...

– É uma frase de Saint-Just, um dos homens da Revolução Francesa. Quer dizer, mais ou menos, que não deve haver liberdade para os inimigos da liberdade. Aplicando-a à nossa conversa, pode dizer-se que devemos odiar os inimigos do amor.

– Tinha razão esse...

– Saint-Just.

– Isso. Não está de acordo comigo?

– Quanto à frase ou quanto ao resto?

– Ambas as coisas.

Abel pareceu recolher-se no pensamento. Depois, respondeu:

– Quanto à frase, estou. Mas, quanto ao resto... Nunca encontrei ninguém a quem pudesse amar com esse amor. E olhe que conheci muita gente. São todos piores uns que outros. Talvez tenha encontrado uma exceção na sua pessoa. Não pelo que tem estado a dizer-me, mas pelo que conheço de si e da sua vida. Compreendo que possa amar desse modo, eu não posso. Levei muitos pontapés, sofri demasiado. Não farei como o outro, que dava a face esquerda a quem lhe esbofeteava a direita...

Silvestre interrompeu, com veemência:

– Nem eu o faria. Cortaria, sim, a mão que me agredisse.

– Se todos procedessem dessa maneira, não haveria no mundo quem tivesse as duas mãos. Quem é batido, se não bateu ainda, baterá um dia. É uma questão de oportunidade.

– A essa maneira de pensar dá-se o nome de pessimismo, e quem assim pensa ajuda os que querem o desamor entre os homens.

– Desculpe se o magoo, mas tudo isso é uma utopia. A vida é uma luta de feras, a todas as horas e em todos os lugares. É o "salve-se quem puder", e nada mais. O amor é o pregão dos fracos, o ódio é a arma dos fortes. Ódio aos rivais, aos concorrentes, aos candidatos ao mesmo bocado de pão ou de terra, ou ao mesmo poço de petróleo. O amor só serve para chacota ou para dar oportunidade aos fortes de se deliciarem com as fraquezas dos fracos. A existência dos fracos é vantajosa como recreio, serve de válvula de escape.

Silvestre não pareceu ter apreciado a comparação. Ficou a olhar muito sério para Abel. Depois sorriu bruscamente e perguntou:

– O Abel pertence ao número dos fortes ou ao número dos fracos?

O rapaz sentiu-se apanhado em falso:

– Eu?... Essa pergunta é desleal!...

– Eu ajudo. Se pertence ao grupo dos fortes, por que não faz como eles? Se está com os fracos, por que não faz como eu?

– Não sorria com esse arzinho de triunfador. Não é leal, repito.

– Mas, responda!

– Não sei responder. Talvez haja uma espécie intermédia. De um lado, os fortes; do outro, os fracos; e, ao meio, eu e... o resto.

Silvestre deixou de sorrir. Olhou fixamente o outro e respondeu, lentamente, contando pelos dedos as afirmações que fazia:

– Então, responderei por si. O Abel não sabe o que quer, não sabe para onde vai, não sabe o que tem.

– Em suma: não sei nada!

– Não graceje. O que estou a dizer-lhe é muito importante. Quando, em tempos, lhe disse que tinha de descobrir por si...

– A utilidade, já sei – interrompeu Abel, impaciente.

– Quando lho disse, estava longe de supor que se iria embora tão depressa. Também lhe disse que não poderia aconselhá-lo. Repito tudo isso. Mas o Abel vai-se embora amanhã, talvez nunca mais nos voltemos a ver... Pensei que, se não posso aconselhá-lo, posso pelo menos dizer-lhe que a vida sem o amor, a vida assim como a descreveu há pouco, não é vida, é um monturo, um cano de esgoto!

Abel ergueu-se, impulsivo:

– É tudo isso, sim senhor! E que lhe havemos de fazer?

– Transformá-la! – respondeu Silvestre, levantando-se também.

– Como? Amando-nos uns aos outros?

O sorriso de Abel desvaneceu-se perante a expressão grave de Silvestre:

– Sim, mas com um amor lúcido e ativo, um amor que vença o ódio!

– Mas o homem...

– Ouça, Abel! Quando ouvir falar no homem, lembre-se dos homens. O Homem, com H grande, como às vezes leio nos jornais, é uma mentira, uma mentira que serve de capa a todas as vilanias. Toda a gente quer salvar o Homem, ninguém quer saber dos homens.

Abel encolheu os ombros, num gesto de desalento. Reconhecia a verdade das últimas palavras de Silvestre, ele próprio já o pensara muitas vezes, mas não tinha aquela fé. Perguntou:

– E que podemos nós fazer? Eu? O senhor?

– Vivemos entre os homens, ajudemos os homens.

– E que faz o senhor para isso?

– Conserto-lhes os sapatos, já que nada mais posso fazer agora. O Abel é novo, é inteligente, tem uma cabeça sobre os ombros... Abra os olhos e veja, e se depois disto ainda não tiver compreendido, feche-se em casa e não saia, até que o mundo lhe desabe em cima!

Silvestre elevara a voz. Os seus lábios tremiam de comoção mal reprimida. Os dois homens ficaram um diante do outro, olhos nos olhos. Corria entre eles um fluido de compreensão, um permutar silencioso de pensamentos mais eloquentes que todas as palavras. Abel murmurou com um sorriso contrafeito:

– Há de concordar que o que está a dizer é um tanto subversivo...

– Acredita que seja? Não me parece. Se isto é subversivo, tudo é subversivo, até a respiração. Sinto e penso assim como respiro, com a mesma naturalidade, a mesma necessidade. Se os homens se odiarem, nada poderá fazer-se. Todos seremos vítimas dos ódios. Todos nos mataremos nas guerras que não desejamos e de que não temos responsabilidade. Hão de pôr-nos diante dos olhos uma bandeira, hão de encher-nos os ouvidos com palavras. E para quê, afinal? Para criar a semente de uma nova guerra, para criar novos ódios, para criar novas bandeiras e novas palavras. É para isto que vivemos? Para fazer filhos e lançá-los na fornalha? Para construir cidades e arrasá-las? Para desejar a paz e ter a guerra?

– E o amor resolverá tudo isso? – perguntou Abel, sorrindo com tristeza, onde havia uma ponta de ironia.

– Não sei. É a única coisa que ainda não se experimentou...

– E iremos a tempo?

– Talvez. Se os que sofrem se convencessem de

que é esta a verdade, talvez fôssemos a tempo... – Interrompeu-se, como se uma preocupação lhe assaltasse o espírito: – Mas não esqueça, Abel!... Amar com um amor lúcido e ativo! Que a atividade não faça esquecer a lucidez, que a atividade não leve a cometer vilanias como as cometem os que querem o desamor entre os homens! Ativo, sim, mas lúcido! E lúcido acima de tudo!

Como uma mola que se quebra depois de uma tensão excessiva, o entusiasmo acalmou. Silvestre sorriu:

– Falou o sapateiro. Se outra pessoa me ouvisse, diria: "Fala bem de mais para sapateiro. Será um doutor disfarçado?".

Por sua vez, Abel riu e perguntou:

– Será um doutor disfarçado?

– Não. Sou apenas um homem que pensa.

Abel deu alguns passos no quarto, silencioso. Sentou-se na mala onde guardava os livros e olhou o sapateiro. Silvestre parecia embaraçado, enquanto remexia na onça do tabaco.

– Um homem que pensa... – murmurou o rapaz.

O sapateiro ergueu os olhos, com uma expressão interrogativa.

– Todos nós pensamos – continuou Abel. – Mas acontece que pensamos mal a maior parte das vezes. Ou então há um abismo entre o que pensamos e o que fazemos... ou fizemos...

– Não compreendo onde quer chegar – observou Silvestre.

– É fácil. Quando me contou a sua vida, tive a perceção clara da minha inutilidade e sofri por isso. Sinto-me neste momento um pouco compensado. Afinal, o meu amigo caiu numa atitude tão negativa como a minha ou talvez ainda mais. Presentemente não é mais útil que eu...

– Creio que não me compreendeu, Abel.

– Compreendi, sim. Aquilo que pensa hoje serve apenas para se convencer a si próprio de que é melhor que os outros...

– Não me julgo superior a ninguém!

– Julga. Tenho a certeza de que julga.

– Dou-lhe a minha palavra!

– Seja. Acredito. Nem isso, de resto, importa. O que importa é que enquanto o meu amigo pôde agir nunca pensou desse modo, a sua crença era diferente. Hoje que a idade e as circunstâncias o obrigam ao silêncio, procura enganar-se com esse amor quase evangélico. Ai do homem que tem de substituir os atos pelas palavras! Acabará por ouvir apenas a sua voz!... A palavra "agir" na sua boca, meu amigo, é apenas uma recordação, uma palavra vazia!...

– Com um pouco mais, o Abel dirá que não sou sincero!

– De modo nenhum. Mas perdeu o contacto com a vida, desenraizou-se, julga estar no combate, quando a verdade é que tem na mão apenas a sombra de uma espada e que à sua volta nada há além de sombras...

– Desde quando pensa assim a meu respeito?

– Desde há cinco minutos. Depois do que viveu, veio cair no amor!

Silvestre não respondeu. Com as mãos trémulas enrolou um cigarro e acendeu-o. Piscou os olhos quando o fumo os atingiu e ficou à espera.

– Chamou-me pessimista – prosseguiu Abel – e acusou-me de ajudar, com o meu pessimismo, aqueles que querem o desamor entre os homens. Não lhe negarei razão. Mas note que a sua atitude, meramente passiva como é, não os ajuda menos, até porque, quase sempre, esses a quem se refere usam a linguagem do amor. As mesmas palavras, as suas e as deles, anunciam ou escondem objetivos diferentes. Direi mesmo que as suas servem somente os objetivos deles, porque não acredito que o meu amigo tenha hoje qualquer objetivo concretizável. Contenta-se em dizer: amo os homens – e isso lhe basta, esquecendo que o seu passado exige alguma coisa mais que uma simples afirmação. Diga-me, por favor, que interessa ao mundo essa frase, ainda que seja proferida por milhões de homens, se faltam a esses milhões de homens todos os meios necessários para fazer dela mais que o resultado de um impulso emocional?

– O Abel fala de maneira que quase não o entendo... Esquece que eu disse: amor lúcido e ativo?

– Ainda outra frase. Onde está a sua atividade? Onde está a atividade daqueles que pensam como o senhor e que não têm a velhice como desculpa da inatividade? Quem são eles?

– Chegou a sua vez de dar-me conselhos...

– Não tenho essa pretensão. Conselhos de nada servem, não foi o que disse? Uma coisa me parece verdadeira: o grande ideal, a grande esperança, de que me falou, não serão mais que palavras se pretendermos concretizá-los recorrendo ao amor!

Silvestre afastou-se para um canto do quarto. De lá, perguntou bruscamente:

– Que vai fazer?

O rapaz não respondeu logo. No silêncio que seguiu as palavras de Silvestre ouviu, vindo não sabia donde, um canto de vozes numerosas.

– Não sei – respondeu. – Atualmente sou um inútil, aceito a sua acusação, mas prefiro esta inutilidade temporária à suposta utilidade da sua atitude.

– Invertem-se os papéis. Agora é o Abel que me censura...

– Não o censuro. O que disse acerca do amor é belo, mas não me pode servir.

– Esqueci-me de que há entre nós quarenta anos de diferença... Não me poderia entender...

– Também o Silvestre de há quarenta anos não o entenderia a si, meu amigo.

– Quer dizer que é a idade que me faz pensar assim?

– Talvez – sorriu Abel. – A idade pode muito. Traz a experiência mas traz, também, o cansaço...

– Ouvindo-o falar, ninguém diria que até hoje nada fez senão viver para si...

– É certo. Mas para que censurar-me? Talvez a minha aprendizagem tenha de ser mais lenta, talvez eu tenha de receber muitas mais cicatrizes até me tornar num verdadeiro homem... Por enquanto sou aquele a quem chamaram inútil e se calou porque sabia que assim era. Mas não o serei sempre...

– Que pensa fazer, Abel?

O rapaz ergueu-se devagar e caminhou para Silvestre. A dois passos, respondeu:

– Uma coisa muito simples: viver. Saio de sua casa mais seguro do que quando nela entrei. Não porque me sirva o caminho que me apontou, mas sim porque me fez pensar na necessidade de encontrar o meu. Será uma questão de tempo...

– O seu caminho será sempre o pessimismo.

– Não duvido. Apenas desejo que esse pessimismo me desvie das ilusões fáceis e embaladoras, como o amor...

Silvestre agarrou-o pelos ombros e sacudiu-o:

– Abel! Tudo o que não for construído sobre o amor gerará o ódio!

– Tem razão, meu amigo. Mas talvez tenha de ser assim durante muito tempo... O dia em que será possível construir sobre o amor não chegou ainda...

1ª EDIÇÃO [2011] 2 reimpressões
2ª EDIÇÃO [2017] 2 reimpressões

ESTA OBRA FOI COMPOSTA PELA SPRESS EM TIMES E IMPRESSA EM OFSETE
PELA LIS GRÁFICA SOBRE PAPEL PÓLEN SOFT DA SUZANO S.A.
PARA A EDITORA SCHWARCZ EM SETEMBRO DE 2020

FSC
www.fsc.org
MISTO
Papel produzido a partir de fontes responsáveis
FSC® C112738

A marca FSC® é a garantia de que a madeira utilizada na fabricação do papel deste livro provém de florestas que foram gerenciadas de maneira ambientalmente correta, socialmente justa e economicamente viável, além de outras fontes de origem controlada.